沃尔特·特维斯 作品

知更鸟
MOCKINGBIRD

〔美〕
沃尔特·特维斯
著

耿 辉 译

人民文学出版社
PEOPLE'S LITERATURE PUBLISHING HOUSE

著作权合同登记号　图字 01-2021-0731

MOCKINGBIRD by WALTER TEVIS
Copyright © 1980, 2014 by WALTER TEVIS
This edition arranged with SUSAN SCHULMAN LITERARY AGENCY, LLC
through BIG APPLE AGENCY, LABUAN, MALAYSIA.
Simplified Chinese edition copyright:
©2023 by PEOPLE'S LITERATURE PUBLISHING HOUSE CO., LTD
All rights reserved.

图书在版编目(CIP)数据

知更鸟/(美)沃尔特·特维斯著;耿辉译. —北京:人民文学出版社,2023
(沃尔特·特维斯作品)
ISBN 978-7-02-017936-7

Ⅰ.①知… Ⅱ.①沃… ②耿… Ⅲ.①长篇小说—美国—现代 Ⅳ.①I712.45

中国国家版本馆CIP数据核字(2023)第058281号

责任编辑	翟　灿　张海香	
装帧设计	刘　远	
责任印制	宋佳月	

出版发行　人民文学出版社
社　　址　北京市朝内大街166号
邮政编码　100705

印　　刷　三河市宏盛印务有限公司
经　　销　全国新华书店等

字　　数　203千字
开　　本　850毫米×1168毫米　1/32
印　　张　10.625　插页3
版　　次　2023年5月北京第1版
印　　次　2023年5月第1次印刷

书　　号　978-7-02-017936-7
定　　价　49.00元

如有印装质量问题,请与本社图书销售中心调换。电话:010-65233595

目　录

序言　　　　　　　　　宝树 001

斯波福思　　　　　　　　001
本特利　　　　　　　　　021
斯波福思　　　　　　　　071
本特利　　　　　　　　　081
玛丽·卢　　　　　　　　115
本特利　　　　　　　　　141
斯波福思　　　　　　　　173
本特利　　　　　　　　　177
玛丽·卢　　　　　　　　201
本特利　　　　　　　　　213
玛丽·卢　　　　　　　　269
本特利　　　　　　　　　279
斯波福思　　　　　　　　317

序　言

宝　树

《知更鸟》是美国作家沃尔特·斯通·特维斯（Walter Stone Tevis）的一部科幻小说，初版于1980年，翌年入围星云奖长篇单元决选，惜败给本福德的《时间景象》。但这部小说口碑不减，后被格兰茨（Gollancz）出版社列入著名的科幻大师丛书（SF Masterworks series）出版，奠定了其经典地位。

本书的作者特维斯，于1928年出生于旧金山的一个中产家庭，他十岁时得了严重的风湿性心脏病，恰逢全家要搬去肯塔基州，只将他一个人留在旧金山医院里治疗。一年后特维斯幸而痊愈，独自坐火车去肯塔基寻找家人，这些事件在他生命中投下了长久的阴影。在少年时代，特维斯迷上了桌球和科幻小说。1945年，特维斯十七岁时加入了海军，在汉密尔顿号驱逐舰上服役，但还没有上战场，二战就结束了。

特维斯遂继续其学业，在肯塔基大学获得英语文学学士（1949）和硕士学位（1954），此后他在肯塔基州几所高中先后任教，同时开始了文学创作生涯。他出版的第一部长篇小说是以台球赌局为题材的《午夜球手》(Hustler, 1959)，这部小说在1961年被改编成了同名电影❶，由保罗·纽曼等知名影星出演，口碑和票房双双丰收，获得了翌年的奥斯卡金像奖多个奖项及提名。作为原著作者，特维斯声名鹊起，1963年他又出版了长篇科幻小说《天外来客》(The Man Who Fell to Earth)，后来也被拍成同名电影。特维斯也进入大学任教，先后在肯塔基大学、俄亥俄大学等高校教授英语文学，成为一名德高望重的教授。

但正当他如日中天时，命运的阴暗面也笼罩下来。童年时因为治疗心脏病，他使用了过量的苯巴比妥，形成了药物依赖，后来转化为严重的酒瘾和烟瘾，还染上了赌博的恶习。成名之后，特维斯更是日日笙歌，烂醉如泥。渐渐地，他无法再写作，教职不保，妻子也忍无可忍，和他离婚。经过多年和酒瘾的抗争，特维斯终于戒酒成功，获得了新生。1980年，在沉寂十多年后，特维斯又以《知更鸟》一书复归文学界和科幻界。此后几年，特维斯迎来了事业的第二春，出版了三部长篇小说：科幻小说《太阳的脚步》(The Steps of the Sun)、国际象棋小说《后翼弃兵》(The Queen's Gambit)和《午夜球手》的续篇《金钱本色》(The Color of Money)。然而长期不健康的生活终究严重损耗了他的身体，1984年，特维斯因肺癌去世，享年仅五十六岁。

❶ 国内将这部电影译为《江湖浪子》。

特维斯留下了六部长篇小说和一部短篇集，产量并不算高。但其作品的影响力在他身后并未褪色，还在不断扩大。《金钱本色》在1986年被改编成电影，由保罗·纽曼和汤姆·克鲁斯主演，再度斩获奥斯卡最佳男主角等重要奖项；2020年，特维斯去世三十六年后，《后翼弃兵》被奈飞改编成迷你剧，风靡世界，并夺得了数不胜数的大奖，再现了前几部改编作品的辉煌；2022年，探照灯影业（Searchlight Pictures）宣布了一个重磅消息:《知更鸟》也将被搬上银幕。这次改编的结果尚不可知，但无论如何，特维斯这部代表作在问世四十多年后，仍然具有历久弥新的价值，值得新一代读者——包括主要通过《后翼弃兵》了解特维斯的中国读者——仔细品味。

《知更鸟》的故事发生在四百多年后的未来，彼时人类文明在数百年的堕落后濒临灭绝。未来的人类太过依赖于机器人的服务，成了事实上被机器人圈养的"牲畜"，以嗑药和无止境地放纵情欲为乐，智识日益低下，甚至忘记了如何阅读，也忘记了文明辉煌的过去。有一天，新的人类也不再产生了。

此时，地球事实上的统治者之一——最高级的机器人斯波福思具有类似人类的心智和情感，已经活了数百年，他感到在这样一个世界上无法得到幸福，想要自杀，又无法突破机器人的逻辑命令，只能机械麻木地继续运行；另一方面，一个男人本特利偶然从老电影中接触到了关于文字的一些知识，产生了兴趣，磕磕绊绊地自己学会了阅读。这时，他遇到了另一个离经叛道的女孩玛丽·卢，教她学习阅读。二人相互吸引，坠入爱河。然而这已经触犯了禁令，本特利被捕，被分配去做苦役，继而决定越狱；玛丽·卢则被斯波福思救下，但她也发现了斯波福思深藏的秘密……为了读者的阅读乐趣，以下就不再剧透了。

小说的故事情节当然跌宕起伏又哀婉动人，不过，可能给读者以最巨大冲击的，还是那个世界本身的荒芜与崩坏。五百年后的地球上，残存的人类浑浑噩噩如行尸走肉，机器人也年久失修，朽坏不堪，谁也不知道自己的存在有何意义。但与一般"废土流"故事不同，这一切并非核战或大灾导致的，而是人类社会发展合乎逻辑又出人意料的结果。

书中有一段令笔者印象尤其深刻的描写：本特利进入一个全机器人的自动工厂，发现这个工厂是生产面包机的，然而每一次生产出来的面包机都无法通过检测，被当成废品扔掉，又被拆开后回到生产线上重新组装，然后再次被当成废品扔掉，如此无限循环。本特利发现，原因不过是一个非常小的故障，使得面包机安装时少了一个芯片，成了废品，但因为无人检修，机器也毫无反思地自动运行，这种毫无意义的"生产"就只有永远进行下去。

这个意象，或许隐藏着书名"知更鸟"的奥秘。这个名字出自小说中经常被引用的一句话："只有知更鸟在树林边歌唱。"据说是来自本特利看过的一部老电影。在中文语境下，这句话的内涵无法索解。其实，英文的"知更鸟（mockingbird）"词源上是"模仿之鸟"的意思，此鸟因善于模仿其他鸟类以及昆虫等动物的声音而得名。"只有知更鸟在树林边歌唱"，是指只有摹本还存在，而其模仿的本体已经消失。

不同生命的丛林歌唱，本来有自身的内在意义，但在模仿之物中，并不存在这种内在意义。那个看上去像模像样，生产有序进行，而其实早已没有任何实际功能可言的自动化工厂，不正是这样一个摹本么？此外，这个世界还有政府、大学、动物园等很多机构，也都只是对原本世界不求甚解的仿造。比如动物园中，不仅动物是机器，就连游客也是机器人！

这个唯有知更鸟歌唱的世界，自然是暗喻机器人对人类的统治，虽然看上去这个几百年后的世界和现实的二十或二十一世纪都相去甚远，但今天的读者应该也很容易想到这些年来人们热议的"奇点"问题：机器人或人工智能能否超越和取代人类？当它们超过人类时又会发生什么？

在《终结者》（1984）或者《黑客帝国》（1999）这样的电影中，觉醒的人工智能要么灭绝人类，要么把人类当成肉体电池来残忍地利用。但更早的《知更鸟》提供了一种也许是更现实的可能性：人工智能未必有那么大的野心，但人类会把一切托付给机器仆从而去寻欢作乐，在欲望和懒惰中日益沉沦。机器人仍然会忠实地为人类服务，只是其方式会逐渐异化，比如为了管理地球人口而控制人类的生育，又或者提供给人以药物刺激，令人得到最大化的快乐。于是家庭被拆散，心智被钝化，人类自然也就不像人类，而如同被圈养的猪羊。就这样完成了一种类似"主奴辩证法"的转化。

与人类历史上发生过多次的统治阶级和被统治阶级的转换不同的是，机器人并非人类，而只是人类的"模仿之鸟"，它们缺乏自身的内在目的和动力,当其居于统治地位后,也仍然会继续"服侍"人类,人性也就罕有机会再恢复尊严,势必在麻木与享乐中进一步沉沦解体。从此便"只有知更鸟在树林边歌唱"了。而机器组成的世界系统,因为缺乏内在的动力,也将在漫长的时光后,陷入崩坏的命运。

人类在此处境下,所丢失的是什么呢? 首先是学习和阅读的能力以及兴趣。小说中,未来人类连 ABCD 都不认识,学会辨认最简单的单词都要费尽脑力,到了如此地步,文明自然也就难以恢复了。这看似过于夸张,但据特维斯本人说,他的灵感恰恰来自在大学教书的经验。二十世纪下半叶的美国,随着影视、动漫的繁盛,学生阅读的能力以及兴趣开始相应下降,令教师们忧心忡忡。当然,这在特维斯的时代还只是一个开头,此后各种特效大片、网络游戏、三维投影、VR 头盔、AR 眼镜、元宇宙、短视频等等声光电画技术不断推陈出新,给人的视听享受登峰造极,无孔不入,与之相应的是,残存的阅读时间日益碎片化和表层化,深入完整的阅读体验也越来越罕有。在今天,这是一个日益严峻的问题。

不过在小说中,真正摧毁阅读能力的,恐怕还是滥用的大麻、合成药物等毒品,在其刺激下,人们可以通过"心理艺术",在美妙的幻觉中获得无尽享受,还需要读书干什么呢? 在这方面,本书可能会令一些科幻读者想起莱姆的《未来学大会》,并且其逻辑上更加严密:无论人类怎么醉生梦死,总是有机器人在一旁照顾的,因此放心享受去吧! 今天,许多国家毒品滥用甚至合法化的现状无疑已经向《知更鸟》的世界迈出了一大步。

无法阅读令人类的心灵日益迟钝,既无法掌握知识,也不再能理解自己。然而这些还只是一个更基本问题的衍生品:在本质上,阅读并不是某种实用工具,而是触摸与进入他人以文字形式展现的心灵,去走出自我,理解他人的活动。阅读是人类社会性活动的延伸。在阅读之前,我们必须首先理解他人心灵的存在,并且感到被吸引,愿意前去探索。这也是人性本身的禀赋与需求。

但在《知更鸟》的世界里,恰恰是与他人的心灵连接被切断了。机器人将自我欲望的满足设为人类的第一鹄的,和他人的关系,只有干柴烈火的"即刻性爱"之类的行为才被鼓励,稍微深入一点的接触和情感联系,就会遭遇"侵犯隐私"条例的阻止和惩罚,甚至不允许一对情侣同居。机器人认为,每个人的欲望在不被打扰的情况下最大化实现(当然,主要是通过药物)才是最幸福的。在欲望的翻腾中,人性中这些更深刻的需求就被抹平了。

因此,人性复苏的关键在于走出自我的牢笼,去理解和爱他人。阅读的能力和爱的能力本质上是互为表里的。小说中,我最喜欢的段落之一,是本特利和玛丽·卢一边背诵最简单的英文字母表,一边靠近、亲吻、融入彼此。其中自然也有情欲的冲动撩拨,但你可以感到,比起纯肉欲的满足,这里有更美好和丰富的人性在等待、聆听、试探和共鸣……

这种爱,当然也并非某些言情小说中那样纯洁坚定、之死靡它。我们可以读到,本特利和玛丽·卢对自己的情感也都曾感到怀疑,甚至也有过某种形式的"出轨",和他人暧昧调情等,也许令不少纯洁的读者感到不适。但这可能反而是更现实也更诚挚的情感关系:人性有脆弱之处,有暧昧之地,也有坚守之所。最后,人类的救赎不仅在于二人的相爱,而且在于孩子的出生和家庭的构成。这一点在今天也许又显得不合时宜,这个时代,家庭与生育越来越像是一种束缚甚至奴役。然而这是否因为,我们已经在特维斯所警示的道路上走得太远的缘故呢?

斯波福思是小说中另一位矛盾的主人公,作为最高级的机器人,他有着近乎人类的心灵,但是其中删去了许多情感方面的内容,因此斯波福思感到,自己是不完整的。他渴望爱,而又缺乏真正爱的能力,他似乎也曾爱过一个女孩子,但又可以不眨眼睛地随意灭绝人类,所以这种爱注定是扭曲和残缺的。他因此而绝望,宁愿选择死亡,其自我毁灭,似乎反而是一种人性化的表现。斯波福思的死,象征着模仿者的歌唱也终有其内在的崩溃机制:丧失了内在意义的世界系统终将干瘪枯萎,无法再维持下去。

当然,在特维斯笔下,机器人的最高境界也无非是对人类的模仿,斯波福思的大脑也只是人类大脑的一种复制和变形,但这未必是我们这个世界的发展趋势。按照让·波德里亚的拟像(simulacra)理论,模仿品不过是一种低级的拟像,更高级的拟像不再只是一种模仿,其本身就是一种超真实,是生产出现实的模式,于是本体和模仿的区别也不再有意义。正如同今天,去人格化的机器学习、神经网络、云计算、物联网、脑机接口、元宇宙等概念,其中也孕育着某种非人的超凡智能,但已非早期仿人类而造的"机器人"形象可比,它们甚至可以重构人类本身。

当然,这并不意味着,我们必能摆脱特维斯笔下的未来危机。相反,这种危机也许会以更加严峻和疯狂的方式到来。毕竟,人类脆弱的肉体和充满缺陷的心灵和一百年前甚至一万年前相比,也没有太大的区别——在更强大而无法控制的"超真实"面前,不是更加不堪一击么?人性深处的微弱闪光,是否还能够带来救赎的可能呢?这些问题当然并非一篇短文能够说清,但无论如何,《知更鸟》无疑是一部常读常新,并给今天的人们以启迪的经典。

特维斯的笔法娓娓道来,文字摇曳多姿而又富有诗意,被认为是沟通主流文学与科幻文学的一座桥梁。译者耿辉先生是一位优秀的科幻小说翻译家,译笔老道精炼,阅读体验极佳。很荣幸能够为本书中文版作序,作为一部旨在重申阅读之价值的小说,相信我国读者也能从本书中找到阅读的至高乐趣与意义。

献给
埃莉诺拉·沃克

For
Eleanora
Walker

人类的内心世界广阔无边、丰富多彩,不仅仅注重由颜色、形状和设计组成的夺人眼球的作品。

—— 爱德华·霍普

Spofforth

斯波福思
001

走在午夜的第五大道，斯波福思开始吹口哨。他既不知道曲名，也根本不在乎。这是一首复杂的曲子，他孤身一人时常常吹起。他赤裸上身、光着脚板，只穿了一条卡其裤，脚下能感受到年久失修的砖石路。两侧的人行道早已经开裂损毁，却注定再也无人修补，尽管走在宽敞街道的中间，他还是注意到那上面的簇簇杂草，有些已经长得颇高。斯波福思听见，从那些草丛里传来昆虫喊喊喳喳和摩擦翅膀的各种声音，形成了一阵和鸣。每年春季总是这样，昆虫的声音令他感到不安。他把大手插进裤兜，然后仍觉别扭，又掏出手开始奔跑。他步伐大而轻快，身姿敏捷矫健，一路奔向高高耸立的帝国大厦。

帝国大厦的门禁可以观察发声，大脑却属于一个白痴——一根筋、不敏感。"关门维修。"斯波福思接近时，楼门的声音说。

"闭嘴开门，"斯波福思说完继续补充，"我是罗伯特·斯波福思，九型机器人。"

"抱歉，先生，"楼门说，"我看不见……"

"好吧，开门。通知高速电梯下来接我。"

楼门沉默了一下,然后说:"电梯坏了,先生。"

"倒霉,"斯波福思说,"我爬上去。"

楼门打开,斯波福思进入后,穿过黑暗的门厅,直奔楼梯。他关闭双腿和肺部的疼痛电路,然后开始攀爬。此时他已经不再吹口哨,复杂的思维一心一意考虑自己的年度目标。

等来到楼顶平台的边缘,能够俯瞰城市的最高点,斯波福思向腿部神经发出指令,疼痛从那里涌入,他因此微微晃动了一下。头顶没有月亮,星光黯淡,他一个人高高地站在漆黑的夜里。脚下的表面光滑平坦,多年以前斯波福思还差点滑倒。他突然失望地觉得,要是站在边缘时脚再滑一下该多好啊。可是没有。

他走到距边缘两英尺的地方,然后在没有发出思维信号、没有主观意愿的情况下,他的双腿站定不动了,面对着第五大道的住宅区,下方一千英尺的黑暗中是坚硬诱人的地面,他发现自己还是一如既往地无法动弹。接下来他怀着悲伤和残酷的绝望,促使自己的身体前进,把意志力集中于向前倾倒的渴望,只想让这具工厂制造的壮硕身躯探出楼顶,掉下建筑,摆脱生命。在内心深处,对于移动的渴望让他尖叫,在以慢动作呈现的想象中,他翻滚着坠向街道,优雅而坚定。对此他渴望已久。

然而他的身体不属于——他知道以后也不会属于——他自己。他是由人类设计的,只有人类能让他死。然后他放声尖叫,向两侧举起双臂,在沉寂的城市上空怒吼。可他就是不能前进一步。

斯波福思独自站在全世界最高的建筑上,一动不动地度过了这个六月的夜晚。下方偶尔会有感应巴士的车灯闪现，看上去比星光略大一些，来回在空寂城市的街道上穿梭。但是建筑物里没有灯光。

后来，太阳开始照耀他右手边东河上方的天空，进而笼罩没有桥梁通达的布鲁克林的上空。他的沮丧情绪开始平息。假如他有泪腺，就会发现有泪水流出，可是他哭不了。阳光越来越亮，他能看见下方巴士的轮廓，车上没有人，他能看见一辆小小的审查车沿着第三大道行驶。然后在空旷的布鲁克林上方，黎明时分的一轮新日冲破六月的天空，在河面上苍白地闪耀。斯波福思后退一步，远离了他终其漫长一生追求的死亡，胸中燃烧的怒火也随着太阳的升起而熄灭。他会继续活下去，并能够承受这样的痛苦。

他走下布满灰尘的楼梯，一开始很慢，不过等他来到大厅时，步伐已经变得轻快自信，充满了人工生命的活力。

他离开帝国大厦时，对门口的扬声器说："别修电梯了，我喜欢爬楼梯。"

"好的，先生。"楼门说。

外面阳光明媚，街道上有几个人类。一位年迈的黑人妇女穿着褪色的蓝裙子，刚好跟斯波福思擦肩而过，恍惚地抬头看他的脸。老妇人看见他九型机器人的标志时，连忙避开目光，含混地说："抱歉，抱歉，先生。"她不知所措地站在斯波福思近旁，恐怕以前从未见过一台九型机器人，只是从早期的培训中了解过他们。

"走吧，"斯波福思礼貌地说，"没关系。"

"好的，先生。"老妇人说着从裙子口袋摸出一片安眠药服下，然后转身拖着脚步离开了。

斯波福思在阳光下快步行走，返回华盛顿广场，返回他工作的纽约大学。他的身体从不疲惫，只有他的意识——复杂、精妙、清醒的意识——理解疲惫的含义。他的意识无时无刻不感到疲惫。

很久以前，斯波福思的金属大脑和身体均由活组织构建和生长而来，那时候工程技术正在衰退，而机器人的制造是一门高端技术。这门技术很快也会衰落、消亡；而斯波福思本身是这门技术的最高成就，是一百台九型机器人中的最后一台，是人类最强大、最聪明的造物，也是唯一被设计成违背自身意愿一直活着的机器人。

有种技术可以记录成人大脑的每条神经通路和每种学习模式，并将其传入机器人的金属大脑。这种技术只用于九型机器人，这一系列的所有机器人都配备一个特定人类活跃大脑的副本。那人名叫佩斯利，是个卓越且忧伤的工程师——不过斯波福思不了解这些。组成佩斯利大脑的信息位及其互联网络被记录在磁带上，存储于克利夫兰的一间地下室。佩斯利的大脑被拷贝后，没人知道他发生了什么。四十三岁时，他的人格、他的想象、他的学识都被记录在磁带上，后来，他被人遗忘。

磁带经过编辑，个性尽可能在不影响"有用"功能的情况下被清除，只不过，对思维中有用功能进行认定的工程师比佩斯利本人更缺乏想象。生活的记忆以及大量的学识被擦除，不过英语语法和词汇保留在磁带上。即使经过擦除，磁带也保留了一份近乎完美的人类大脑拷贝，那是进化创造的奇迹。佩斯利头脑中一些多余的东西保留了下来，磁带上还存有演奏钢琴的能力，但需要一具有手臂的身躯来体现。然而躯体被制造出来时，世上已经没有钢琴可以弹奏。

记录大脑的工程师还不想保留那些梦想、渴望和焦虑的碎片，但是这不可避免，他们没办法在不影响其他功能的情况下清除那些。

记录以电子信号传入一颗直径约二十三厘米的银色金属球，它由数千层镍钒合金组成，通过自动设备来旋转塑形。一具身体专门被克隆出来，金属球被安放在它的头部。

在克利夫兰曾经的一座汽车工厂，这具躯体从一个钢制容器里被精心培育出来。最终的成果完美无瑕——高大健美，如运动员般强壮。他是一个年富力强的黑人，肌肉结实、双肺和心脏强劲有力、黑发蜷曲、眼神清澈、嘴唇厚实漂亮，一双大手力大无穷。

有些人类的特征经过改造：衰老的停止时间被设定在三十岁的发育水平——也就是躯体在钢制容器里的第四年——他还可以控制自己的疼痛反馈，并且能在一定程度上自我再生。比如他能根据需要继续长出新的牙齿、手指或脚趾，永远不会秃顶或弱视，永远不会患上白内障、动脉增厚或关节炎。用基因工程师喜爱的话说，他是对上帝之作的升级改造。不过，因为工程师都不相信上帝的存在，他们的自我称赞也就显得不太可靠。

斯波福思的身体没有生殖器官，一名工程师说是"为了避免分心"。那颗卓越头脑两侧的耳垂乌黑发亮，时刻提醒着对这个仿造人感到敬畏的人类，他终究只是个机器人。

跟科学怪人❶一样,他通过电击得到生命,从容器里出来时已完成生长并获得语言能力,只不过开始说得有些含混。他在宽敞但凌乱的车间里被唤醒,他的黑眼睛四处观察,充满了兴奋和活力。他躺在担架上,感受到意识的力量如同一股浪潮,首次漫过他初生的身体,构成了他的生命。收紧的喉咙开始干呕,然后他在一股力量的推动下呐喊出来。那是生命的力量。

懂得阅读的人所剩无几,其中之一为他起名斯波福思。这个名字随机选自一本古老的克利夫兰电话簿:罗伯特·斯波福思。他是一台九型机器人,是人类依靠聪明才智创造的最精密的单体设备。

他头一年所受的训练包括在一间人类寄宿学校监控走廊和干些杂役。年轻的人类在那里接受教育、了解世界:学习内省、隐私、自我实现、乐趣。就在学校里,他见到并爱上了红衣女孩。

整个冬天和初春,那个女孩总是穿一件黑色丝绒领子的深红外套,领子如煤炭一般黑,堪比她雪白肌肤映衬下的黑发。她的红色口红跟外套颜色相配,在那个时代,几乎没有人再涂口红,女孩能拥有它甚至都是一个奇迹。她涂了口红,看上去很美。来到宿舍楼的第三天,斯波福思初次见她,当时的她差不多有十七岁。斯波福思立即开始在脑海里为她拍照并永久保存。这张照片即将成为悲伤

---

❶ 出自英国作家玛丽·雪莱的长篇小说《弗兰肯斯坦》,主人公用多具尸体拼凑出一个巨大人体,并赋予其生命。

的重要组成,开始在春天、在六月深深地烙在他这个强大的人造生命里。

等到一岁时,斯波福思——通过机器人音视频教学——掌握了量子力学、机器人工程学和北美国有企业的历史——可他不会阅读。他也一点都不了解人类的性行为,没有主动去了解。不过在以往我们会称为内心的深处,他还留有一丝朦胧的渴望。有时他在黑暗中独处,心脏会剧烈跳动一会儿。他开始明白自己的身体里埋没着一个生命,一个有感情的生命。在他第一个六月的头几个温暖夜晚,他开始因此变得非常烦恼。深夜里,从一座宿舍楼走向另一座宿舍楼时,他会听见俄亥俄州温暖夜晚的树林里有蝈蝈儿在叫,令他不舒服的是,那会在胸中产生一种奇特的压迫感。他在学生宿舍里努力工作,干了很多杂活来进行所谓的"训练",不过那些活很少真正占据他的注意力,忧伤开始压抑他的心灵。

某些四型劳工机器人偶尔会崩溃,似乎维修设备永远跟不上机器人身上的小毛病,几位老人被留在学生宿舍,随时填补维修的空缺,亚瑟是其中之一。他无家可归,通常散发出一股合成杜松子酒的气味,而且从来不穿袜子。他跟斯波福思在宿舍走廊或者外边的石子路上擦肩而过时,总是用一种友好中掺杂着嘲笑的方式跟斯波福思说话。有一次斯波福思在清理餐厅的烟灰缸,扫地的亚瑟停下来,靠着他的扫把说:"鲍勃。"斯波福思从工作中抬起头。"鲍勃,"亚瑟说,"你挺多愁善感,我都不知道他们还制造多愁善感的机器人。"

斯波福思不确定他是否在戏弄自己,继续抱着一摞上午装满大麻烟屁股的塑料烟灰缸,前往那个放在大厅角落的垃圾桶。学生们刚刚才离开去上电视瑜伽课。

"以前从没见过悲伤的机器人,"亚瑟说,"是因为那对黑耳朵吗?"

"我是一台九型机器人。"斯波福思辩解说。他还很年轻,跟人类交谈会令他感到不安。

"九型!"亚瑟说,"那相当高档,不是吗? 就连掌管这所学校的该死的安迪也才是七型。"

"安迪?"斯波福思抱着一摞烟灰缸说。

"没错,人形机器人。小时候,我们管你们这些东西——家伙——叫安迪,那时候还没有多少,也不怎么聪明。"

"你介意吗,我很聪明这件事?"

"不,"亚瑟说,"一点都不。如今人类傻得让你想哭,"他移开目光,然后轻推了一下扫把,"聪明就是聪明,我很高兴某个地方还有些聪明的家伙。"他停止打扫,朝宽敞空旷的房间大致比画一圈,仿佛学生们还在这里,"我可不想让那群无知的蠢货离开这里后去掌权,"他布满皱纹的脸上写满了蔑视,"神志不清的怪胎,完蛋玩意儿,就应该让他们陷入昏迷再喂药吃。"

斯波福思没有接话,在心里被这位老人吸引——产生了一种微妙的亲近感。不过他对这里培养训练的年轻人没有感觉。

斯波福思对他们没有明显的感觉,他们三五成群,通常眼神茫然、动作迟缓、沉默无言,安静地在课堂间游走,抑或独自坐在隐私间里抽大麻、观看电视幕墙播放的抽象图案、收听扬声器播放的乏味催眠曲。然而他的意识几乎总被一个形象占据：红衣女孩。整个冬天她都穿那件旧外套，春天的夜晚也还在穿。这不是她身上唯一的特别之处，有时候她脸上的表情不同于其他学生，风情万种、自我陶醉、自命不凡。学生们都被灌输要"独立"发展，可看上去都一个样，声音沉静，面无表情，行为举止亦无差别。红衣女孩儿行走起来臀部摇摆，有时别人安静无声，她却大声发笑，沉浸在自己的情绪里。她的皮肤白如牛奶，她的头发黑如煤炭。

斯波福思常想起她，偶尔见她去上课，虽被别人围绕，却又显得孤单，这种时候，斯波福思就想走过去轻轻碰她，把自己的大手放在她的肩头，握住一会儿，感受温暖。有时候斯波福思似乎觉得她在用低垂的眼神看自己，顽皮地嘲笑自己。但是他们俩从没说过话。

"该死，"亚瑟在说话，"再过三十年，你们机器人会掌管一切。人类自己什么都做不了。"

"我正在为管理公司接受训练。"斯波福思说。

亚瑟目光锐利地看着他，然后笑了起来。"靠清理烟灰缸？"他说，"扯吧！"他又开始打扫，用力在耐久塑料地板上挥动扫把，"没想到还能愚弄该死的机器人，特别是九型的。"

斯波福思看着亚瑟，抱着烟灰缸站了一会儿。没人会愚弄我，他想，我要过自己的生活。

跟亚瑟的谈话之后又过了大约一周，仍然是一个六月的夜晚，斯波福思步行经过视听大楼,他听见楼旁无人照看的茂密灌木里传来一阵沙沙声。一个男人发出呻吟,然后又传来沙沙声。

斯波福思停下脚步倾听,有什么东西在动,此刻更加安静。他转身走了几步,紧贴着一丛高高的灌木站立,然后把它拨开。突然看清了另一侧的情况之后,他目瞪口呆地站定,无法移开目光。

树丛后躺着一个女孩,她的裙子掀到了肚脐上方。一个胖乎乎的年轻男人裸露着粉嫩的皮肤,双腿跨过女孩身体跪在地上。斯波福思能看见他肩胛骨之间的粉色皮肤上有一小片棕色的胎记,还能看见男孩大腿下方女孩的阴毛 —— 在洁白的大腿和屁股的映衬下,蜷曲的毛发显得乌黑发亮,跟她的头发一般黑,跟她身下铺的红色外套的黑色领子一般黑。

女孩看见了斯波福思,她的表情因为嫌恶而变得冷酷。她既是头一次也是最后一次对斯波福思开口,"滚开,机器人,"她说,"该死的机器人,别打扰我们。"

斯波福思一手按住自己克隆的心脏,转身走开。就在那里,他明白了萦绕自己漫长余生的一个事实:他不是特别愿意活着。他被 —— 骇人听闻地 —— 剥夺了真正的人生,有点抗拒过这种强加给他的生活。

他又见过那个女孩几次,女孩完全躲着他的目光。他知道不是因为羞耻,因为他们的性行为没有任何羞耻。他们受到的教育就是"即刻性爱最棒",他们相信这点,也在亲身实践。

斯波福思被调到阿克伦城去确定合成奶制品的分配方案，踏上这一责任更加重大的岗位，他松了一口气。从那里他又被调到小汽车生产厂，主管最后几千辆私人轿车的生产，它们将由曾经迷恋轿车的人来驾驶。这项工作结束后，他成了感应巴士制造公司的主管，为不断减少的人口生产这种耐用的八座车辆。然后他被调到纽约，担任人口控制主管，在三十二层高楼的顶层办公室工作，对着陈旧的电脑观察每日人口普查数据，并对人口出生率进行相应的调整。这是一份无聊的工作，负责处理不断故障的设备，努力去想办法修理电脑，因为人类早已不会修理，而机器人也没有被植入相应的技能。最后他又被安排到另一个岗位：纽约大学的教工主任。用于指挥这个部门的那台计算机已经停止工作，作为一台九型机器人，斯波福思得替代电脑做出管理大学所需的大部分次要决策。

他最后发现有一百台九型机器人被克隆出来，用最初的同一份人类意识副本唤醒，他是最后一台，而且为了防止这一系列其他机器人的问题——他们一直在自杀——再现，他自己独特金属大脑中的突触也得到了特殊的调整。有些机器人用高压电焊设备，把自己的大脑熔成一团黑色；有些机器人吞下了腐蚀性物质；有几台在被人类销毁之前彻底发疯，行为失控，极具破坏性地在午夜的城市街头横冲直撞，高呼污言秽语。将真正的人类大脑作为意识模型用于复杂机器人曾是一项实验，而且被判定失败，不再开展。工厂还在制造低智力机器人以及少量七型和八型机器人，逐渐来接替人类，承担起治理、教育、医疗、法律、规划和生产方面的工作，不过所有这些机器人都使用合成的非人类大脑，不具有丝毫情感、精神和自我意识。它们只不过是机器——聪明且精良的人形机器——按部就班地工作。

按照设计，斯波福思永不死亡和遗忘，设计者曾经不断地考虑那样的生命可能会是什么样子。

红衣女孩变老变胖，跟几十个男人发生过关系，生下几个孩子，饮用过量的啤酒，过着毫无目标的平凡生活，而且失去了原来的美貌。最后她离开人世，被埋葬，被遗忘。作为一名中年妇女，她早已忘记自己曾是个性感风情的女孩，可年轻、英俊和绝对健康的斯波福思还把她看成十七岁的样子。斯波福思看见并爱上女孩，然后他想去死，然而某个掉以轻心的人类工程师居然剥夺了他自杀的可能。

斯波福思在六月的夜晚独自外出回来时，大学副校长和教务主任正在等他。

两人中更没精打采的那一位是副校长，他名叫卡彭特，穿着新纶牌的棕色西装和一双几乎坏掉的凉鞋。他走路时，腹部和肋部肉眼可见地在紧绷的西服里颤抖。斯波福思回来时，卡彭特站在斯波福思的柚木大办公桌旁，抽着一支大麻烟卷。机器人步履轻快地走向卡彭特，并在自己的位置上坐下，卡彭特紧张地往旁边挪了一下。

过了一会儿，斯波福思看向他——并非像强制礼节要求的那样目光稍微偏向他的右侧，而是直视着他。"早上好，"斯波福思用他坚定克制的声音说,"有什么问题吗?"

"呃……"卡彭特说,"我说不好,"他似乎对这个问题感到不安,"你觉得呢,派瑞?"

教务主任派瑞用食指揉着鼻子说:"有人打来电话,斯波福思主任,通过大学线路,打了两次。"

"哦?"斯波福思说,"他想要干什么?"

"他想跟你谈谈。"派瑞说,"关于一份工作,夏季教学……"

斯波福思看着他说:"是吗?"

派瑞避开了斯波福思的目光,继续紧张地说:"他想办的事儿,我在电话中理解不了。有种新事物——他说他一两个黄季前发现的。"派瑞环顾四周,最后把目光落在穿着棕色西服的胖子身上,"他怎么说来着,卡彭特?"

"阅读?"卡彭特说。

"对,"派瑞说,"阅读,他说他能阅读。跟词语有关的事,他想教那个。"

这话让斯波福思坐直了身体:"有人学会了阅读?"

两个人避开目光,对斯波福思声音中的惊讶感到局促不安。

"你们给电话录音了吗?"斯波福思问。

他们面面相觑,最后派瑞说:"我们忘了。"

斯波福思压下火气:"他说过还会再打来吗?"

派瑞似乎缓了口气:"对,他说了,斯波福思主任。他说他会尝试跟你建立联系。"

"好吧,"斯波福思说,"还有别的事儿吗?"

"有。"派瑞说着又揉了揉鼻子,"课程音频录音球的常见问题。有三名学生自杀。关闭心理卫生系东翼的计划记录在某个地方,可是没有一台机器人能找到,"可以上报机器人员工的一个无能之处似乎让派瑞感到高兴,"六型机器人一点都不了解计划,先生。"

"那是因为计划在我这儿,派瑞主任。"斯波福思说着拉开抽屉,取出一个用于记录人声的小钢球——它们被称为录音球——递给派瑞,"给一台七型播放这个,他会知道如何处理心理卫生系的教室。"

派瑞面露愧色地做好记录后离开,卡彭特跟着他出门。他们都离开后,斯波福思在桌旁坐了一会儿,好奇有人说自己会阅读这个消息。他年轻时常听说阅读这回事,也知道很久以前就没人阅读了。他看过书籍——非常古老的东西——大学图书馆里还有一些书没被销毁。

斯波福思的办公室宽敞舒适,是他用水鸟挂画和来自废弃博物馆的橡木雕刻橱柜亲自装饰的。橱柜上方摆着一排机器人工程学的小模型,粗略展示出类人机器人在工艺发展中的应用历史。左侧远端最早期的型号是一种轮式机器人,具有圆柱形躯体和四条手臂——非常古老,介于自动控制装置和自动机械生物之间。模型由耐久塑料制成,大约十七八厘米高,在短暂的服役期间,它被称为轮仔,已经停产几个世纪了。

轮仔右侧的模型更具人形,有点类似当代的低智力机器人,从左到右排列的小模型细节越来越丰富,人类特征越来越明显,最右侧放着斯波福思自己的小模型——光滑,具有完整的人类特征,靠双脚的前脚掌站在地上,就连模型上的眼睛似乎都栩栩如生。

斯波福思桌子上的红灯开始闪烁,他按住一个按钮说:"我是斯波福思。"

"我叫本特利,斯波福思主任,"电话另一端的人说,"保罗·本特利。我从俄亥俄州给你打来电话。"

"你就是那个会阅读的人?"

"没错,"对方说,"我自学的,可以阅读。"

大猩猩疲惫地坐在翻倒的巴士一侧,城市空无一人。

一个白色旋涡出现在屏幕中间,旋转着变大,停止时已经占据了大半块屏幕。那显然是一份报纸的头版,上面有一个巨大的标题。

斯波福思暂停放映机,让标题留在屏幕上,"读一下。"他说。

本特利紧张地清清喉咙,"《怪猿危城》。"他说。

"好。"斯波福思说着再次启动放映机。

剩余的胶片上没有文字,他俩安静地观看。从猿猴毁灭性的终极暴行,到无法表达爱情带来的悲伤,直到最后从极高的建筑上坠落而亡,仿佛一路飘向下方空旷的街道。

斯波福思拨动开关,再次点亮办公室的灯光,同时把凸窗恢复透明。刚刚的放映间变成了办公室,没有了刚才的黑暗。在外面华盛顿广场靓丽的花海中,一圈年长的研究生穿着帆布袍子坐在凌乱的草丛中,面无表情。太阳远远地高悬在六月的天空。斯波福思看着本特利。

"斯波福思主任，"本特利说，"我能教这门课吗？"

斯波福思仔细地审视他一会儿，然后说："不，抱歉。不过我们不该在这所大学教授阅读。"

本特利笨拙地站起身，"抱歉，"他说，"可我觉得……"

"坐下，本特利教授，"斯波福思说，"我认为，今年夏天我们可以用上你这项才能。"

本特利坐下，不过显然还很紧张。斯波福思明白，自己在他旁边会对他造成难以承受的压力。

斯波福思靠在自己的椅子上伸展身体，然后亲切地对本特利笑起来，"讲讲，"他问，"你如何学会阅读的？"

那人朝他眨了几下眼睛，然后说："从卡片上学，阅读卡片。还有四本小书：《初级读本》《罗伯托、康斯薇拉和他们的狗比夫》……"

"这种东西你是从哪儿得到的？"斯波福思问。

"说来奇怪，"本特利说，"大学收藏了古老的色情电影，我在为一门课程挑选资料时，偶然发现一个密封箱装着旧电影，以及四本小书和一套卡片。我播放时发现那些根本不是色情片，而是一个女人在教室里跟孩子们讲话，她身后是一面黑墙，她会在上面写下白色的字。举个例子，她会写下我后来学到的单词'女人'，然后孩子们一起说'女人'。她按照同样的方式讲授'老师''树木''水'和'天空'。我记得不久前刚刚翻看了一遍卡片，看见一个女人的图片，下边有讲授者写下的同样的字。还有更多图片，更多的黑底白字，老师和学生也说了更多词语，"本特利眨眨眼睛，继续回忆，"老师穿一条蓝裙子，头发花白，她似乎一直在笑……"

"然后你做了什么？"斯波福思说。

"对，"本特利摇摇头，似乎想跳出这段回忆，"我又播放一遍影片，然后又播放一遍。它让我着迷，里边的内容让我着迷，让我觉得……觉得……"他张口结舌。

"重要？"斯波福思问。

"没错，重要。"本特利短暂地看了一下斯波福思的眼睛，这违背强制礼节的规定。然后他朝窗外移开目光，迷迷糊糊的研究生仍在外边静静坐着，他们偶尔会点一点头。

"然后呢？"斯波福思说。

"我反复播放影片，数不过来有多少次。逐渐地，我开始觉察出，老师和学生在一边看着文字，一边说出文字所表示的词语，就好像我早已明白怎么回事，但是不知道自己已经弄明白。那些文字跟图片上一样，词语的图片。一个人可以看着它们并大声说出词语。后来我了解到，你可以看着文字，不用出声就能在头脑里听到词语。同样的和类似的词语都出现在我发现的书里。"

"你学会理解别的词语？"斯波福思用平静淡然的声音说。

"对，那花了很久。我不得不理解词语由字母组成，字母总是发同样的声音。我在这上面花了一天又一天，不想停下脚步。在我的思维中找到书籍可以表达的东西会带来快乐……"他低头看着地面，"认识了四本书中的所有词语我才罢手，直到后来我又找到三本书，才发现自己的做法叫'阅读'。"说完他陷入沉默，过了一会儿才胆怯地抬头看斯波福思的脸。

斯波福思凝视他良久，然后微微点头，"我明白了，"他说，"本特利，你以前听说过默片吗？"

"默片？"本特利问，"没有。"

斯波福思微微一笑："我觉得没多少人听说过，默片非常古老，最近在一次拆除工作中，有很多默片被发掘出来。"

"哦？"本特利礼貌地表达了困惑。

"本特利教授，默片的特点，"斯波福思不急不躁地说，"在于演员的话语不是说出来，而是写出来。"他再次微微一笑，"要理解默片，必须得读出文字。"

Bentley

本特利
021

第 一 天

斯波福思建议我这样做：下班后的晚上对着录音设备讲话，谈谈白天我都干了什么。他给了我额外的录音球用于这项工作。

有时候这事挺枯燥，不过也许会有回报。如今我已经做了五天，这还是头一次在对着录音机器谈论我自己时感觉轻松自如。关于我自己有什么可说的呢？我不是个有趣的人。

胶片易碎，使用时必须万分小心。实际情况常常是，它们破碎时，我必须仔细地把它们重新拼接起来。我试过让斯波福思校长给我分配一位机器人技师，或许是一位按照牙医或某种精细工作培训的低智力机器人。可斯波福思只是说，"那太昂贵了。"我确信他说得没错，所以我把胶片穿过名为"放映机"的古老机器，确保它们调整到位，然后开始在床桌上的小屏幕上放映。放映机总是很吵，不过就连我的脚步在旧图书馆的地下室里似乎都特别响亮。从没有人来到这里，古老的不锈钢墙壁上生长着苔藓。

后来词语出现在屏幕上，我停下放映机，然后对着录音设备读出它们。有时候这只需短暂的时间，比如遇到"不！"或者"剧终"这样的词语时，阅读之前只有些微的迟疑。不过还有时候，出现更难的词组和拼写，那我必须得研究很长时间，才会确定措辞。我最难以理解的情况之一，就出现在年轻女人表达担心的非常情绪化的场景之后，那种黑色背景出现在屏幕上，上书："假如卡罗瑟斯医生不立即出现，妈妈必定会失去理智。"你能想象这句话给我带来的麻烦！还有一句是一位老人对年轻女孩说："只有知更鸟在树林边歌唱。"

影片本身有时很迷人。我已经看过它们中的大部分，数不过来有多少，比剩下没看的要多。所有的影片都是黑白的，在《金刚归来》这部影片中，他们让巨猿做出那种一顿一顿的动作，一切都很古怪，不只是角色的动作和反应。它们有种——怎么说呢？——投入感，似乎充沛的情感浪潮席卷过它们。不过在我看来，它们就像抛光的石头表面一样既空洞又毫无意义。我当然不知道"知更鸟"是什么，也不清楚"医生"有什么含义。可是令我不安的却不止这些，甚至不止古怪之处和它们展现的古代生活，而是我完全未知的情感暗示——影片的每位远古观众曾经体会到但是如今已经永远失落的情感。我最常有的感觉就是悲伤，"只有知更鸟在树林边歌唱"。悲伤。

我常在自己的床桌上吃午餐，一杯小扁豆汤配猴子培根，或者一根豆棒。按照程序，我需要什么，伺服门卫就从学校食堂给我送什么吃的。有时候我会坐下来，反复播放一个电影片段，一边慢慢吃饭，一边努力融入遥远的过去。影片中的一些内容我看过后无法忘却。有时候是一个小女孩在野外的一座坟前哭泣；或是一匹马站在城市街头，头戴着一顶皱巴巴的帽子，耳朵从中伸出来；或是老人们用大玻璃杯喝酒，无声地发笑。有时看着这些片段，我发觉自己在流泪。

然后一连几天那种感觉完全消失，我只是辛苦工作，机械地从头到尾看完一整部两卷胶片的电影："拜奥格拉夫影业出品的《玛格丽特的挽歌》，导演约翰·基利，主演玛丽·毕克馥❶……"如此继续，直到"剧终"。然后我关掉录音设备，取出录音球，把它放进盛放胶片的黑色密封盒的相应分隔里。紧接着我再看下一部电影。

这就是单调乏味之处，每当我无法忍受，便用大麻和小睡来维持自我。

第 三 天

今天，有生以来第一次，我目睹了集体自焚。两个年轻的男人和一个女人坐在第五大道一家制造和分配鞋子的建筑前，显然往自己身上倒过一些可燃性液体，因为他们看起来湿漉漉的。我看见他们的时候，正赶上女人用打火机点燃自己的牛仔裙下摆，暗淡的火焰像一团黄色的纱布开始将他们包围。他们一定服用了各种有效的药物，因为脸上没有任何痛苦的表情——只露出某种笑容——与

---

❶ 玛丽·毕克馥（Mary Pickford，1892—1979），加拿大电影演员，曾获得过奥斯卡最佳女主角奖和奥斯卡终身成就奖。

此同时，在阳光下显得虚弱无力的火焰开始映红脸庞，然后又把它们烧黑。不少行人驻足观看，一股难闻的气味渐渐开始弥散，然后我离开了现场。

我曾听说过这类自焚事件，通常都是三人一组，但是以前从未亲见，据说在纽约频繁发生。

我找到一本书——一本真正的书！不是我在俄亥俄学习的轻薄读本，只讲述罗伯托和康斯薇拉以及他们的狗，而是一本手感厚重的真正书籍。

找到书的过程很简单。我只是打开了我办公室外巨大不锈钢走廊里的数百扇房门之一，在狭小的空房间中央放置着一个玻璃柜，这本大部头的书籍就在其中。我掀开落满尘土的柜子顶盖，拿起书。它很沉重，发黄的书页摸上去很干燥。这本书名叫《词典》，包含了海量的词语。

第 五 天

因为我已经开始持续记录日志，所以发现自己比以往更加注意白天发生的怪事——从而可以在晚上把它们录下来归档。关注和思考有时会产生压力和困惑，我奇怪当普通公民几乎无法使用录音设备时，或者我们所有人被灌输那条最早应该习得的智慧——"若怀疑，便忘记"——时，设计师是否了解那些压力和困惑。

比如说，我在布朗克斯动物园总是注意到一件，或者说几件，怪事。一个多月以来，我一直在每周三乘坐感应巴士去动物园，我发现那里从来只有五个孩子——而且似乎一直是同样的五个孩子，穿着同样的白衬衫，总在吃甜筒冰淇淋——可能最奇怪的一点是——他们似乎特别兴奋，来到动物园后内心充满快乐。其他的动物园游客跟我年龄相仿或者更年长，常常出神地看着孩子们微笑，孩子们被观看时，会指着一只动物，比如大象，叫喊："看那头大象！"大人们互相笑对，仿佛感到欣慰。这件事显得诡异，我猜想孩子们是不是机器人。

更令人不安的是，如果他们是机器人，那么真正的孩子在哪里？

每次进入爬行动物馆，我都会看见一个红衣女人。有时她躺在鬣蜥附近的长凳上睡觉，还有时她或许在闲逛。今天她手拿着一个三明治，站在巨蟒展柜的玻璃幕前，观察巨蟒在一棵假树的枝干间穿行。按下这点不表，我对巨蟒又感到好奇。它总是蠕动着爬过那些枝干，而我似乎记得很久以前的小时候（具体有多久我当然无法说清）曾看到，公园里的大蛇通常会睡觉，或者在它们展柜的角落团成一团休眠，看上去几乎跟死了一样。可是布朗克斯动物园的巨蟒总在快速吞吐着信子爬行，引得爬行动物馆的游客发出惊呼。蟒蛇有可能是机器的吗？

第十一天

很多情绪开始涌上心头，写下这些文字的同时，我感到震惊，震惊于我要表述的今日所想。可是一旦我看过，它就那样显而易见，为什么我以前从没想到呢？

那件事发生在一部电影中，一个老太太正坐在一间昏暗小屋的前门廊（如果可以这么说的话），她坐在所谓的"摇椅"上，膝上放着一个小婴儿。然后她表情担忧地抱起婴儿，画面暂时停止，与此同时文字出现："埃伦的婴儿患上了咽喉炎！"当"婴儿"这个词在屏幕上出现时，我突然意识到自己已经不清楚有多久没见过一个真正的婴儿了！黄季，蓝季，红季：数不清有多少年，我一个婴儿都没见过。

婴儿都去哪儿了？还有人问过这个问题吗？

然后我经受童年训练的心声说："不要问——放轻松。"

可我轻松不下来。

我会放下这件事，吃几片安眠药。

第十九天

十九，这是我记忆中曾用过的最大数字，我过去生活中的一切都不值得数到这么多。

不过我猜数出一个人生命中的蓝季和黄季还是有可能的，当然这毫无意义，但是有可能完成。

我常在电影中看见大数，它们通常跟战争息息相关。"1918"这个数字似乎特别常见，我不知道它有什么意义。有可能爆发过一场持续了1918天的战争吗？可是没有什么持续那么久，一想到时间那样漫长、规模那样庞大、范围那样广阔的事情，大脑就会变得一片混乱。

"不要问——放轻松。"对，我必须放轻松。

我得记着在服用安眠药前必须得吃点豆棒和肉汤。一连两晚我都忘记了。

夜里我有时钻研《词典》，学习新的词语，偶尔这会助我入眠。不过还有的时候，我发现词语会让我兴奋。那些词语的解释常常让我迷惑不解——比如"疾病"和"代数"。我在头脑中反复琢磨，翻来覆去阅读它们的解释，可解释中几乎总是包含其他难以理解的词语，这又令我更加激动。最后我被迫服用了一粒安眠药。

不知道有什么办法能让我放松。

此前动物园曾有帮助，可是因为那些孩子，我最近没有过去。当然，我不排斥机器人，可是那些孩子……

第二十一天

今天我去了动物园跟红衣女人说话。她就坐在鬣蜥附近的长凳上，我坐在她旁边说："巨蟒是机器的吗？"

她转身看着我，眼神有些诡异和神秘——仿佛被人催眠似的。不过我还是能看得出她在思考，而且没有被药物麻痹。她很长时间没有说话，我开始觉得她不会回答，而是重新恢复隐私状态，我们都学过这种应对陌生人骚扰的方法。不过我正要耸耸肩起身离开时,她说:"我觉得它们都是机器的。"

我吃惊地看着她,没有人会这样讲话,而我已经对此思考了好几天。这让人感到颇为不安,于是我起身离开,连一句道谢都没有。

出了爬行动物馆,我看见那五个孩子,他们待在一起,都拿着甜筒冰淇淋,眼中充满了兴奋。他们都看着我微笑,我却无法直视他们……

第二十二天

影片中总是出现一个颇为有趣的概念:一群人组成所谓的"家庭"。在古代这似乎是一种常见的组合。"家庭"由一群经常聚在一起的人组成,甚至似乎全都住在一起。"家庭"中都有一个男人和一个女人——除非其中某一位去世,即便如此,逝者也常被提起,他们的图像("照片")也会出现在在世者身边,比如挂在墙上或类似地方。"家庭"中还有小家伙们,不同年龄的孩子。令人吃惊的是"家庭"体现出的特征,男人和女人通常都是所有孩子们的父亲和母亲!有时候"家庭"中也有老人,他们似乎就是"家庭"中的男人或女人的父母!我几乎都理解不了,每个人似乎都有亲属关系。

这些影片很多的感人之处似乎都与这种亲情有千丝万缕的联系,而且在影片中很美好地呈现出来。

我当然明白,不要试图对任何人做道德评判,特别是属于另一个时代的人。我知道影片中的生活与"孤独最好"的格言相悖,但困扰我的并非这点。毕竟我还跟别人一次相处几天——甚至一连几周见到同一批学生。那些"家庭"令我感到困扰的并非亲密违规。我认为人们冒如此之大的风险有点令人震惊。他们彼此之间似乎有深厚的感情。

我对此感到震惊和悲哀。

他们常常相互交谈,尽管影片没有声音,但是嘴唇不停在动。

第二十三天

昨晚上床睡觉时,我还在思考很久以前的人们在"家庭"中冒的风险,然后今天早晨我的头一件事,就是浏览一部展现这种风险究竟有多严重的电影。

在屏幕上,一位老人就要去世,他躺在自家一张奇怪的老式床上——不在医院的临终关怀中心——周围家人环绕。一座摆钟挂在墙上,房间里有男孩、女孩、男人、女人和老人,我数不过来。他们都很悲伤,都在哭泣。后来老人去世,两个小女孩扑在他身上,随着无声的啜泣上下起伏。床脚有一只狗,老人去世时它把头搭在前爪上,似乎感到悲伤。然后挂钟停止了走动。

整场表演展现出的不必要的痛苦令我极为不安,于是我扔下未看完的电影去了动物园。

我径直来到爬行动物馆,红衣女人还在那里。馆里除了她,只有两个穿着灰毛衣和拖鞋的老头在一边抽大麻一边对着馆内中央池塘里的鳄鱼点头。红衣女人拿着一个三明治走来走去，似乎什么都没在看。

我还是感到不安——因为刚才的影片，因为我开始写这本日记以来所发生的一切——冲动之下，我走到红衣女人身旁说："你为什么总在这里？"

她停住脚步，转身用极具穿透力的神秘眼神看我。我忽然觉得，她也许是疯了。可那又不可能，否则审查员会发现，她会被送往保护区，张大嘴吞下缓释镇静剂和杜松子酒。不，她肯定神志正常，走在别人身边的都是正常人。

"我住这儿。"她说。

就我所知，没有人住动物园。跟所有的公共机构一样，动物园的所有工作都由各种类型的机器人完成。

"为什么？"这是侵犯隐私，可我似乎觉得这条法令不适用，也许是因为我们周围玻璃柜里蜿蜒蠕动的爬行动物，以及人工树木上繁茂湿润的人工绿叶。

"为什么不呢？"她问，然后又说，"你好像常来这里。"

我感觉自己脸一红："没错。我来这里是因为感到……难受。"

她盯着我说："你没吃药？"

"当然吃，"我说，"但我还是会来动物园。"

"好吧，"她说，"我不吃药。"

现在轮到我盯着她，觉得不可思议。"你不吃药？"

"我吃，可是现在它们令我恶心，"她的表情缓和了一点，"我的意思是服药后我会呕吐。"

"可是没有治疗呕吐的药物吗？我是说，药物机器人可以提供。"

"我猜是有的，"她说，"可那样我就不会吐出抗呕吐药了吗？"

我不知道是否应该微笑，可我还是笑了，尽管这一切听起来令人震惊。

"你可以注射一剂……"我说。

"算了，"她说，"别担心。"她突然转身看向鬣蜥的展柜。一如往常，鬣蜥充满活力，像蟾蜍一样在玻璃柜里跳来跳去。红衣女人咬了一口三明治开始咀嚼。

"你住在这儿，这座动物园？"我说。

"对。"她在吃三明治的间隙说。

"不会……无聊吗？"我说。

"老天，当然无聊啊。"

"那你为什么留在这里？"

她看着我，似乎不会回答。当然，她只需要耸耸肩再闭上眼，我就得遵守强制礼节，不再打扰她。你不能因为不受惩罚就去干涉个人自由。

不过她显然决定要回答我，而我看她要说话时——不知为何——心中充满感激。"我住在动物园，"她说，"是因为我没有工作，也没有别处可住。"

我一定盯着她看了足足一分钟，然后说："你为什么不退出？"

"退出过。我曾在掉队保护区生活了至少两个黄季,最后因为抽大麻和服药而开始呕吐。"

我当然听说过掉队保护区的大麻,它们由自动机器在大片的田地里培育,理应具有几乎难以置信的效果。但我还没听说过有谁抽了犯恶心。

"可是你又参与回来……不应该给你分配一份工作吗?"

"我没再回来。"

"你没有……?"

"没有。"说完她吃下最后一口三明治,一边咀嚼,一边转头再次观看鬣蜥。这时我并没有困惑而是感到气愤。那些该死的跳来跳去的鬣蜥!

然后我想,我应该举报她,可与此同时我知道自己不会。我还应该像任何负责任的人一样,报告那次集体自焚事件,可是我没有,大概没人那么做。你再也不会听说有谁被举报了。

她吃完以后转向我说:"我只是离开宿舍走到这里,似乎没人注意我。"

"可是你怎么生活?"我说。

"噢,容易,"她的眼神少了几分凌厉,"比如在这幢建筑之外有一个三明治机,你用信用卡购买那种。每天早晨一个伺服机器人过来填满新做的三明治。半个黄季之前,我一来到这里就发现,机器人带的三明治总是比机器的容量多五个。那是个低智力机器人,所以他就站在那里,托着五个多余的三明治。我从他手里把三明治拿走,作为当天的食物。我从饮水器上喝水。"

"你不工作?"

她盯着我说:"你知道如今工作意味着,他们得停用机器人才能找出付薪水让我们做的工作。"

我知道事实如她所述,估计每个人都清楚。可是没人真把这事挑明。"你可以做园丁……"我说。

"我不喜欢园艺。"她说。

我走过去,坐在巨蟒展柜旁边的长椅上,两个老头已经离开,只剩下我和红衣女人。我没有看她,"你做什么?"我说,"你无聊的时候做什么?这种地方也没有电视,而且在纽约没有信用币,也无法使用娱乐设施。不工作也赚不到信用币……"

她没回答,过了一会儿,我以为她没听见我。可是接着我听见她的脚步声,很快她就坐到我身旁。"最近,"她说,"我一直在努力熟记我的人生。"

"熟记我的人生"这个说法太过奇特,所以我没有接茬,只是看着巨蟒在树枝间蠕动,一点都不真实。

"你有时间应该试试,"她说,"先回忆起经历过的一件事,然后反复琢磨。这就叫'熟记'。假如我能坚持得足够久,就会把这件事像故事或歌曲一样全都牢牢记住。"

我心说,老天在上!她肯定是疯了!可是现实如此,审查员没检出她。然后我想,是因为没有服药。她的头脑可能会怎样……?

我从长椅上站起身,向她告辞离开。

第二十四天

"熟记我的生活。"这个说法始终萦绕在我的脑海。我乘巴士从布朗克斯经过曼哈顿回到图书馆,一路上看着愉快、害羞和无害的乘客和行人,他们或谨慎地坐在巴士座位上,保持一定距离,或者在街上行走,小心地互相避开眼神。而我一直在想着"熟记我的生活",虽然不能理解,但也无法抛在脑后。

后来随着巴士接近图书馆,我发出在前门扶梯处停车的思维信号。我看见街上有一大群人,突然之间另一个问题顶替了一直盘桓在我脑海里的想法:所有的年轻人都在哪儿?

因为街上没有年轻人,所有人都跟我一样大或者更年长。我比影片中的很多父亲都老,比《铁血船长》里的道格拉斯·范朋克❶还老——老得多。

为什么没人比我年轻?影片里都是年轻人,实际上他们占大多数。

出什么问题了吗?

---

❶ 道格拉斯·范朋克(Douglas Fairbanks,1883—1939),美国演员、导演与剧作家,是第一位在电影中扮演黑侠佐罗的演员。他是联艺制片公司四位创始人之一,是前文提到的玛丽·毕克馥的丈夫,曾在第一届奥斯卡颁奖典礼上担任主持。

第二十五天

小时候我跟班级里的男孩和女孩在宿舍一同成长,当时就没有比我们更小的年龄组,我们是最小的孩子。我不知道托莱多附近庞大古老的耐久塑料楼群里居住着多少学生,因为我们没有被统计过,自己也不会数数。

我记得有一栋建筑被称为孩提教堂,安静古朴,我们每天都会去私训和静修一个小时。要求是我们坐在满是同龄孩子的室内,观察前方巨大电视屏幕上移动的光影和颜色,忘记别人的存在。一台低智力机器人——二型——会在每次开始前发放小剂量的安眠药。我记得自己长大到可以在早餐后参加那项活动,随着甜味安眠药溶解在嘴里,我继续待上一个小时,然后在一种感受不到别人的状态中,离开去上下一节课,实际上跟我在一起的孩子足有一百个。

我们从那栋建筑毕业并升至青少年训练时,那里被一群大机器和三型机器人拆除。大约一个蓝季之后我被调到大人物睡眠中心时,我们旧的孩提睡眠中心也被拆除了。

我们肯定是最后一代孩子,以后再也没有了。

第二十六天

今天我又目睹一起自焚,就在中午。

地点是在第五大道的主厨汉堡,我常去那里吃午餐,因为我的纽约大学信用卡非常大方地提供了额外的花销,超过我的实际所需。我刚吃完自己的海藻汉堡,正在喝第二杯俄式茶饮,这时我感到身后空气暗涌,听见有人在说:"天哪!"我端着茶杯转过身,看见餐厅另一端有三个人坐在一个隔间里,浑身是火。在有点阴暗的餐厅内,火焰似乎非常明亮。起初很难看清是哪个人在燃烧,不过就在他们的脸被烧黑变形的时候,我逐渐分辨出来。她们都是老人——我觉得是女性,当然没有痛苦的迹象。她们本可以一直玩金拉米纸牌,只不过现在就要被烧死了。

我想要尖叫,不过当然没有,也想过把手中的茶水泼向她们可怜苍老而且正在燃烧的躯体。可是她们的隐私权禁止我那样做。所以我只是袖手旁观。

两台伺服机器人冲出厨房,停在她们身旁——我猜是为了确保火势不会蔓延。没有人动地方,也没有人说话。

终于,气味变得难以忍受,我便离开了主厨汉堡。可是我又停下脚步,因为一个男人从窗外注视着自焚者。我在他身旁站了一会儿,然后说:"我不明白。"

那个男人看着我,起初一脸茫然,然后他皱起眉,露出厌恶的表情,接着耸了耸肩,又闭上眼睛。

发觉自己在哭泣时,我尴尬地涨红了脸。居然在公共场所,哭泣。

第二十九天

我已经开始真正写下这些内容。今天是我休息的日子，我没有看电影，而是从自我表达系拿来绘图纸和一支笔，按照《词典》第一页放大的字母书写范例，开始写下录音日志的内容。起初很难，我觉得自己永远都跟不上。我会用录音设备重放几个单词，然后把它们写在纸上。可是这很快变成一种折磨。最难的是要拼出更长的单词，其中有些是我从影片中学来的，幸运的是，某些特别长的单词我最近从《词典》中学过。我通常能够查到，不过需要多翻几遍。

我相信《词典》中词语的排列遵循某种原则——或许这样它们就能轻易被找到——可是我还没有掌握。好多页的单词都是以相同的字母开始，然后突然之间又开始换成另外一个完全不同的字母。写了几个小时之后，我的手开始疼痛，无法再握住笔。我不得不服用止痛药，可是服药之后，我又发现，药物让我更难以集中精力写作，我会落下整个单词和短语。

我曾怀疑药物会产生这样的影响，但是以前从来没有如此确凿的证据。

第三十一天

今天我没去动物园。

一整天都在往纸上誊写字迹，从午餐时间直到现在天色开始变暗。我手上的疼痛变得愈加剧烈，但是我没吃止痛药，过了一会儿，我甚至似乎忘了疼痛。其实——怎么说呢？——坐在桌前，用疼痛的手和手腕在纸上写字，这样的经历还是有所回报。我已经抄录到第二十九天的日记。尽管我此刻还在录音，却对明天取回纸张后继续进行的誊写工作感到渴望。

有件事一直根植在我的思维里，也就是爬行动物馆的女士那天说的"熟记我的生活"。一个小时前，我把它写了下来，从字里行间，我能看出点儿什么，让我花了点时间才完全掌握的内容。我正在做的事情，就是熟记我的生活。把这些字留在纸上是一种心理行为——也就是那个女人说的"熟记"——不同于只对着录音设备朗读。写下"熟记我的生活"之后，我便停止工作，决定做一件小事。我拿出《词典》，持续翻页，直到所有的单词都以 M 开始的部分，然后我开始审读这些单词。过了一会儿，我察觉出某种模式，因为以 M 开始、后面紧随着字母 E 的单词都在一起。我查阅这组单词，最后经过一番寻找，我发现了单词"熟记"，它的定义如下："用心记住"，真奇怪啊——心，用心记住。我无法完全理解。可是"心"这个词似乎也对，因为我知道自己的心一直在跳，一直。

好像我这辈子从来没有如此清晰地看见、听见和思考。有可能是因为我今天没吃药吗？还是因为书写这种行为？这两件全新的事接踵而至，我无法确定是哪件事的缘故。这种感觉奇怪至极，让人欣喜若狂。可是冒险的感觉几乎让人恐惧。

第三十三天

昨晚我无法入眠，清醒地躺在床上，盯着档案馆里这间房的不锈钢屋顶。有好几次，我开始召唤伺服机器人送来安眠药，但是又决意放弃。在某种意义上，我享受失眠。我起床待了一会儿，然后开始在房间里踱步，这是一个明亮的房间，铺着厚重的淡紫色地毯。我的床边有一张桌子，桌子上放着《词典》。我花了约一个小时来翻阅收录的词语，它们之中固化了多么不可思议的含义！多么美妙的历史感！

我决定出门。时间已经很晚，街上没人，尽管纽约相当安全，我还是感到紧张，而且有点害怕。我心中有些事情放不下，但决心不借助安眠药入睡，于是招来一辆感应巴士，让它载我去布朗克斯动物园。

巴士上只有我一个人，它载着我，沿漫长的道路穿过曼哈顿的平房和空地。我在车上观察窗外，看着房子里的灯光，有人还在屋里看着电视。纽约非常平静祥和，特别是在晚上。可我在思考所有那些在看电视的人，那些生命。我不停在想他们对过去一无所知，既不了解自己的过去，也不了解其他任何人的过去。这当然是真的，我早就知道。可是在这样一个夜里，独自一人乘坐巴士穿越纽约前往动物园，这种想法最为强烈，它的不合理之处开始将我吞没。

爬行动物馆很暗，但是没有上锁。我进门时发出声响，我听见受到惊吓的女子说："谁呀？"

我说:"是我。"

我听见她倒吸一口气说:"上帝!夜里你也来。"

"我猜是这样。"说完我看见她用打火机点起一道火光,然后光芒稳定下来,我看见她点燃一支蜡烛,放在长椅上。蜡烛一定是她从口袋里掏出来的。

"既然如此,"我说,"很高兴你有光。"她一定是睡在长椅上,因为她伸了伸懒腰,然后说:"来,你不妨到这儿坐下。"

于是我走过去,坐在她旁边。我能感受到自己的手在颤抖,希望她没有注意到。我们坐在长椅上沉默了一会,我看不见玻璃柜里的爬行动物,它们也没发出任何声音。爬行动物馆里一片寂静,烛火的光芒在她脸上跃动。最后她开口讲话。

"你不应该在夜里来动物园。"她说。

我看着她说:"你也不该来。"

她低头看着交叠起来放在大腿上的双手,这个姿势存有一种美感,我已经在老电影中见过多次,由玛丽·毕克馥呈现。她抬头看我,强烈的注视在烛光中稍显柔和。

"你为什么来这里?"她问。

我看她良久才开口说:"你那天的一个说法,让我挥之不去。你说你要熟记自己的生活。"

她点点头。

"一开始我不知道那是什么意思,"我说,"不过我想我现在知道了。其实我觉得自己正在尝试做同样或差不多的事情。不是熟记我的早期生活、童年生活、集体生活或者大学生活，而是我现在的生活，已经过了一段时间的生活。我在尝试熟记这一段。"我停止讲话，不知道究竟该如何继续，她密切地注视着我的面庞。

"如此看来不止我一个人，"她说，"也许我已经发起了一场运动。"

"对，"我说，"也许如此。不过我有件东西你可能会觉得有用。你知道什么是录音设备吗？"

"我应该知道，"她说，"不就是你对着它讲话，它回放出来吗？比如你给图书馆打电话咨询，为你提供信息的声音不是真人在实时讲话，而是有人提前说过的。"

"没错，"我说，"就是这个意思。我有一台录音设备，我觉得你也许愿意试试。"

"你现在带来了吗？"她说。

"带了。"我说。

"好，"她说，"这会很有意思，不过我们需要光。"她从长椅上站起，走向屋子对面，离开了烛火的光亮，我听见她打开什么东西，然后是咔嗒一声，室内充满了光芒，所有展柜的玻璃都向我反光，里面所有的爬行动物，鬣蜥、巨蟒、绿色巨蜥、笼子里的大块头棕色鳄鱼，它们都一动不动，一声不吭地待在它们的合成植被里。她回到长椅，坐在我的身旁。这时我能看见她的头发乱作一团，在长椅睡觉导致她的脸上压出了痕迹，不过尽管如此，她看起来精神抖擞，已经完全从睡眠中清醒过来。

"我们看看这台录音设备吧。"她说。

我从口袋里摸索着掏出来,"瞧,"我说,"我告诉你怎么使用。"

我们在那里待了肯定有一个多小时。她对录音设备感到着迷,问我她是否可以使用一段时间,不过我说不行,我工作要用,而且很难再拿到一台。有一瞬间,我差点要告诉她关于读写的事情,可是有种感觉阻止我那样做,也许以后我会告诉她。当我向她告辞返回时,她说:"你住在哪儿? 在什么地方工作?"

"在纽约大学,"我说,"只是今年夏天临时的工作。我住在俄亥俄州。"

"你在大学里干什么?"她说。

"欣赏老电影,"我告诉她,"你知道什么是电影吗?"

"电影? 不知道。"她说。

"其实,电影就像视频记录,一种记录活动影像的方法,用于电视发明之前。"

她睁大双眼说:"在电视发明之前?"

"对,"我说,"曾经有一个时期,电视还没有被发明。"

"天哪,"她说,"你怎么知道?"其实我当然不知道,但是我从看过的影片中猜到,它们都是在电视时代之前拍摄的,因为影片中那些家庭的房子里从来都没有电视机。当意识到只能用"过去"来称呼的存在时,一想到事件和背景会发展变化 —— 事物不会保持一成不变 —— 我就感到奇怪和震惊。

"一想到曾经没有电视,"女孩说,"就让人觉得不可思议。不过我觉得也能理解,开始熟记我的生活以来,有很多事情我认为都可以理解。你能感受到事情接踵而至,有变化在发生。"

我看着她,"天哪,没错,"我说,"我懂你的意思。"然后我拿上录音设备,离开爬行动物馆。感应巴士正在等待,天光已经开始放亮,有些鸟儿在歌唱,我心想,只有知更鸟在树林边歌唱。可是此刻我没有感到悲伤。

走向巴士的时候,不知为何我有点尴尬,仿佛她刚刚为我提供了很大帮助。迫使我午夜来到这座动物园的紧张感此刻已经消散,就好像我服用了两粒奈布卡因……可我不知道该如何谢她,所以我只是走回建筑旁边说"晚安",然后就要再次离开。

"等等。"她说。我转过身面对她。

"为什么不带我一起走?"

我对此感到大为震惊。"为什么?"我说,"做爱吗?"

"或许吧,"她说,"也不一定。我想要……用你的录音设备。"

"这个嘛,"我说,"大学跟我有协定,我不确定……"

她的脸色突然一变,在愤怒中扭曲得吓人——跟影片中某些演员的表情一样愤怒。"我还以为你跟别人不同,"她声音颤抖,但也克制,"我以为你不在乎犯下错误,不在乎违反规定。"

她的愤怒令人非常不安。在公共场合发怒——在某种意义上,这是一次公共事件——本身就是一种最严重的错误,跟我在主厨汉堡外哭泣一样严重。随即我想到自己,想到自己的哭泣,因此无言以对。

她一定把我的沉默理解为否认,抑或是准备用隐私权来回避,因为她突然又说:"等等。"

趁我站住不动,不知所措的时候,她飞快地走出爬行动物馆,很快又拿着一块手掌大小的石头折返,那一定是她从室外花坛里找来的。我全神贯注地观察着她。

"我让你瞧瞧什么是犯错和行为准则。"她说罢向后引臂,把石头猛掷向巨蟒展柜的玻璃面板。真令人惊叹,先是随着一声巨响,展柜前面板凹陷进去,一大块三角形玻璃摔碎在我脚边的地面上。我站在那里被吓得目瞪口呆,她却径直走向展柜,用双手拽出巨蟒。我浑身颤抖,她的自信心压倒一切,要是那条蛇不是机器的呢?

她头朝前拖过那条蛇,一边掰开它的嘴,一边低头朝里看。然后她把蛇头对准我,依旧用力掰开宽大恶毒的嘴。我们猜对了,喉咙里三十厘米深的地方显然安放着 D 级机器人核电池组。

我被她的所作所为吓得目瞪口呆。

我俩站立的状态一定很像老电影里的"场景"。她得意扬扬地举着蟒蛇,我惊恐地注视着她刚刚完成的壮举,身后突然传出一个声音。我转过身,两组爬行动物展柜之间墙壁上的门也同时打开。凶猛的安全机器人大步走出来,他一边走向我们一边用沉重有力的声音说:"你被捕了,你有权保持沉默,可以……"

这个女人一直冷静地抬头看着比自己高出许多的机器人,然后她突然打断对方,"滚开,机器人,"她说,"闭上嘴滚开。"

机器人停止讲话也不再移动。

"机器人,"她说,"拿走这条该死的蛇,把它修好。"

机器人伸手从她那儿把蛇接到自己的怀里，一声不响地离开房间，走进夜色。

看到这一切，我几乎说不清自己的感受，这有点类似某些电影里的激烈场面呈现在眼前，比如《党同伐异》中巨大石质建筑倒塌的情节。你只会盯着画面，但是什么感觉也没有。

可是我随之开始思考，然后说："审查员……"

她看着我，表情惊人地平静，"你必须得那样对付机器人，他们生来就为了服务人类，已经没人知道这点了。"

服务人类？听起来或许不假。"可是审查员呢？"

"审查员已经不再审查，"她说，"瞧瞧我，他们就没查出我偷三明治和没有返回许可就离开掉队保护区。"

我没说什么，但是脸上一定写满震惊。

"审查员什么都查不到，"她说，"也许他们从来没查过，没有必要，每个人从童年就受到规训，所以没人再做出格的行为。"

"有人自焚，"我说，"经常性的。"

"审查员阻止了吗？"她说，"为什么审查员不知道人们有了不正常的自杀想法？为什么不去阻止他们？"

我只能点头，她说的当然没错。

我先后看着地上破碎的玻璃和里边放着塑料树但已经没有了动静的破碎展柜，然后我又看向她。她站在爬行动物馆的人工光照里，镇定自若，未被药物麻醉——而且令我担心的是——同时又完全失去了理智。

她正看着巨蟒的展柜，里面那棵树木的高枝上挂着某种果实。突然之间，她把手臂伸进柜子，伸向果实，显然想要去摘它。

我注视着她，树枝颇高，她被迫踮起脚尖，尽量够向远处，勉强用指尖触到果实的底部。展柜里的强光透过她的裙子，清晰地勾勒出她身体的曲线。真美。

她摘下果实，像个舞者一样举着站立了一会儿。然后她把果实拿在胸前，翻过来查看。很难分辨那是什么果实，仿佛是某种芒果。尽管我十分确定果实由塑料制成，但是有那么一会儿，我以为她要试着吃下。可是后来她伸出手臂，把果实递给我。"这当然不能食用。"她说。她的声音出奇地平静和无奈。

我从她手里接下果实。"你为什么摘它？"我说。

"不知道，"她说，"似乎就该这么做。"

我长久地看着她，一言不发。尽管年纪和长椅上的睡眠增添了脸上的皱纹，尽管头发也未经梳理，可她依然很美。然而我对她没有任何欲望——只有一种敬畏，和些许恐惧。

然后我把塑料果实塞进口袋，并说道："我要回图书馆吃几片安眠药。"

她转过脸去看身后的空展柜。"好吧，"她说，"晚安。"

等到回来，我把果实放在了床头桌上的《词典》上，然后服下三片安眠药，一觉睡到中午。

果实还放置在那里，我希望它具有某种意义，可是它没有。

第三十七天

四天没有服药,每天只抽两支大麻 —— 晚饭后一支,睡觉前一支。这都非常奇怪,我感到既紧张又莫名地兴奋。

我常常感到不安,必须得沿着图书馆地下室房间外的走廊来回散步。走廊如同迷宫,没有尽头,长满苔藓,略显潮湿。我经过一些门口,偶尔会打开门向里看看,回想起发现《词典》的时候,几乎是在担心自己会发现什么。我不确定自己想要找到什么东西,来到这里以后,我已经有了充足的新奇玩意。

可是房间里从来什么都没有。有些屋里摆着从地板一直到房顶的架子。我左右打量,然后关上门,继续沿着走廊前行。走廊里总有一股发霉的气味。

房间的门有不同的颜色,这样你就可以互相区分。我的房间有淡紫色房门,跟屋里的地毯搭配。

初次搬来时,在这栋巨大空荡的建筑里漫步有点可怕。可是现在我从中获得某种慰藉。

我已经不会像以前那样小睡了。

第四十天

四十天,都被记录下来,记录在我面前桌上的七十二张绘图纸上，都由我书写。

这是我此生最伟大的成就，没错，这个说法我曾经用过：伟大成就。学会阅读就是一项成就，除了我没有人会，斯波福思都不知道。可话说回来，斯波福思是一台机器人，机器人可能知晓一切，但无法取得任何成就。它们被打造得恪尽职守，而且无力改变。

今天我看了七部影片，对着录音设备朗读的词语我几乎一个都不记得。

我无法把她抛在脑后，我仿佛看见她站在装有树木以及蕨类植物的玻璃柜前，伸手把塑料果实递给我。

第四十一天

大多数主厨汉堡店都是小规模的耐久塑料建筑。可是第五大道上那家要更大一些，而且由不锈钢建成，餐桌上有郁金香形状的红色台灯，墙壁扬声器播放的灵魂背景音乐是由俄式三弦琴演奏。红色服务吧台的每一端都放着一个巨大的铜制俄式茶壶，服务员——基于女性克隆体的四型机器人——都佩戴着红色印花头巾。

今天早晨我到那里吃早餐，点的是炒合成鸡蛋和热茶。排队等待点餐时，我前边是个身穿棕色连体服的小个儿男人，他表情茫然平静地想要点一份黄金薯条作为早餐。他手拿着信用卡，我看见卡片是橙色，那意味着他是某个大人物。

柜台后的机器人女招待告诉他早餐不供应黄金薯条，突然之间，他卸下平静的表情说："你是什么意思？我不吃早餐。"

机器人傻乎乎地低头看着柜台说："黄金薯条只随超级大厨套餐供应。"然后她转头看身旁长相一模一样的另一台机器人，她们俩的眉毛都挤到了鼻子的正上方，"只随超级大厨套餐供应，没错吧，玛吉？"

我看见柜台后边摆着好几盒薯条，都装在小塑料袋里。

玛吉说："黄金薯条只随超级大厨套餐供应。"

第一台机器人短暂地看了眼我前面的男人，然后又垂下目光，"黄金薯条只随超级大厨套餐供应。"她说。

男人看起来气坏了。"行，"他说，"那给我一份有黄金薯条的超级大厨套餐。"

"带黄金薯条的？"

"对。"

"真抱歉，先生，可是超级大厨套餐机今天工作不正常。我们有合成鸡蛋和猴子培根，还有黄金土司。"

有那么一瞬间，这个男人似乎就要尖叫，不过他还是把手伸进胸袋，掏出一个银色的小药盒，吞下三粒绿色安眠药，过了一会儿他的表情再次平静下来，然后点了一份吐司。

第四十二天

我让她来到了图书馆！她此刻正睡在走廊对面一个空房间的厚

地毯上。

我来讲讲这是怎么回事吧。

我已经下决心绝不再去动物园。可是昨天，我抑制不住地想她。这与性或者很多影片展现的"爱"的想法无关。我只能跟自己这样解释，她是我遇见过的最有趣的人。

我觉得假如没有学会阅读，我就不会对她感兴趣，只会感到害怕。

昨天午饭之后，我乘坐巴士去了动物园。因为是周四，所以天在下雨。除了几台低智力机器人在倾倒垃圾、修剪树篱、忙于公园和城市花园的工作，街上没有人。

我到动物园时，她不在爬行动物馆。我大惊失色——害怕她离开这里，让我再也见不到。我尝试坐下来等她，可又不安得必须走动起来。我先观看了一些爬行动物，巨蟒展柜已经被修好，但是里边没有巨蟒，只有几条菱斑响尾蛇热情地晃动着尾巴发出声响，跟我刚刚在屋外见到的拿着甜筒冰淇淋的孩子一样热情。

过了一会儿，我看够了所有这些过于活跃的生物，见雨已经停住，便来到外边。

那个孩子，或者说跟他相似的另一个机器人，在外面的一条小路上。因为雨天几乎没人来动物园，那个孩子必是打定主意要专心地只为我呈现某种表演。他走到我跟前说："你好，先生。观赏这么多动物是不是很有趣？"

我从他身旁经过，没有回答。沿着一条路走向放养斑马的隔离岛时,我能听见他跟在我身后。

"真好!"孩子说,"斑马今天肯定生龙活虎。"

这种情形让我产生了一种自从孩提时代起就不曾允许自己拥有的感受:气愤。我狂怒地转身低头盯着这个一脸雀斑的小胖家伙,"滚开,机器人!"我说。

他没有看我。"斑马……"他说。

"滚开!"

然后他转回身,突然开始蹦跳着沿另一条路离开。

我没觉得这样做有什么不好,即使我不完全确定他是个机器人。机器人本来可以通过不同颜色的耳垂来区分,不过跟其他所有人一样,我这辈子一直都听到流言说,这个方法不适用于所有的情况。

我试图专心看一会儿斑马,但又没法把心思一直放在它们身上,因为我正在经历各种各样的感情:让那个孩子闭嘴而产生的某种狂喜——或任何别的感觉——对于那个女人的复杂感情,最重要的是害怕她离开。抑或她可能还是被查到了?

斑马没有特别活跃,也许这意味着它们都是真的。

过了一会儿,我又开始走动起来,然后看向道路前方的一座灰色小喷泉,红衣女孩就在那里,手里拿着一束黄色郁金香,朝我走来。我停下脚步,心脏仿佛暂时停止了跳动。

她手拿鲜花,笑着走到我跟前。"嗨,你好啊。"她说。

"你好,"我说,"我是保罗。"

"我是玛丽,"她说,"玛丽·卢·伯恩。"

"你去哪儿了？我去过爬行动物馆。"

"散步，午饭前我去散步，然后被雨水困住了。"

紧接着我看见她的红裙子和头发都已被淋湿。"哦，"我说，"我还担心你……不在这里了。"

"被查到吗？"她笑着说，"我们回蛇馆去吃个三明治吧。"

"我已经吃过午餐了，"我说，"你应该换件干衣服。"

"我没有干衣服，"她说，"只有这条裙子。"

我犹豫了一下才开口，不知道这话从何而来，但还是说："跟我回曼哈顿，我给你一条裙子。"

她似乎完全没有感到意外："我先去拿个三明治……"

我从第五大道的一台贩卖机上给她买了条裙子——由好看的粗纤维材料新纶做成的黄裙子。等我们乘坐巴士到达那里时，她的头发已经晾干，她看上去光彩照人，手里还拿着花，花束跟她的裙子交相辉映。

"光彩照人"这个词是我从一部蒂达·巴拉❶的电影里学来的。电影中，一名贵族和他的仆人注视着身着黑裙、手拿白花的巴拉小姐从弧形楼梯上走下来。仆人说："漂亮，真漂亮。"字幕亦有显示。贵族微微点头说："她光彩照人。"

我们在巴士上没怎么交谈，当我把她带回我的卧室兼办公室，

---

❶ 蒂达·巴拉（Theda Bara，1885—1955），美国默片时代最受欢迎的女演员之一。

她坐在黑色塑料沙发上打量四周。房间很大，而且装饰得五颜六色——柔和的灯光、淡紫色的地毯、金属墙壁上贴着靓丽的植物图——我特别引以为傲。要是有一扇窗户就更好了，可这是间地下室——甚至在地下第五层——离地面太远，没法开窗。

"你觉得这里怎么样？"我说。

她站起身，抻平了一幅花朵海报。"有点像一间芝加哥的妓院，"她说，"不过我喜欢。"

我没理解她这话是什么意思，"芝加哥的妓院是什么？"我说。

她看着我笑道："不知道，我父亲常提到。"

"你父亲，"我说，"你有父亲？"

"算是吧。我从宿舍逃跑时，一个年纪很大的男人在外面的沙漠里照顾我，他名叫西蒙，每次看见什么明亮的东西——比如日落——他就会说'真像一间芝加哥的妓院'。"

她一直看着刚刚抻平的海报，然后转身背对它，走向自己在沙发上的座位，"我想喝杯酒。"她说。

"你喝酒不难受？"

"合成杜松子酒没事，"她说，"只要别喝太多。"

"好吧，"我说，"我想我可以弄点。"我按了桌上的按钮召唤伺服机器人，他几乎没耽搁就来到我这里，我让他给我们拿两杯加冰的合成杜松子酒。

机器人转身要离开时，玛丽说："等一下，机器人，"然后她看着我，"我要点吃的可以吗？我真是受够了动物园的三明治。"

"当然可以,"我说,"抱歉我没有想到。"她似乎在掌控局面,这让我有点分心。不过同时我也乐于作为主人招待她——特别是我在纽约大学的信用卡上还有不少未使用的信用币,"餐厅机器制作的猴子培根和番茄三明治很美味。"

她皱起眉,"我从来不吃猴子培根,"她说,"我父亲以前总是觉得猴子食品让人恶心。烤牛肉怎么样? 但不要三明治。"

我转身对机器人说:"你能上一盘烤牛肉片吗?"

"行,"机器人说,"没问题。"

"好的,"我说,"随酒水一起上些萝卜和莴苣。"

机器人离开,然后房间里尴尬地沉默了一会儿。我对此感到惊讶,甚至在某种程度上还有点高兴。有时候玛丽·卢似乎一点感觉都没有。

我打破沉默:"你逃离了宿舍?"

"青春期前后吧。我逃离过很多地方。"我甚至从没想过有人可能打算逃离宿舍。不,不对。我记得小时候听男孩们吹牛要如何"逃走",因为他们受到一位机器人老师的不公平对待,或者诸如此类的原因。但是好像除了玛丽·卢,没人付诸实施。

"然后你没被查到?"

"起初我以为必然会被查出来,"她放松地向后靠在沙发上,"所以吓坏了。我沿着一条古道走了半天,然后在沙漠里发现了一座古镇,但是审查员一直也没来找我,"她缓缓地摇头,"就是那时,我开始觉察出审查员不怎么起作用,而且你不用必须听从机器人的管理。"

我惊得浑身一颤,想起在宿舍里自己被机器人惩戒时发生过一件事。

"你知道,"她说,"他们教导你,机器人生来服务人类,但是表达的方式让你把'服务'理解成'控制'。我父亲——西蒙——称之为'政治话术'。"

"政治话术?"

"某种特殊的撒谎方式,"她说,"我遇见西蒙时他年纪已经很大了,他没掉光牙齿,听力堪忧,我跟他一起生活后没过几个黄季他就去世了。他说过很多从他的父亲——或某个人——那里了解到的事情,年代都很久远。"

"他在宿舍中受过培训吗?"

"我不清楚,从没想过要问他。"

机器人端着我们的食物和饮品回来,玛丽·卢一手端着自己那盘烤牛肉,另一只手握着合成杜松子酒,舒服地坐在沙发上。她喝一大口酒,随着一阵微微的颤抖咽下,然后用手指捏起一片牛肉,以一种我前所未见的——我以前从没见过有谁用手指吃东西——非常自然的方式吃了下去。

"你要知道,"她说,"可能是西蒙给我养成了吃牛肉的习惯。他以前从大型自动化牧场盗牛,有时候直接去猎杀野牛。"

我从没听说过这种事,"'盗'就是指'偷'吗?"我说。

她点点头,"我猜是的。"她从盘里又拿了一片牛肉,然后把盘子放在身旁的沙发上。她把牛肉捏在指间,又喝了一口手中的酒。"别再问审查员的事儿了,"她说,"因为根本就没有审查员,"然后她把酒一口喝光,"西蒙说他从小到大都没见到过一个审查员,也没听说谁被审查过。"

太让人震惊了,可听起来像是真的。我不是年轻人,也从没见过或者了解到有谁被审查。可是话说回来,我以前也根本不认识冒险违规的人。

后来,我们的交谈暂停了一会儿,她专心吃完盘中的牛肉,我只是看着她吃,仍然在内心惊异于她这个人、她的有趣之处——还有身体上的魅力——以及我居然能凭一己之力让她来跟我待在一起。

我当然想到过做爱,可是又觉得短时间内那不会发生。我希望还是不做爱的好,因为对这事我比大多数人都害羞。尽管她展现出强大的吸引力——我喝完杜松子酒之后,这似乎比之前更加明显——可此时此刻,那种事让我感到特别忧虑不安。

然后似乎又过了很久,她说:"再让我看看你的录音设备。"我说:"没问题。"然后便到桌子上去取。在录音设备旁边放着她从巨蟒展柜里摘下的仿真果实,来到我的房间后,她似乎没注意到。

我没动果实,只是从桌上拿起录音设备交给玛丽。

她还记得如何使用。"如果我录音的话,"她说,"你介意吗?"

我让她尽管录,接着又告诉机器人给我们各自再上一杯加冰杜松子酒，然后我躺在床上听她对录音设备说话。

听了一会儿我才明白她在干什么。她用一种颇具魅力的方式缓缓讲话，说出的词语不带任何明显的感情。最后我听清她在说她已经"熟记"的"生活"——仿佛练习一般重复那些话语。

"我记得我的床边有一把椅子。我记得曾穿着一条绿裙子去上学。每个人都想方设法穿得跟别人不同，展示我们的个性。可我觉得我们看起来都一样。

"我在班级里非常聪明，但是我讨厌他们。

"我记得一个女孩名叫萨拉，脸上长着难看的脓疱。她第一个跟我讲到性，她已经做过，而且是在别的孩子的注视下，听起来……别扭。

"我们所有人居住的地方被沙漠包围，吉拉兽有时候来到宿舍睡觉。机器人会捉住它们并搬走。我为那些蠢笨的大蜥蜴感到难过，爬行动物馆里没有吉拉兽，可我觉得他们应该饲养……"

玛丽娓娓道来，起初我很感兴趣，可是过了一会儿我就睡意沉沉。这是漫长的一天，而且以前我从没喝过这么多酒。

她对着录音设备讲述的过程中，我坠入了梦乡。

今天早晨我醒来时，她已经不见。开始我担心地以为她可能离开，不过我沿着走廊检查别的房间，打开几间空的之后，我找到了她，她团着身子躺在一间屋子中央，像个孩子一样睡在厚实的橙色地毯上。我的内心为她充盈起一股暖意，我觉得自己……像一位父亲，也像一个爱人。

然后我回到办公室吃早餐,开始写这篇日记。

写完后我会叫醒她,我们去外面的饭店吃午餐。

第四十三天

叫醒她后,我带她乘传送带逛第五大道,我们在一家素食餐厅用午餐,吃了菠菜和豆子。

我们俩都没有服药或抽大麻,令人惊讶的是,我们注意到别人似乎都很恍惚和迷惑,当然,这不包括为我们提供服务的机器人。旁边桌上的一对稍微年长的夫妇不断重复着某种对话,似乎在盲目地模仿。男人会说:"佛罗里达是最好的地方。"女人会说:"我没记住你的名字。"男人会说:"我喜欢佛罗里达。"女人会说:"是亚瑟吧,对不对?"整个用餐的过程中一直都是这样,他们肯定有性关系,可是除此之外他们没法以任何方式相结合。这种交谈从来都不罕见。可是有玛丽·卢在身边,我们各自都有话要跟对方说,而且我们头脑清醒,绝对没有昏昏欲睡,所以我们显得格外引人注目,同时也令人感到悲伤。

第四十六天

玛丽·卢已经来到这里三天,前两天她提前告诉我不要打扰她,然后每天都睡到中午。我利用那两天的上午观看一部电影，它讲的是赤裸上身的男人在越洋帆船上的生活。男人们总是用刀和剑互相搏斗，会说"咄！"和"我是海洋之主"。电影挺有趣，但是玛丽·卢总是萦绕在我的思绪中，让我没法专心观赏。

那两天我只在上午工作，因为出于某种原因，我不愿让她看见我在工作。我不知道具体是因为什么，但我不想让她知道我在阅读。

然后在第三天早晨，她手拿着一本书来到我的房间。她的样子让我惊为天人：穿着一套我给她的睡衣裤，上衣没有系扣子，所以我能看见她双乳之间的肌肤。她脖子上戴了一个十字架，我能看见她的肚脐。"嗨，你瞧，"她说，"看看我发现了什么。"她把书递到我面前。

她的睡衣随着这个姿势移动，一个乳头短暂地暴露出来。我被搞糊涂了，站在那里极力避开眼神，肯定像个傻子一样。我还注意到她光着脚。

"拿着。"她说着硬把书塞在我的手里。

又经过一阵困惑之后，我接过书。这是一本小书，出乎我意料地没有硬质书封。

我看着封面，上面的图片——褪色的黄色和蓝色——让人无法理解，只是一片深色和浅色的方块交织在一起，某些方块上放着奇形怪状的东西，书名叫《国际象棋残局基础》，作者是鲁本·法因❶。

---

❶ 鲁本·法因（Reuben Fine，1914—1993），美国国际象棋特级大师、心理学家。

我翻开书，纸质泛黄，上面印着不大的黑白格示意图，以及很多似乎含义不明的文字。

我稍微恢复一点冷静，又看向玛丽·卢。她一定注意到我的动作，因为她已经系上了睡衣的扣子，正在用手指穿过头发，想这样梳一下。

"你从哪儿找到这本书的？"我说。

她若有所思地看着我，然后说："这是……这是一本书？"

"是的，"我说，"你在哪儿找到的？"

她盯着我手中的书，然后说："基督耶稣！"

"什么？"

"只是一种表达方法。"她说完拉起我的手，"来，我带你去看我在哪儿找到它的。"

我像个孩子一样拉着她的手，跟在她身后。她的触碰让我不好意思，我想要放开，但又不知道该如何放开。她似乎目标明确、充满力量，而我则困惑不解、不知所措。

她带着我沿着走廊比我以前走得更远，转一个弯再穿过双扇门，然后经过另一条走廊。一路上我们路过几道门，其中一些开着。房间里似乎都是空的。

她仿佛猜到我在想什么，"你以前到过这么远吗？"她说。

不知为何，我为自己没来过这么远而感到害臊，可我从没想过查看所有这些房间，那么做似乎不合适，所以我没有回答。她说："随后我会把这些门关上，"然后又说，"昨晚我睡不着，所以躺了一会儿起来探视,"她笑着说,"西蒙总是说,'仔细检查你所处的环境,亲爱的。'所以我像麦克白夫人一样在走廊里漫游,打开房门,大多数房间是空的。"

"麦克白夫人是谁?"我努力制造话题。

"一个穿着睡衣到处走的人。"她说。

在我们所处这条新走廊的尽头,有一扇敞开的红色大门。她领我走向大门,我们进入房间时,她才撒开我的手。

我细看周围,靠着房间的钢质墙壁摆着很多架子,显然是用于盛放书籍的。我曾在一部电影里看过有点类似的房间——只不过在那个房间的一面墙上挂着大照片,屋里还有桌子和台灯。这个房间里除了架子什么都没有,大多数架子都是空的,覆盖着厚厚的灰尘,地板上铺着红色地毯。但是房间最内的一面墙边的书架上足足摆了一百多本书。

"看!"玛丽·卢说着跑向书架。她用一只手非常轻柔地拂过一本书,"西蒙告诉我还有书籍存在,但我没想到有这么多。"

因为我已经了解书籍的一些情况,所以缓缓走过去检视它们让我感到更加惬意——更有掌控感。我从书架上取下一本书,封面上有不同样式的同类方格图案,书名叫做《保罗·摩菲和国际象棋的黄金时代》,内容也有跟第一本书里一样的插图,但是普通的文字更多。

我翻开书,努力猜测"国际象棋"这个词可能有什么含义,这时玛丽·卢说:"你拿一本书到底能干什么呢?"

"你阅读它。"

"哦,"她说,"'阅读'是什么意思?"

我点点头,然后开始翻手中的书,同时说:"这些记号中的一部分表示声音,声音组成词语。你看着这些记号,就会想到声音,经过足够长时间的练习,它们就开始跟你听一个人在说话一样,说话——但是没有声音。"

她凝视我良久,然后有些笨拙地从书架上取下一本书并打开。她发现这是一个奇怪和复杂的行为,跟我在一个黄季之前一样。她看着纸面,用手指去触摸,然后把书递给我,脸上一片茫然。"我不明白。"她说。

我又开始解释一遍,然后说:"我能把读到的内容大声说出来,这就是我的工作内容——阅读然后大声说出来。"

她皱起眉,"我还是不明白。"她看着我又看着钢制书架上的书籍,然后看着脚下地板上发霉的地毯说,"你的工作是阅读……书籍?"

"不,我阅读别的,某种叫默片的东西。"我从她手里拿过书,"如果可以,我就把读到的内容大声说出来,或许这样你就能理解了。"

她点点头,我把书翻到中间开始朗读:"最为常用的下法是b5到b4,接着用拉斯克变例,使白方可能在保住兵的同时不会遭受强烈的进攻。白方第九步之后就可以看到,一个著名的局面已经达成,大多数权威棋手认为这完全对白方有利。"

我觉得自己朗读得不错,几乎没有在不熟悉的词语上磕磕巴巴。

不过我不知道这是什么意思。

我朗读的时候,玛丽·卢走过来靠在我身上。她盯着页面,然后直视着我的脸说:"你讲的就是看这本书时脑海里听到的内容?"

"一点没错。"我说。

她的脸跟我的靠得很近,让我感到不安。她似乎忘记了所有隐私规则——如果她曾经知道的话。"需要多长时间才能大声说出所有……"她捏了一下我的手,我不得不压抑自己,免得跳起来从她那里把手抽走。她的眼神已经变得咄咄逼人,她有时候会像这样变得令人不安,"大声说出看这本书的每一页时在头脑里听见的所有内容?"

我清清喉咙,微微从她身边后退一点。"要一整天,我觉得。如果书很易读而且你不用大声讲出,就能快一些。"

她从我手中拿走书,举在脸前方,聚精会神地盯着它,我差点以为她就要依靠纯粹的专注力大声读出词语。可是她没有,只是说:"基督啊!有那么多……那么多无声的录音球内容在这里边?有那么多……信息?"

"是的。"我说。

"我的天哪,"她说,"我们应该把它们都过一遍。那个词怎么说来着?"

"阅读。"

"没错,我们应该把它们都阅读一遍。"

她开始收集图书,满满地抱在怀里,我也顺从地照她的样子做。

我们抱着书，沿着走廊回到我的房间。

第四十八天

那天上午剩下的时间我给她朗读不同的书籍，可是我很难继续集中精神，几乎不清楚自己在讲些什么。我们换了好几本书，可它们都是关于国际象棋的。

这样过了几个小时之后，她打断我说："为什么所有的书都是关于国际象棋的？"我说："我在俄亥俄州的家里有其他内容的书，其中有些还讲了故事。"然后突然之间，我想起一件之前就应该想到的事情，接着说道，"我可以在《词典》里查一下'国际象棋'这个词语。"我打开桌子上的柜子，拿出《词典》开始翻阅，最后找出以"C"开头的词语。我几乎一下子就找到了："国际象棋：一种两名参与者之间的棋盘比赛。"一张图片显示出两个人坐在一张桌旁，桌上是一块黑白相间的图案，上面放置着我在阅读过程中了解到的"棋子"。"这是某种比赛，"我说，"国际象棋是一种比赛。"

玛丽·卢看着图片，"书中有人的图片吗？"她说，"就像西蒙家墙上那种？"

"有些书里印满了人和物的图片，"我说，"简单的书，比如我用来学习阅读的那些书，每页都有大图片。"

她点点头，然后专注地看着我，"你愿意教我阅读吗？"她说，"用那些有大图片的书籍。"

"我在这儿没有那种书,"我说,"它们在俄亥俄。"

她脸色一沉。"你只有关于……关于国际象棋的书?"

我摇摇头,然后说:"在这座图书馆里,也许还有别的书籍。"

"你是指关于人的书?"

"没错。"

她的表情再次振奋起来。"我们去看看。"

"我累了。"阅读书籍和四处漫游把我累得够呛。

"来嘛,"她说,"这很重要。"

就这样,我同意跟她去更多的房间搜寻。

我们肯定花了一个多小时的时间在走廊里游走、开门。房间都是空的,不过有些房间的墙壁旁摆了架子。玛丽·卢有一次问我:"这些空房间都是干什么用的?"我说:"斯波福思主任告诉我,这座图书馆计划拆除,我猜这是房间空置的原因。"我料想她知道,在我们出生之前,全纽约的建筑就已经计划拆除了,可是都没有实施。

"对,"她说,"动物园里半数的建筑也是那样。可是所有这些房间都用来做什么呢?"

"我不知道,"我说,"放书?"

"那么多书?"

"我不清楚。"

然后在一条苔藓丛生的长走廊尽头,头顶灯光黯淡,我们来到一扇灰色的门前,上面的标牌写着:"仓库"。我们费了点力气才推开这扇门,它比别的更为沉重,而且周围有某种密封条,我们俩一起才把它推开,随即我就发现了两个惊人的事实。里边的空气闻起来很怪——陈腐——门后有通往地下的台阶。我原以为我们已经位于图书馆的最底层。我们踏下台阶,我差点滑倒,台阶表面覆盖着某种厚厚的黄色粉末,踩上去特别滑,还好我稳住了自己。

我们越往下走,气味就越强烈、越陈腐。

楼梯的末端连接着一条走廊,尽管头顶亮着灯,可灯光非常黯淡。走廊很短,尽头有两扇门,一扇写着"设备",另一扇写着"书籍",下方是一行小字:"待回收"。我们推开门,先是进入一片黑暗,但门后的空气很甜美。然后灯光一下点亮,玛丽·卢倒吸了一口气,"基督耶稣!"她说。

这个房间极大,里面到处都是书。

你看不见任何墙壁,因为书架上塞满了书。房间的中央和沿墙边满满的书架堆叠的也都是倒放的书籍,大小各异、五颜六色。

我站在那里,不知所措、目瞪口呆。我再次体会到某部影片曾经带给我的感受——如今早已去世之人和比我见多识广之人曾经拥有的情感大潮强烈地冲击着我。

我当然知道旧世界里曾经有书,大多数可能都出自电视诞生之前的时代,可我不知道有那么多。

我站在那里体会难以名状的感觉,玛丽·卢则走向一堆又大又薄的书,摆得没有其他书那么高。她伸出手,拿下最上面的一本,我曾见她在爬行动物馆里以同样的动作摘下无法食用的果实。她笨拙地用双手拿着书,盯着封面,然后非常小心地翻开。我能看见书中有图片,她盯着某一页看了很久,然后说:"花!"说完合上书又递给我,"你能……说说你在这本书上读到什么吗?"

我从她手里接过书,读起了封面:北美野花。然后我把目光投向她。

"保罗,"她温柔地说,"我想让你教我阅读。"

Spofforth

斯波福思
071

每天下午两点，斯波福思都会用一个小时左右的时间散步。他不知道自己会弹钢琴，习惯性地吹口哨正是他这一能力的唯一彰显，与此相同，散步的习惯一开始就被刻意复制到他的金属大脑中，但这不是他必须要做的事情，他可以随意无视这个习惯，但通常都不会。在他看来，大学的工作都是微不足道的琐事，他轻易就能省出很多时间，也没有任何上级禁止他那样做。

他会摆动双臂，高昂着头，常常目视前方，步伐轻快地走过纽约市。有时候，他会透过窗户观察向信用卡用户出售食物和衣服的无人商店，抑或停下脚步观察一队二型机器人清理垃圾或修理旧时的下水道。这些事情让斯波福思费心，他比任何人类都清楚食品和服装供应以及废品清除的重要性。不能让扼杀这座垂死城市其他部分的渎职和失调行为影响这些服务，所以斯波福思每天走过曼哈顿的不同地方，查看食品和服装设备是否正常，巡视垃圾是否被清除。他不是技术专家，但也有修理普通故障的聪明才智。

他一般不看路上经过的行人，但是很多行人会盯着他——看他的体形、活力和黑色的耳垂——不过他不当回事。

八月这天，他穿过曼哈顿中心，来到西区。他走过街道，两边是有几个世纪历史的耐久塑料小房，有些房子还配有疏于打理的花园。出于某种原因，园艺是宿舍生活时期的一门课程。可能是在几百年前，某位爱花的工程师兼规划师决定花卉园艺应该作为标准人类经验的一部分，就因为这个灵光乍现的想法，一代代人类不明就里地种植金盏花、百日菊、福禄考和黄玫瑰。

有时斯波福思会停下脚步，仔细检查一家商店的设备，看它的计算机工作是否正常，补给数量是否合理，一型上货机器人是否准备好并有能力驾驶早晨的卡车，贩卖机是否状况良好。他也许会走进一家服装店，把自己的无限信用卡插进卡槽，对着订单麦克风大声说："我想要一条紧身的灰色裤子。"然后他会站到一个刚好能挤进去的那种亭子里，进行声波测量。完毕后他再走出来，看着机器从头顶大量的布匹中选料、剪裁、缝合他的裤子，然后再把信用卡退还。假如拉链安装得不合适或者裤兜剪裁得不得体——这是常有的事——他要么自己修理机器，要么尝试通过电话招来一个机器人技工进行维修，如果电话能打通的话。

或者他会钻进一条下水主管，到处查看裂缝、堵塞或锈蚀情况，尽可能把问题解决。没有他，纽约或许已经完全停摆。他有时好奇，没有九型机器人和真正的人类生力军，别的城市如何保持运转。他记得克利夫兰街头堆积的垃圾，记得自己短暂担任圣路易斯市长时，每个人的穿着是多么差劲。那差不多已经过去一个世纪，好几年里圣路易斯人的服装都没有口袋，每个人的上衣都大得不合身，最后斯波福思亲自修好声波测量仪，从市内唯一的服装商店的口袋机里掏出一只死猫，那些问题才解决。圣路易斯人可能还不会打赤膊、饿肚子，可是二十个蓝季过后，所有人都年老体衰，附近没有懂得出去寻找七型机器人处理紧急情况的年轻人，那里的情况会怎么样呢？如果斯波福思有这个能力，他会自我复制，再给全世界带来一百台九型机器人，保证巴尔的摩、洛杉矶、费城和新奥尔良的日常运转。不是说他那么在乎人类，而是因为他讨厌看到失效的机器。有时他把自己看做一台机器，觉得自己负有责任。

不过假如他有能力制造更多九型机器人，他会确保他们诞生时不具备感受的能力，但要能够死亡，拥有死亡的天赋。

在这个炎热的八月午后，他没在任何地方停留，而是来到中央公园西路上一座低矮的旧建筑。他心中另有打算。

这是城市中为数不多的混凝土建筑之一，正面排布着立柱、多窗格的大窗和一扇陈旧脏污的深色大门。他打开门，来到落满灰尘的大厅，上方的白色屋顶垂下一盏玻璃吊灯，他走到一座柜台前，灰色的塑料台面上伤痕累累。

柜台后有个小个子男人正缩在扶手椅上睡觉。

斯波福思严厉地对他说："你是纽约市市长吗？"

男人睁开惺忪的睡眼，"哦，"他说，"我是市长。"

"我想跟国家档案部门谈谈，"斯波福思的声音里展现出愤怒，"我需要美国西部的人口数据。"

男人已经清醒了一点。"那我不了解，"他说，"没有人直接从街上进来就要跟档案部门谈话的。"他站起来,狂妄自大地伸伸懒腰,然后更仔细地打量斯波福思,"你是台机器人?"他说。

"没错,"斯波福思说,"九型。"

男人盯着他看了一会儿,然后眨着眼睛说:"九型?"

"问问你的控制部门该怎么办,我想要跟政府档案部门谈谈。"

男人此刻饶有兴趣地注视着他,"他们管你叫斯波福思?"他说,"负责通知城市议会维持多高的水压,何时购买感应巴士的轮胎?诸如此类?"

"我是斯波福思,有权把你开除。呼叫你的计算机控制部门。"

"好的,"男人说,"好的,先生。"然后他拨动扶手椅旁桌子上的一个开关,某处的扬声器里传出一个合成女声:"这里是政府。"

"来了一台九型机器人,名叫斯波福思,要跟政府档案部门谈谈……"

"明白,"稍显甜美的女声说,"有什么可以帮你的?"

"他有权限吗?"

扬声器嗡嗡了一阵,然后合成声音说:"他当然有权限。他没有谁有?"

男人关闭开关,然后看着斯波福思:"没问题,先生。"他努力表现得自己帮了大忙。

"那么,"斯波福思说,"档案在哪儿?"

"人口档案在……呃……"他开始四处张望,可是室内除了一盏吊灯什么都没有。他凝视着远处的一面墙,过了一会儿,他耸耸肩，俯身再次拨动开关，那个女声又说："这里是政府。"

"我是市长，国家人口档案在哪儿？"

"在纽约，"那个声音说，"在中央公园西路的市政厅。"

"我就在这里，"市长说，"档案在市政厅里的什么地方？"

"第五层，左侧第二扇门。"美国政府说。

男人关闭开关时，斯波福思问他电梯在哪儿。

"停用了，先生。自打我记事起就不能用。"

斯波福思看了他一会儿，想弄清这样一个人类能记住多久的过去。恐怕不超过一个蓝季。"楼梯在哪儿？"他问。

"里边尽头右手边。"市长说。然后他在上衣口袋里摸出一支大麻，若有所思地夹在短粗指尖，"好几次想要修理那台电梯，不过你知道机器人有多……"

"好吧，"斯波福思说着走向楼梯，"我知道机器人怎么回事。"

档案控制台是一个失去光泽的金属盒，差不多跟人类的头颅一般大，装有一个开关和一个扬声器。控制台前放着一把金属座椅，除此之外房间里别无他物。

他把开关拨到绿色的"启动"位置，一个特别自大的男性声音说："这是世界人口档案。"

突然，这个恼人的声音终于激起了斯波福思的怒火。"你应该服务于北美，我不想要该死的世界人口。"

活力十足的声音立即回答："截至格林尼治标准时间今天中午，该死的世界人口数量是一千九百四十三万七百六十九。按大洲划分，根据字母顺序分别是非洲人口约三百万,百分之九十三在宿舍接受过培训,百分之四为寄生虫,余下的在公共机构;亚洲人口约四百五十万,百分之九十七曾在宿舍受训,余下的几乎都在公共机构;澳大利亚已经被疏散,人口为零;欧洲差不多类似⋯⋯"

"闭嘴!"斯波福思说,"我不想知道所有那些数据。我想了解一个来自北美洲的人,一个人⋯⋯"

那个声音打断他,"好的,"它说,"好的。该死的北美州人口是二百一十七万三千零一十二人,百分之九十二的人口曾在宿舍接受训练⋯⋯"

"我不关心那些。"斯波福思说。他以前遇到过这种计算机,但是没有一起共事很长时间。它们源自斯波福思诞生之前很久的一个时代,当时为机器赋予"人格"还是一种时尚,随机编程技术刚被发明出来。他不理解为什么要这样设计计算机,于是他决定问一下,"你为什么说'该死的'?"他说。

"因为你说了,"那个声音平易近人地说,"我被设计成以同样的方式回复。我是D773智慧体,生来具有人格。"

斯波福思差点笑了,"你多大了?"他说。

"我在四百九十个该死的黄季之前被设计出来,也就是二百四十五岁。"

"别再说'该死的'了,"斯波福思说,"你有名字吗?"

"没有。"

"你有感情吗?"

"请重复问题。"

"你说你有人格,那你也有感情吗?"

"没有,天哪,我没有。"计算机说。

斯波福思无力地笑道:"你可曾感到无聊?"

"没有。"

"好吧,"斯波福思说,"这次正确回答我的问题,别再耍小聪明。"他环顾这个空房间,注意到剥落的灰泥墙壁和下垂的屋顶,然后他说,"我想要一名人类女性的现有数据,她叫玛丽·卢·伯恩,来自新墨西哥州东部宿舍,现在大约三十岁,经历六十个黄季。"

计算机立即开始回答,它的声音比之前更加机械、少些活力。"玛丽·卢·伯恩,出生体重三点五七六千克,血型七,DNA 编码 $\alpha\delta$ 90063748,基因不确定性高,出生即销毁候选人,但未被执行,原因未知,左撇子,智力三十四,视力……"

"重复智力。"斯波福思说。

"三十四,先生。"

"用查尔斯度量的智力?"

"是的,先生。三十四查尔斯。"

这可出乎意料,他以前从没听说过拥有这种智力的人类。她为什么没有在青春期之前被销毁?可能跟圣路易斯的裤子没有拉链的原因一样:故障。

"告诉我,"斯波福思说,"她什么时候绝育,什么时候从宿舍毕业?"

这次等待的时间很长,似乎计算机因为这个问题感到难堪。最后那个声音说:"我没有绝育记录,也没有通过安眠药实施的补充避孕记录。我没有宿舍毕业记录。"

"不出我所料,"斯波福思冷酷地说,"搜索你的存储数据。你是否记录到北美州其他没有绝育、避孕,也没有从宿舍毕业的女性?无论是脑力劳动者宿舍还是体力劳动者宿舍。"

搜寻过程中,声音沉默了一分多钟,然后它说:"没有。"

"世界其他地方呢?"斯波福思说,"中国的宿舍有没有……?"

"我会呼叫北京。"那个声音说。

"不用麻烦了,"斯波福思说,"我不想考虑这件事。"

他把开关拨到红色位置,把世界人口档案遣散回家,喋喋不休的智慧体在被唤醒作答的漫长间隙就生活在那里,没有感情,不厌其烦。

楼下的纽约市长瘫在他的塑料扶手椅上,面带着空洞的笑容。斯波福思没有打扰他。

外面的太阳开始照亮城市,在回到大学办公室的路上,斯波福思经过一座机器人管理的小公园,为自己摘下了一朵黄玫瑰。

Bentley

本特利
081

第五十七天

我已经九天没写这本日记了:九天。我已经从一本书上学会加法和减法,但是学习《男孩女孩学算术》很枯燥,所以我们学完加减法就停下了。假如你有七个桃子,拿走三个你会剩下四个。可桃子是什么?

玛丽·卢学得飞快 —— 比我快得惊人。不过她有我来帮助,我却得不到任何人的帮助。

我找到一些简单的书,上面有大字和图片,我可以慢慢给玛丽·卢朗读,让她跟读。第三天我们在《男孩女孩学算术》上有了一个发现,有一道这样的题目:"字母表有二十六个字母……"玛丽·卢说:"什么是'字母表'?"我决定到《词典》查一下。《词典》上写着:"某种特定语言的字母,按习惯的固定顺序排列,见对开页。"我疑惑了一会儿,什么是"特定",什么是"对开"? 然后我看到书中旁边这页有一张图,顶部是字母 A,底部是字母 Z。它们都很熟悉,顺序似乎也很熟悉。我数了一下,有二十六个,跟《男孩女孩学算术》里描述的一模一样。"习惯的固定顺序"似乎表示人们排列它们的方式，就像种下一排植物。可是人们不排列字母，就我所知，只有我和玛丽·卢知道字母是什么。不过曾经的人——或许是所有人——知道字母，他们肯定是把字母按顺序排列成所谓的字母表。

我看着它们大声朗读："A、B、C、D、E、F、G、H、I、J……"然后我好似醍醐灌顶一般，《词典》中的词语就按这个顺序排列！最先是"A"打头的词语，然后是"B"打头的词语！

我向玛丽·卢解释，她似乎一下子就明白过来，拿过《词典》就开始翻阅。我注意到她已经成为使用图书的专家，手拿图书的笨拙感觉已经不见。过了一会儿她说："我们应该熟记字母表。"

熟记，用心学会。"为什么？"我说。

她抬头看我的脸。此时她正盘腿坐在地上，身穿着我给她买的黄色新纶连衣裙，我坐在床桌旁，面前堆着书。"我说不准，"她说完又看放在大腿上的《词典》，"如果我们能背字母表，或许这会帮我们用好这本书？"

于是我们熟记字母表。尴尬的是，她比我快很多，但是在她的帮助下，我最后也学会了。字母表很难背——尤其是最后几个字母"W、X、Y、Z"——不过我终于把它们捋顺，一字不差地把全部二十六个字母背了两遍。我背会后玛丽·卢笑着说："现在我们一起掌握了一些内容。"我也笑了，但是不知为什么，这不怎么好笑。

她笑对着我的脸看了一会儿，然后说："过来坐到我旁边。"我发觉自己按照她的要求，坐在了她身旁的地毯上。

然后她说："我们一个接一个背诵。"她捏了一下我的胳膊说，"A。"

这次她的触摸没有让我觉得尴尬或难为情，一点都没有。我说："B。"

她说："C。"说完她转身面对着我。

我说："D。"然后看着她的嘴，等待她说下一个字母。她用舌头舔湿嘴唇，然后柔声说："E。"听起来仿佛一声叹息。

我飞快地接着说"F"，心跳开始加速。

她转脸用嘴在我的耳畔说："G。"然后轻柔地欢笑。我有种感觉，差点就跳起来。耳朵上既潮湿又温暖，我发觉是她在舔我。我的心几乎停止了跳动。

我手足无措，只好说："H。"

这时她的舌头已经伸进我的耳朵里。这产生了一股震颤，一股柔和的震颤漫过我的全身，我的内心、我的思维，似乎要失去控制。她的舌头没有离开我的耳朵，她靠着气息说："I——"声音被拖长，听起来就像："aaaaiiiiiieeeeeeeee。"

坦白讲，我已经好多蓝季和黄季都没有过性体验了，此刻的感觉对我来说是全新的，特别激动人心，有一种难以抗拒的快感，震撼着我的身体和想象，结果我发现，跟她脸贴着脸，我居然坐在地上哭了起来，脸上布满了泪水。

然后她低声说："天哪，保罗。你哭啦，当着我的面。"

"是的,"我说,"抱歉,我不该……"

"你感觉难过?"

我用手抹过面颊,也从她的脸上扫过。我把手背贴在她脸上不动,然后感觉她的手无比温柔地转过我的手,让掌心贴在她脸上。我有了一种新感觉,一种柔软甜蜜的感觉,仿佛强力药物进入我体内。我看着她的脸,看着她捉摸不定的大眼睛,又感到一丝丝伤心。"不,"我说,"不,我一点儿都没难过,我感觉……感觉,说不好。"我还在哭,"我的感觉,非常美好。"

她的脸离我的很近,她好像明白我表达的意思,点点头说:"我们把字母说完好吗?"

我笑了,然后说:"J。"我把手从她脸上移开,搭在她的后背上,"下一个字母是J。"

她也笑了。

我们没有说到"W、X、Y、Z",也就是字母表中较难的部分。

第五十九天

玛丽·卢已经搬来跟我同住!一连两个晚上,我们一起睡在我的床上。把桌子从床拆下并靠墙放置后,她给自己腾出了空间。

跟别人一起睡在床上,我还是觉得有点困难。我听说过男人和女人同床共枕,但是从没有亲身实践过。不过她想要这样,所以我就遂了她的心愿。

挨着她的身体，我还有点不自然，担心碰到她或挤到她。可是今天早晨醒来时，我发现自己把她抱在了怀里。我闻她头发的气息，亲吻她脖子的后面，然后就躺在那里，久久地抱着她睡眠中的身体，直到她醒来。

她醒来时发现我抱着她，便面带笑容地紧紧依偎在我怀里，身上暖暖的。我又感到害羞，不过接下来我们开始交谈，我也就忘了那回事儿。她谈到学习阅读，说已经梦到自己正在读书——梦到自己读了很多很多本书，已经知晓书中关于生活的一切。

"关于生活，有什么需要了解呢？"我问。

"一切，"她说，"他们迫使我们变得如此无知。"

我对此似懂非懂——也不确定"他们"是谁——所以就没有说话。

"我们吃早餐。"她说。然后我呼叫伺服机器人，我们吃了豆棒和猪肉培根。虽然几乎没怎么睡，但是我感觉好极了。

早餐时，她隔着桌子冷不防靠过来吻我。就是这么直接！我喜欢这种感觉。

早餐后我决定观赏一部电影，玛丽·卢跟我一起。电影名叫《股票经纪人》，主演是巴斯特·基顿[1]，一个非常投入的演员，在电影里有很多不同寻常的困难要克服，要不是电影拍得那么悲伤，也许会很有趣。

---

[1] 巴斯特·基顿（Buster Keaton，1895—1966），美国喜剧演员、电影导演、制片人，以"冷面笑匠"著称。

玛丽·卢十分着迷,她以前从没看过任何一种影片,仅仅熟悉全息电视,但是她不喜欢。

播放第一卷胶片之初,巴斯特·基顿粉刷房屋,碰到一个把头伸出窗户的家伙也照刷不误,玛丽·卢说:"保罗,巴斯特·基顿看起来跟你一模一样,是那么……严肃。"

她说的没错。

看完电影,我们一整天都在学习阅读。她学习的速度快得惊人,会问些有趣的问题。在我教书的大学里有很多学生,但是没有人赶得上她。我的阅读水平也在提高。

关于她的一切都让人快乐。

时间来到傍晚,玛丽·卢看着我在靠墙的桌子上写这篇日记。我为她解释书写,她特别激动,说一定也要学会写字,这样她就能写下对自己生活的回忆。"还写下我考虑的其他事情,这样我就能阅读它们。"她说。

真有趣,也许那才是我记日记的真正原因——因为我写的比斯波福思曾经打算让我记录的内容更多——写下来才能阅读。阅读日记会产生奇怪的效果,让我的思维兴奋起来。

也许玛丽·卢比我更大胆的原因之一就在于,她逃跑前生活在体力劳动者宿舍,而我当然是从脑力劳动者宿舍毕业。可是她却异常聪明!为什么她会被培养成体力劳动者而不是脑力劳动者?也许做这种选择的根据不是智力。

我一定要记得拿更多的纸,这样玛丽·卢就能学习写字,开始记下自己关于生活的回忆。

第六十五天

如今她已经跟我生活九天,违背了所有独处和隐私的规定。让另一个人的异想天开危及我自己的内在成长,有时令我感到罪恶。但我不会频繁考虑那种情况带来的堕落感。说实话,这是我一生中最快乐的九天。

她的阅读能力已经差不多跟我的一样好!了不起!而且她已经开始记录自己生活的回忆。

我们无时无刻不在一起,有时候就像道格拉斯·范朋克和玛丽·毕克馥,只不过他们的职业素养很高,不会发生性关系。

尽管老电影里有很多人以最亲密和最不道德的方式生活在一起,但是完全没有性描写。通常在名著课程中讲授的那种色情作品跟电视一样,在默片时代显然还无人知晓。

只要情况允许,我们不时就会做爱。比如我们一起阅读,她随我重复句子,有时就会直接发展到那一步,有一次我们用了整整一个下午才读完一本名为《制作纸风筝》的小书,因为我们总是停下来做爱。

我们俩都不抽大麻或吃药。我经常感到紧张和兴奋,觉得自己坐不住。有时这种情况发生,我们就出门短暂地散步。尽管有部分自我在心中大声反对这种生活、工作和做爱的强度,但是我明白这也好过曾经的任何一种生活方式。

在一次散步中，我们感到情不自禁，我建议去时代广场的一家即刻性爱吧。说做就做，我用自己的纽约大学信用卡订了他们最好的隔间。那里通常会在大厅播放大幅全息色情影像，两名裸露乳房、脚穿黑靴的机器人妓女主动为我们助兴狂欢，不过谢天谢地，玛丽·卢让她们滚开。我拒绝了招待员提供的催情药。我们独自来到隔间，关闭灯光，在地板的垫子上做爱。不过那种方式其实也不怎么好。

我以前一直那样做爱，向来如此。"即刻性爱保护。"我的人际关系老师曾经说过。可是我想在自己的住所和床上跟玛丽·卢做爱，然后交谈。除了性爱，我还希望像一部老电影里的父母一样，给她买花，跟她跳舞。

我们结束时，玛丽·卢说："我们离开这间性爱工厂。"随后我们离开时她说，"我觉得这里就是西蒙所说的'芝加哥的妓院'。"

我真的在一台贩卖机上为她买了花，白色康乃馨像葛洛丽亚·斯旺森❶在《所有人的女王》中的穿着一样漂亮。

当晚我们上床之前，我邀请她跳舞。我在她的新纶裙子上别了一朵花，播放一档电视节目的音乐来伴奏，然后我们一起跳舞。她以前从没听说过两人一起跳舞，不过任何认真的电影学生都了解舞蹈。我已经看过多次了。我们很笨拙，好几次踩到对方的脚，但是跳舞很有趣。

---

❶ 葛洛丽亚·斯旺森（Gloria Swanson，1899—1983），美国电影演员，以其在默片中生动的表演技巧和魅力闻名。

可是当我们上床时，我感到害怕，但又不知为何。我紧紧抱着她，直到她入眠。然后我很久没睡，一直思考。我觉得是即刻性爱那里的什么事让我感到害怕。

于是我下床把这篇日记写完，但还是感到害怕。我在担心她会离开吗？我是否害怕她会离开我？

第七十六天

如今她已经来到这里十八天了，过去九天我什么都没写。

我的幸福在增长！我既不认为同居是道德败坏的行为，也不觉得这种行为可能违法。我满脑子都是玛丽·卢，以及我在影片里看到什么和我们俩分别读到了什么。

昨天一整天，她都在读一种名为诗歌的新的写作形式。她大声朗读部分内容，有些段落跟国际象棋一样——难以理解——还有些段落描述了奇怪和有趣的事物。她把这首给我读了两遍：

> 西风何日刮？
> 细雨何时下？
> 但愿吾爱在，
> 相拥重欢眠。❶

---

❶ 《西风》，十五世纪诗歌，此处引用胡宗锋译文。

我不得不在《词典》里查询"吾"是什么意思。她第二次读给我的时候,我仿佛在看影片中的大场面,胸中产生了一种意味深长的感觉,痛并快乐着。

她读完时,我出于某个奇怪的理由说道:"只有知更鸟在树林边歌唱。"

她从书上抬起头说:"什么?"我又说了一遍:"只有知更鸟在树林边歌唱。"

"这是什么意思?"她说。

"我不知道,出自一部电影。"

她噘起嘴唇。"类似我刚才朗读的文字,不是吗?让你产生一种难以名状的感觉。"

"对,"我无比惊讶甚至是崇敬地发现,她说出了我的心声,"对,一点儿没错。"

然后她继续读更多的诗歌,可是再没有一首给我带来同样的感觉,不过我还是喜欢听她朗读。我看她盘腿坐在地上、专心地看书,听她用清晰的声音认真地为我们俩朗读。她拿书距眼睛的距离比我还近,朗读时非常动人。

每天,我们都一起散步,在不同的地方吃午餐。

第七十七天

跟往常一样,玛丽·卢今天早晨出门,去给我们俩买快餐。她用的是我的信用卡。她离开后,我打开放映机开始看一部莉莲·吉什❶主演的影片,并读出对话录制下来。这时,房门突然打开,我抬头看见斯波福思出现在门口。他看上去是那么高大壮硕,单单站在那里似乎就要填满所有空间。不过这次我没有被他吓到,斯波福思毕竟只是一个机器人。我关闭放映机,邀请他进来。他进屋后,面对着我坐在了远处墙边的白色塑料椅上。他穿着卡其裤、拖鞋和白色的T恤,脸上没有笑容,但也不严厉。

我们沉默地坐了一会儿,然后我说:"你一直在听我的日记吗?"我已经很久没有见他,他以前也没有来过我的房间。

他点点头:"有空就听。"

我被这话的意味惹恼,有胆量去质问他。"你为什么想要了解我?"我说,"为什么想让我用日记记录生活?"

他没有回答,过了一会儿才说:"教人阅读是犯罪,你可能会因此被送进监狱。"

这没有吓到我。我想到玛丽·卢说过的审查,她说没人会被查出来。"为什么?"我说。这是在违反"不要问,放轻松"的行为规范。可我不在乎,我想知道教人阅读为什么会是犯罪,我之前建议在纽约大学教阅读时,斯波福思为什么没告诉我。"我为什么不该教玛丽·卢如何阅读?"

---

❶ 莉莲·吉什(Lillian Gish,1893—1993),童星出身的美国电影演员,默片年代的银幕标志之一,奥斯卡金像奖终身成就奖和肯尼迪中心荣誉奖得主。

斯波福思向前探身注视着我,一双巨手按在膝盖上。他的注视有点吓人,但是我没有闪开自己的目光。

"阅读是特别亲密的行为,"斯波福思说,"它会让你过于接近别人的感情和想法,让你感到困惑和不安。"

我开始感到有点儿害怕,面对斯波福思、听他深刻权威的声音又不想无条件服从,这不是件容易的事。不过我记起曾在一本书中读到的内容:"你知道,别人有可能犯错。"我也坚持这个观点。"为什么感到困惑不安是犯罪? 为什么了解别人的想法和感觉是犯罪?"

斯波福思盯着我,"你不想快乐吗?"他说。

我以前听过这个问题,是我在宿舍时期的机器人老师提出的。这个问题似乎总是无法回答,然而此时此刻在我的房间里,放着玛丽·卢的用品、放映机、一盒盒胶片,我的思维没有被药物麻痹,我突然被这个问题惹怒。"不阅读的人正在自杀,焚烧自己的身体。他们快乐吗?"

斯波福思盯着我,然后突然移开目光,看向玛丽·卢搭在另一张椅背上的褶皱的红裙,旁边就放着她的拖鞋。"跟别人同居超过一周,"他态度稍有缓和地说,"也是犯罪。"

"什么是一周?"我说。

"七天。"斯波福思说。

"为什么不是七十天?"我说,"或者七百天? 我跟玛丽·卢一起很幸福,比我以前有大麻和即刻性爱的日子都幸福。"

"你在害怕,"斯波福思说,"我能看出你此时在害怕。"

我突然站起来,"那又怎样?"我说,"那又怎样呢? 活着可比——可比做一个机器人强多了。"

我确实害怕了,害怕斯波福思,害怕未来,害怕我自己的愤怒。有那么一会儿,我无声地站在那里,强烈渴望吃一片安眠药——吃整整一把安眠药来让自己变得沉着冷静、没有感觉。可我喜欢愤怒的感觉,还不准备摆脱它。"你为什么要关心我是否快乐?"我说,"我的事与你有什么关系? 你只不过是一台机器罢了。"

然后斯波福思做出了一个意外的举动,他仰头大笑许久,声音强烈而又深沉。疯狂的是,我的怒气消散了,我开始跟他一起笑。"好吧,本特利,好吧,"他站起来说,"你让我刮目相看,继续跟她一起生活吧。"他走向门口,然后转身面对我说,"给你们一段时间。"

我只是看着他,什么话也没说。他离开时为我关上了门。

他走后我又坐到自己的床桌上,发现双臂不由自主地颤抖、心脏怦怦直跳。我以前从没有像那样跟人说话,更不用说是一个机器人了。我非常担心自己,可是在内心深处,我充满喜悦。这很奇怪,也是我从未有过的感觉。

玛丽·卢回来后我只字未提斯波福思的造访。可是她要继续阅读时,我反而要跟她做爱。一开始她有点生气,可是我对她的渴望无比强烈,我紧抱住她,用力进入她的身体,我们在地毯上激情澎湃地做爱,很快她就笑着开始吻遍我的面颊。

事后我们感到特别惬意和放松,于是我说:"我们阅读一会儿吧。"说做就做,也没什么意外发生,斯波福思没有回来。

我写这篇日记的同时，玛丽·卢一直在写关于她生活的回忆。我在我的桌子上写，她坐在另外一把椅子上，大腿垫了一本厚书，用简洁的小字母漂亮地书写，节奏有条不紊。这么短的时间里她就写得比我好，真让我自愧不如。不过我是她的老师，我以此为傲。此刻我想，我在大学的时光里从未教授过值得学习的内容，给玛丽·卢上课带来的快乐，超过了我在俄亥俄的一切工作。

第七十八天

今天我们又目睹一起集体自焚事件。

我们决定去做新的尝试，去主厨汉堡吃早餐。一路需要走七个街区，我跟她提起这件事，告诉她我是如何形成了数数的习惯。在宿舍生活时每个人都学会数到十，数数主要用于一个人可以购买的商品的八种不同价格。一条裤子价值两个单位，一个海藻汉堡价值一个单位，诸如此类。如果你用光了当天的所有信用单位，你的信用卡就会变成粉色，无法继续使用。当然大部分商品和服务都是免费的——比如乘坐感应巴士、鞋和电视机。

她数着街区，最后确认经过了七个。"可我在动物园总是数五个三明治。"她说。

我想到《男孩女孩学算术》那本书。"你吃掉三个，还剩几个？"我说。

她笑起来。"两个。"然后她停在大街上,扮成动物园里的低智力机器人的样子。她僵硬地伸出左手,假装手里拿着五个三明治,眼中一片茫然,头歪向一边,嘴唇微微张开,像个低智力机器人那样一动不动地站着,傻乎乎地盯着我看。

一开始我被吓坏了,不知道她在干什么,接着我大笑起来。

有些穿着牛仔布长袍的学生从旁边经过,先是盯着她看,然后又看向别处。她让我有点难堪,净出洋相,可我还是忍不住笑了。

我们来到主厨汉堡,那里的自焚已经开始。

还是在我上次目睹自焚发生的座位,肯定已经快要烧完,因为室内弥漫着肉体烧焦的气味,特别呛人,你能感受到排风扇拼命换气所带来的强风。

自焚的还是三个人——都是女性。她们的身体已经烧黑,在风的吹动下,小火苗在残留的衣物和头发上闪动。她们的脸上还留有笑容。

我以为她们已经死了,这时其中一位开口说道——喊道:"这是对灵性的终极追求,赞美我们的主基督耶稣!"她的嘴里已经烧黑,就连牙齿都是黑的。

然后她不再发声,我猜是死掉了吧。

"我的上帝!"玛丽·卢说,"我的上帝啊!"

我拉住她的胳膊来到门外,甚至不在乎是否有人看见我这样做。她走到路边坐下,面前就是马路。

她一言不发,两辆感应巴士和一辆审查车从路上驶过,行人从她身后的人行道上经过,相互之间毫不在意。我站在她身旁,既无言以对，又手足无措。

最后她仍然盯着马路说："她们自己对自己下手？"

"是的，"我说，"我觉得这种事时有发生。"

"我的上帝，"她说，"为什么？人们为什么要那样做？"

"我不知道，"我说，"我也不知道她们为什么不单独行动或者私下动手。"

"对，"她说，"也许是因为药物。"

我大约一分钟时间没有回答，然后说："也许这就是她们的生活方式。"

她站起身，用一种吃惊的表情看着我，然后伸手拉住我的右臂。"对，"她说，"很可能就是如此。"

第八十三天

我进了监狱，已经在监狱被关押五天。光是在这张粗糙的纸上写下"监狱"这个词语，我都感到痛苦。我这一生从未感如此孤独，我不知道离开玛丽·卢该如何生活。

我的牢房有一扇小窗，如果向外看，在临近傍晚的夕阳下，我能看见监狱长长的脏绿色建筑，以及生锈的金属屋顶和装有粗重金属栏杆的窗户。我刚刚从一下午的野外工作中回来，手上的水泡破裂，流出液体，金属手环紧扣在手腕上，刺激着擦破的皮肤。我的身体一侧有块比巴掌还大的淤青，第一天到野外劳作时，我走路磕磕绊绊，一个低智力机器人警卫因我耽误了时间而用警棍揍我。因为穿着一进来时就发给我的沉重的黑鞋干活，我的脚疼痛不已。由于手上的疼痛，我几乎无法握住这支笔写字。

我不知道玛丽·卢后来的境遇如何。疼痛我可以忍受，因为我知道它们可能会更严重，但终究应该会好起来。不过不清楚能否再见到玛丽·卢，不知道她受到什么样的待遇，我觉得自己无法承受。我一定得想办法去死。

起初，离开了玛丽·卢，震惊于自己的遭遇，我本不想再写日记，永远都不要写。我得以保留自己的钢笔和日记的内容，被逮捕时，我下意识地把它们塞进了外套口袋。然而我没有新的可以书写的纸张，也没有主动寻找。我知道自己开始写日记时就没有读者——因为当时我是唯一会阅读的在世者。可是后来我渐渐认识到，玛丽·卢成了我的读者。我的日记是为她而写，因此对我来说，在监狱这个可怕的地方，没有了她这位读者，继续记日记毫无意义。

我知道，假如今天中午没有那件怪事发生，我此刻不会写这篇日记。当时我在鞋厂结束早班，准备洗脸洗手之后去吃差劲的午餐，他们这里提供面包和蛋白汤，我们吃饭时必须保持安静。事情发生在一间狭小的洗漱间，里边安装着三个肮脏的盥洗池。没有肥皂，我努力用冷水洗我酸疼的双手，然后从盒子里抻出一张纸巾。我的双手因为昨天的野外工作而紧张僵硬，所以我笨拙地碰到纸巾盒，盒子被打开，厚厚一沓纸巾落在我的手里。我本能地抓住它们，又疼得龇牙咧嘴。不过我握住了纸巾，盯着它们观察，我发现自己握着一沓粗糙强韧的纸张,足有几百页,可以用来书写。

我生命中重要的人和物似乎都是这样偶然地出现。我偶然发现默片和书籍可以阅读,偶然认识了玛丽·卢,偶然发现了《词典》,此刻我用来书写的纸张也是偶然掉进我的手里。我不知道这种事情该如何理解,但是很高兴能再次开始写日记,即使没人会读,即使我明天就想出办法去死。

现在我得停笔了,这支笔已经被我掉了太多次,我的手要拿不住它了。

玛丽·卢,玛丽·卢,这让我难以忍受。

第八十八天

距我上次写日记已经过去五天。我的手已经恢复了一些,更有力量,我可以好好握笔,可是后背和身侧被打的地方还疼。

我的双脚也好些了,在这里关了几天之后我注意到很多狱友都光着脚,于是第二天上工时我也没穿鞋。我的脚还在酸痛,不过情况在好转。我的肌肉也开始变得强壮结实。

我不高兴。非常难过,但是已经不确定自己是否想死。溺水是一种潜在的选择,不过我要等上一段时间再做决定。

机器人警卫可恶至极,一个曾经打过我,我还看见他们殴打别的犯人。我知道这种想法错得离谱,可是我想在死去之前杀死打我的警卫。我对自己有这样的想法感到震惊,可它也是让我坚持活下去的动力之一。

打我的警卫有一双红色的小眼睛,仿佛某种残忍可恶的动物。他肌肉发达,在棕色的制服下凸显出来。我可以用一块砖头砸在他脸上。

我想把日记一直记录到我死之前。外面的天光还亮着,假如不被打断,我认为可以在不得不上床睡觉之前,写写我被送到这里来的经过。

好几天的时间里,玛丽·卢和我一直在不断回顾那本诗集。我们互相朗读,不过只能勉强理解。我们不断重读的一首诗名叫《空心人》。一天的下午才刚刚开始,我挨着玛丽·卢坐在地上朗读。我觉得我可以把那首诗默写一下。

我们是空心人

我们是填塞起来的人

彼此倚靠着

头颅装满了稻草。可叹啊!

我们干枯的嗓音,在

我们说悄悄话时

寂静而无意义

像干草地中的风……❶

❶ 《空心人》是英国诗人 T.S. 艾略特在1925年创作的作品,被认为是他描写现代人精神状态的代表作。此处引用赵萝蕤译文。

我只能写出这么多。门打开了,斯波福思主任走进来,他端着双臂,低头凝视,高大的身躯就耸立在我们身旁。看见他像这样出现在我的房间里有些吓人,玛丽·卢以前从没见过他,所以也睁大了眼睛抬头望着他。

他的外表有些奇怪,过了一会儿我才分辨出来,斯波福思戴着一个宽宽的黑色袖标,上面印着表示隐私的白色脸庞。我记得很久以前在某个地方的学校课程上学过,那是审查员的臂章。

玛丽·卢首先开口,"你要干什么?"她说,听起来没有害怕。

"你们都被捕了,"斯波福思说,"我要你们两个都站起来。"

我们站起来,我还拿着一本书。"然后呢?"玛丽·卢说。

斯波福思目不转睛地看着她的脸说:"我是一名审查员,你被我查出来了。"

我能看出玛丽·卢大为震惊,而且努力不表现出来。我想抱住她,以某种方式保护她。可我只是站在那里,一动没动。

斯波福思比我们两个都高,他的庄严和力量让我们无法抗拒。我一直都害怕他,此刻他说自己是一名审查员又让我无言以对。

"查出了什么?"玛丽·卢说,声音里有一丝颤抖。

斯波福思不眨眼睛地盯着他:"查出同居、查出阅读教学、查出阅读行为本身。"

"可是斯波福思主任,"我插了一句,"你已经知道我可以……"

"对,"他说,"我明确告诉你不可以在这所大学教人阅读。阅读教学是犯罪行为。"

我心里一沉，最近几天充斥我大部分生命的力量和激情好像消失殆尽，我像个孩子一样站在这台巨大的机器人面前，"犯罪？"我说。

"对，本特利，"他说，"你的审讯将在明天举行，明早我回来之前，你得待在你的房间。"

然后他拉住玛丽·卢的胳膊说："你跟我走。"

玛丽·卢试图从他手中挣脱，却发现无法摆脱他的抓握。她说："滚开，机器人，滚开，看在耶稣的分上。"

斯波福思看着她，似乎笑了起来。"不管用的。"机器人说，不过他有些缓和，并继续说，"你不会受到伤害。"

斯波福思走到门外时，转身看着我说："别太难过，本特利，这也许都是最好的安排。"

玛丽·卢顺从地随他离开，他关上了我的房门。

不会受到伤害？还能有比这次分离更可怕的伤害吗？她在哪儿？玛丽·卢在哪儿？

我边写边哭，此刻已经无法写完。我要吃安眠药睡觉了。

第八十九天

在我所剩的时间里，我要讲的内容恐怕讲不完，不过我会努力的。

斯波福思亲自把我带上法庭。我戴着手铐，他领我乘感应巴士去了中央公园里叫做正义厅的地方，那是一座双层塑料建筑，窗户都脏兮兮的。

法庭很大，墙上挂着很多样子奇怪的人像，有些跟我在老电影里看到的一样，穿西装打领带。有张照片就立在书柜前，上面的人跟道格拉斯·范朋克很像，照片下方写着："西德尼·费尔法克斯，首席法官"，再下一行用小字写着数字"1997—2014"。我认为这些数字是所谓的"日期"。

法庭的远处，面对入口坐着一个穿黑袍的机器人法官。看见他的时候我吓了一跳，以前我看过这张脸。我在俄亥俄的宿舍接受教育时的七型机器人校长跟他一样，都是高层管理机器人。我记得曾经听说过，"所有的七型机器人看着都一样。"当时我只是个孩子，所以问道："为什么？"跟我交谈的孩子说："不要问，放轻松。"

我们进来时，法官正在休眠，也就是说他的电源已被关闭。旁边有个也在休眠的四型机器人，他坐在一张稍矮的简陋椅子上，担任书记员。

我们走近时，我能看见他们俩的身上都覆盖了一层黄色的尘土，跟图书馆里封闭的地方一样。法官脸上象征智慧的皱纹布满了黄色尘土，他的双手叠放在大腿上，一段时间之前，有只蜘蛛在他的右前臂和下巴之间结了一张网，网上有破漏的地方，也沾满了尘土，几只小虫的尸体像干鼻涕一样挂在残留的蛛网上，蜘蛛已经不见了踪影。

法官身后放着的北美国玺，跟脑力劳动者宿舍的虔诚之屋里放置的一样。国玺上也覆盖着尘土，鸽子和心形浮雕上落得特别厚。代表个性和隐私的双生女神塑料雕像位于国玺的两侧，也覆盖着尘土。

斯波福思把我送入被告席的座椅，座椅的材质被称为木头，坐上去令人不适。然后他格外温柔地摘下我的手铐，让我把右手伸进位于我正前方的真相孔。他波澜不惊地说："每撒一个谎，你的手指就会被切掉一根。小心回答法官的问题。"

我当然对真相孔有所耳闻，但是以前从没见过。我发现自己吓得浑身颤抖，可能这份恐惧因为这里的很多方面类似宿舍生活、类似我在孩提时代因为隐私规定受到的惩戒而愈加强烈。等待期间，我在硬座椅上调整坐姿，试图让自己舒适一些。

斯波福思环顾法庭，仿佛是在评估灰泥上的窟窿、照片上的先人或者空无一人的木质旁听席。然后他走向法官，用一根手指扫过机器人的侧脸，进而查看手指上积累的一小堆尘土。"真是不可原谅。"他说。

然后他又转向书记员，用命令的语气说："激活你自己，法庭书记员。"对方只动了动嘴说："谁在命令法庭？"

"我是一名理性机器人，九型。我命令你醒来。"

书记员立即站起来，一些碎片从他的大腿掉到地上。"好的，阁下。我已醒来并激活。"

"我想让你召来一名保洁员，给法官清理干净，立即执行。"然后斯波福思看着书记员大腿上星星点点的黄色尘土和碎片说，"把你自己也清理干净。"

书记员毕恭毕敬地说："法庭伺服机器人和保洁员已经不再运

转，阁下。"

"为什么？"

"电池耗尽和一般故障所致，阁下。"

"为什么没有维修？"

"中央公园已经六十个黄季没有维修人员了，阁下。"

"好吧，"斯波福思说，"那你就找来清洁工具，把你们俩都清理一下。"

"好的，阁下。"书记员转身缓缓走出法庭，他瘸得严重，几乎是拖着一条腿走路。

几分钟后他取回一桶水和一块海绵，走到法官身旁，用海绵蘸水，开始擦法官的脸。有些黄色尘土被抹在脸上，但是大部分都被擦掉。然后他开始缓慢笨拙地清理法官的手。

斯波福思显得不耐烦，我都不知道机器人还会像这样感到不耐烦，但是斯波福思用脚敲击地面发出声响。然后，他突然大步走向坐着的法官，弯腰掀起法官袍的底边，用力抖动。尘土飞得到处都是，等到尘埃开始落定，我看见蜘蛛网已经不见。

然后斯波福思退后面对着法官，让书记员停止打扫。书记员立即停下，法官的左手仍然握着拳头搭在大腿上，还有一块绿色的污迹没有清理干净。

"这次审判不需要你的服务，"斯波福思对书记员说，"我会自己记录。审判进行的过程中，你可以联系通用维护部立即派来一名城市清洁机器人和城市维修机器。"书记员迟钝地看着斯波福思，我觉得他也许是一个三型机器人——脑叶不成熟——只比低智力机器人高级一点点。"电话坏了。"他说。

"那就走去通讯维护部，离这里只有五个街区。"

"走？"机器人书记员说。

"显然你会走路，你知道去哪儿吗？"

"知道，先生。"书记员转身开始瘸着腿走向门口。斯波福思说："等等，"然后又说，"过来。"

书记员回到斯波福思身旁，面对他站住。斯波福思弯下腰，用手握住他的左腿，稍微试探了一下，然后突然用力一扭，书记员体内发出沉重的摩擦声。斯波福思站起来，"这回走吧。"他说。

然后书记员走出法庭，脚步完全恢复了正常。

斯波福思转身再次面对法官，此刻法官已经干净了一些，但还是有尘土的痕迹，衣服也有点褶皱。

"我召集开庭。"斯波福思说，如同公民学课程教给我们的一样，任何公民都可以这样做，不过他们从没说过机器人也可以。他们曾给我们讲过法庭保护我们神圣隐私和独立权的重要性，法官可以提供的帮助。可你还是会觉得别跟法庭发生一点牵扯才好。

法官的头脑已经清醒过来，但他身体的其他部分仍然一动不动。"谁召集开庭？"他用深沉严肃的声音说。

"我是一台九型机器人，"斯波福思从容地说，"承担审查职责，由北美政府赋予相应权力。"

法官身体的其他部分也都被这句话唤醒，他整理下袍子，用手指梳了梳灰发，然后手摸着下巴说："开庭审理，这位机器人公民有什么诉求？"

机器人公民？我可从没听说过这个说法。

"一桩刑事案件，法官，"斯波福思说，"被告会表明身份，"他转向我，"说出你的姓名、职位和住所。"然后他朝真相孔点点头，"小心回答。"

我几乎都忘了真相孔，只好避开目光不去看它，然后谨慎地说："我叫保罗·本特利，是东南俄亥俄大学心理艺术教授。我的办公地点在校园里的教授楼。当前我被教工主任临时聘用，住在纽约大学的艺术图书馆。"我不知道是否应该说明斯波福思就是聘用我的主任，但是没说。

"很好，孩子。"法官说。他转向斯波福思，"指控什么罪名？"

"三项罪名，"斯波福思说，"同居、阅读、教他人阅读。"

法官茫然地看着他，"什么是阅读？"他说。

斯波福思一时无言以对，然后他说："你是在第四时期设计的七型机器人，你的法律程序不包含这项罪名，查询一下你的档案。"

"好。"法官说着拨动他大座椅扶手上的一个开关，某处有个声音说："这是北美法律档案。"法官说："有一项国民罪行叫做阅读吗？教授这项罪行也是犯罪吗？"

档案的声音过了很久才回答，我从没听说过这么慢的计算机，或者这只是我的一种感觉。最后那个声音再次说："阅读是以秘密的方式巧妙而全面地分享想法和感受，是对隐私的严重侵犯，直接违反了第三、第四和第五时期《宪法》。教他人阅读同样也是侵犯隐私和人格的罪行。每项罪名可判一至五年监禁。"

法官关闭计算机，然后说："这显然是很严重的罪行，年轻人。而且你还被指控同居。"然后他对斯波福思说，"他跟谁同居？男人、女人、机器人，还是动物？"

"跟一个女人，他们一起生活了七周。"

法官点点头又转向我说："这项罪名不如其他的严重，年轻人，但是具有严重的个体和人格风险，据信常常会引发极为严重的犯罪行为。"

"明白，法官。"我说。就要表达歉意的时候，我及时发觉，我一点都没有歉意——只是害怕。我差点失去一根手指。

"还有别的问题吗？"法官问斯波福思。

"没有了。"

法官看着我说："从诚实规范仪拿出你的手，站起来面向法庭。"

我从真相孔抽出手，然后站起身。

"你如何辩护？有罪还是无罪？"法官说。手离开了盒子，我就可以撒谎。可是我接着又考虑到，假如我说"无罪"，我们开始审判的话，我的手还得伸进去。我的确从别的囚犯那里了解到，实际的情况就是这样，几乎所有人都认罪了。

我看着法官说："有罪。"

"本庭赞赏你的诚实，"法官说，"你被判在北美监狱服刑七年，前两年为强制劳役。"法官稍微低下头，严厉地看着我，"到近前来。"

他说。

我走到他的座椅前,他缓缓起身,然后伸出手臂,一双大手抓住我的肩膀,其中一只手上还留着绿色的污迹。我感到皮肤被刺透,好像在注入药物。然后我失去了知觉。

醒来时我已经身陷囹圄。

我今天就只能记录这些,我写字的手和胳膊非常疼痛。而且时间已晚,明天我还得去干体力活呢。

第九十天

我在监狱的房间——或者说"牢房"——不比一辆小型感应巴士宽敞多少,但它是舒适的个人空间。我有一张床、一把椅子、一盏台灯和一面电视幕墙,以及一个小型录音库。到目前为止,我唯一播放过的录音是一档舞蹈和锻炼节目。但是我不想跳舞,所以还没等节目放完,便取出了录音球。

同一栋建筑的同样的牢房里,还有大约五十名犯人,早餐后,我们一起去劳动,上午在监狱的一间制鞋厂,我是十四名犯人检查员之一。鞋当然是由自动设备制造,我的工作是在每十四只鞋里检查一只。一台低智力机器人看管我们,我受到过警告,每次我左边的人捡起一只鞋之后,我如果不捡起一只,就会受到惩罚。我已经发现,盯着鞋看,不是很有必要,所以我就不看,只是从每十四只里捡起一只。

因为我接受过心理艺术训练,所以很容易把检查鞋的大量时间用来进行轻度的幻想。可是有时我沮丧地发现,幻想的一个方面我完全控制不了。玛丽·卢的形象会出现在我的脑海里,逼真得令人叹为观止。当我试着用抽象的幻觉——颜色和不规则的形状——取悦自己时,我会毫无预兆地看见玛丽·卢的面庞和困惑的审视。还有时,我会看见玛丽·卢盘腿坐在我办公室的地上,阅读放在大腿上的一本书。

以前教书时,我常常在幻想高潮的课上开个小玩笑。我会对我的学生说:"万一你们进了监狱,这是唯一有用的技巧。"从来没有多少人笑,因为我猜你得好好学过经典作品课程——比如詹姆斯·卡格尼❶的电影——才能明白为什么提及监狱。总之,这就是我以前常讲的一个笑话,可是现在我不会在幻想中达到高潮——尽管我精于此道。半夜我在牢房里自慰——我猜别的囚犯也是一样。我想把关于玛丽·卢的最私密的想法留给我孤身一人的夜晚。

晚餐时我们每人都会额外得到两根大麻和两片安眠药,不过我把自己的都攒了起来。晚餐过后,我会在宽敞的监狱宿舍里闻着大麻的美妙气息,听着其他牢房传来的色情电视音乐,想象着其他囚犯脸上流露出来的多重快感。不知为何,此刻想到这些,并付诸笔

---

❶ 詹姆斯·卡格尼(James Cagney,1899—1986),美国电影演员和舞者,多出演硬汉形象。

端，我不禁浑身一颤。我希望玛丽·卢陪在我身边，想听到她的声音，想跟她一起欢笑，想让她来抚慰我。

一年前的我不会明白此刻的感觉，可是看了那么多影片之后，我清楚地明白：我爱上了玛丽·卢。

感觉糟透了，陷入爱情的感觉糟透了。

我不知道这座监狱在哪儿。海边的某个地方吧。被送来时，我神志不清，醒来后才发现一个机器人给了我一套蓝色狱服。头一天晚上我无法入睡，渴望她陪在我身边。

我想要她，除此之外的一切都不真实。

第九十一天

下午我在海边的一块地里干活，这块地很广阔，占据了三公里多的海岸线，种满了名为四号蛋白质的粗劣合成植物。这种植物又大又丑，跟人类头颅差不多大小，颜色紫绿，散发出腐臭气味。即使在户外充满阳光的地里，气味有时候也令人难以忍受。我的任务是每天挨个儿给它们施加漫长田垄尽头的计算机开出的化学物质。我有一把小喷枪，在每一长排植物的末端，计算机终端会给枪装满球弹，我把枪对准每株植物底部黄色土壤中嵌入的塑料口，挤一个球弹进去。

在大太阳下做这项工作，还要跟上地里持续播放的快速音乐节拍，简直累死人。我们有四十个人在那里劳作，每小时休息五分钟，所有人都汗水流个不停。

十台低智力机器人就能完成这项工作，不过接受改造的是我们。

这是午餐后社交时间必须观看的电视节目告诉我们的。在社交时间我们不可以讲话，所以我不清楚其他人是否像我一样生气和厌烦。

两个穿棕色制服的机器人看管我们工作。他们矮小、沉重、丑陋，每当我看那个打过我的机器人，他似乎都在盯着我，眼睛不眨一下，仿照人形的嘴微微张开，似乎就要流出口水。

扣那把小枪的扳机导致我的手还很疲惫酸痛，所以我没法再写下去。

玛丽·卢，我只希望你不要跟我一样不幸，希望你时不时地想起我。

Mary Lou

玛丽·卢

115

一

阅读有时会变得无聊，不过我常常又会发现乐于去了解的内容。我坐在窗边的一把扶手椅上，扶着大腿上的一块板子，写下这些文字。窗外下着鹅毛大雪，团团雪花从天空坠落，动笔之前我坐在这里看了很久。鲍勃告诉我放轻松，这样我就不会因为挺着大肚子而背痛。于是我看了很长时间雪，并开始想起几天前读到的水循环的内容，有关蒸发、凝结、刮风和空气的完整详细的描述。我看着雪落下来，思考这些白色团块不久前还是大西洋表面的水，被太阳的热量所蒸发。我仿佛能看见水面上很高的地方云朵聚在一起，水分结晶成雪花，雪花落下，结成一团，继续下落，最后在纽约的这扇窗户外边被我看到。

仅仅是明白这种原理就让我感觉好极了。

我小时候，西蒙跟我讲过水循环和春秋分的交替这类事情。他有一块古老的黑板和粉笔，我记得他给我画过土星及其星环。我问他是怎么知道这些事情的，他告诉我是从自己的父亲那里学的。他的祖父小时候曾用一台天文望远镜观察夜空，当时西蒙所谓的"求知欲的丧失"刚过去没多久。

虽然西蒙不会读写,也从没上过学,但是他了解一些过去的知识,不仅仅是芝加哥的妓院,还有罗马帝国、中国、希腊和波斯的情况。我还能记得他在我们的小木屋里,掉光了牙齿的嘴里叼着一根大麻烟,正在柴炉旁一边搅动炖着的兔肉或豆子汤,一边说:"世界上曾经有些大人物,有思想、有能力、充满想象力,比如圣保罗、爱因斯坦、莎士比亚……"他有好几份过去的大人物清单,每到这种时候,他就会大谈特谈,他们听起来总是给我一种惊奇感,"比如朱利叶斯·恺撒、托尔斯泰和伊曼努尔·康德,可是如今全都是机器人,机器人以及快乐原则,每个人的头脑都是一出廉价的电影表演。"

老天,我想念西蒙,几乎就像我想念保罗。鲍勃上午在大学工作的时间段,我真希望西蒙能跟我一起待在纽约。保罗跟我一起生活时,我写了这本日记的第一部分,也就是我回忆中的生活,我当时希望西蒙能够回答我的问题,讲讲我首次出现在他沙漠住处的那个时代,我是个什么样的女孩,是否聪明漂亮,是否真像他说的那样什么东西一学就会。此刻我希望感受他的幽默感和他的狂放不羁。虽然已经到了迟暮之年,可他远比后来跟我共同生活过的两个人更狂放、更有趣。

保罗严肃得可怜。只要回忆起我朝巨蟒展柜的玻璃扔石头时他的表情,或者他教我阅读时有多严肃,我就感到好笑。我们在图书馆生活时,他常常审读我这本日记初期的篇目,然后噘起嘴唇,皱起眉头——甚至读到我觉得有趣的部分也是这样。

鲍勃几乎没好多少,指望机器人有幽默感显得荒唐,不过他的敏感和严肃也很难接受，特别是他告诉我自己在漫长的一生中一直保有的梦境。开始我还感兴趣，可是后来我就厌倦了。

我猜那个梦境跟我如今同他一起生活在这间三室公寓有很大关系。那个梦境几乎可以肯定就是他开始渴望像很久之前的人类一样生活和行动，渴望努力过上那梦境的最初拥有者的生活。

所以我就是他想要的妻子或情人，我们在玩某种过家家的游戏，因为鲍勃想玩。

我觉得他疯了。

他怎么知道自己的大脑不是拷贝自一个单身汉？或者一个女人？

他听不进我的任何反对。他的说法是："你真的介意，玛丽？"

我估计自己不介意。我想念保罗，在某些微妙的层面上，我觉得自己爱保罗。可我一想到这个问题，又觉得不是很介意这种生活，这种陪伴一台棕色皮肤机器人的生活。

管他呢，老天在上，我曾经还在那座动物园生活呢。我应付得了。

外面还在下雪，我会在回忆日记里把这篇完成，然后坐上一个小时，一边喝啤酒，一边赏雪，等鲍勃回家。

当然，让保罗回来会更好。不过正如西蒙所说，你没法事事如意。我会适应的。

二

鲍勃又在告诉我他做的梦，一如往常，他讲的时候我只能礼貌地微笑，努力表现出同情。他梦到了一位白人女性，但是跟我一点儿都不一样。我头发乌黑、体格强健，长着结实健康的大腿和臀部。她金发白肤，又高又瘦。"赏心悦目。"他说。我就没有那么赏心悦目——不过保罗更倾向于这么形容。鲍勃梦中的女人穿着浴袍，总是站在黑色的池水旁。我觉得自己这辈子都没有穿过一件浴袍，也不愿在池塘边一次站很长时间。

我觉得自己想说的是，鲍勃的梦中情人不是我。进一步来讲，这可再好不过了。

我当然不爱鲍勃——他把保罗从我身边夺走并送进监狱时，我甚至恨他。从最初的震惊中恢复之后，我哭着打过他多次。一个最令我难以接受的事实就是，他果然是个审查员——竟然真有审查员。他是个机器人，有着黑人的外表，这都不会令我烦恼。这次经历的主要问题在于，我发现自己可能被查出来。这辈子赋予我很大力量的一种东西被剥夺了，也就是我没有被身处的这个白痴社会所愚弄的那种感觉。西蒙曾给予我的自信受到了一点损害——西蒙，唯一我曾经爱上或者有可能爱上的人。

当然，保罗是个宝贵可爱的人，我为他感到担心。我曾尝试让鲍勃把他从监狱释放，可鲍勃甚至都不愿跟我谈论这个问题。他只是说："没人会伤害他。"然后就再没有其他表示。起初，我有时想为保罗哭泣，我想念他的天真和可爱，以及他要为我买东西时的孩子气。不过我从未真正为他流泪。

另一方面，鲍勃是个重要人物。我知道，他年龄很大——西蒙如果还活着，也没有鲍勃年龄大。不过这似乎没什么大不了的，只会给他一种吸引人的厌世之感。他作为机器人对我来说没有任何意义，只会因为无法做爱而简化我们之间的关系。我刚发现时还曾感到失望，不过现在已经习惯了。

三

我跟保罗分别已有半年，虽然算不上无比幸福，但我已经很好地适应了跟鲍勃一起生活。责备机器人缺乏人性虽然荒唐，但这终究是问题所在。我不是说他缺少感情——事实远非如此。我必须总是记着在吃饭时邀请他跟我坐在一起，否则他就会感到难过。我跟他生气时，他看上去的确困惑不解。我有一次感到烦躁时，曾用"机器人"这个名字奚落他，他愤怒得让人害怕——对我吼道："化身成什么样子我没得选择！"的确。我必须得时刻警惕他敏感的情绪，这点他跟保罗一样。我才是那个容易跟别人相处的人。

可鲍勃不是人类，我也没法忘掉这点。一起生活的头几个月，我忽视过几次。在第二个月里，他从我身边夺走保罗引发的愤怒已经平息，我打算诱惑他。我们无言地坐在餐桌旁，我正在消灭一盘炒蛋和第三杯啤酒，他坐在我身边，看着我吃饭，英俊的脑袋靠向我这边。他似乎有点害羞，这让人感动。我早就习惯他不吃东西的事实，也早已忘记那个简单事实所代表的含义。也许是啤酒的原因，不过我发现自己头一次觉得他非常好看，他的棕色皮肤柔软有活力，剪短的黑色卷发闪着亮光，还有一双棕色的眼睛。他的面容是多么坚定和敏锐！当时我产生了一阵突如其来的感觉，像母爱一样不包含多少异性的吸引。我伸手搭在他的胳膊上，就在手腕的上方。跟任何人类的手臂一样，那里很温暖。

他低头看着桌面，一言不发。其实我们那段时间不怎么交谈，他穿着米色短袖新纶T恤，他的棕色——漂亮的棕色——手臂很光滑，暖暖的，没有毛发。他下身穿着卡其裤。我放下酒杯——仿佛做梦一般——缓缓地伸出手摸他的大腿，放下酒杯的短暂瞬间，我犹豫着停顿了一下，然后才把手伸向他，而另外一只手还轻轻地握着他的胳膊，这个场面明显变得充满情欲，激动人心，我一下子被唤起了欲望，甚至还眩晕了一下。

我把手掌放在他的大腿内侧，似乎就这样坐了很久。说实话，我不知道接下来该如何是好，我完全没有盘算过这样的情形，"机器人"这个词语一时也没有被我想起来。在其他……其他男人身旁，我也许会采取进一步的动作，但是当时我没有。

然后他抬起头，奇怪地看着我，脸上似乎没有任何表情。"你要干什么？"他说。

我只有无言地看着他。

他把头靠近我。"你到底要干什么？"

我无言以对。

然后他用另一只空闲的手从大腿上把我的手挪开，我的另一只手也放开了他的胳膊。他站起身，开始脱裤子。我注视着他，脑子里一片空白。

我甚至没想到他要表达什么，等到看见的时候，我完全震惊了。他的双腿之间什么也没有，在光滑的棕色皮肤上只有个简单的褶皱。

在此过程中，他一直看着我。等他发现自己裸露的下体给我留下了深刻的印象，他说："女人，我是在俄亥俄州克利夫兰市的一座工厂里被制造出来的，不是生育出来的人类。"

我避开目光，过了一会儿，听见他穿上了裤子。

我乘坐一辆感应巴士去了动物园，几天后我发现自己怀孕了。

四

昨晚鲍勃没有讲他的梦境，而是开始谈论人工智能。

鲍勃说他的大脑根本不像感应巴士可以心灵感应。它们通过"意图信号接收器和路线导航器"接收指令并自动行驶。他说自己或其他六七位留在北美的审查员没有任何心灵感应能力，对于他们的"人类型"智慧而言，心灵感应是一种过于沉重的负担。

鲍勃是九型机器人，他也许是这一型号的最后一台。他说九型机器人是一种非常特殊的"拷贝智慧"类型，是所有机器人中的最后一个系列。他们被设计成工业经理人和高级管理人员。鲍勃自己就在私人汽车消失前掌管那家垄断车企。他告诉我，曾经不仅有私人汽车，而且还存在空中飞行的载人机器。听起来不可思议。

在鲍勃坚持跟我一起生活之后，我逐渐适应他的方法就是询问他各种事情都是怎么回事。他似乎享受其中,乐于回答。

我问他为什么感应巴士没有机器人驾驶。

"真正的想法是,"他说,"造就终极机器。正是类似的想法催生了我——我这种机器人。"

"一辆感应巴士有何终极之处?"我说。在我看来,它们似乎再普通不过,总是出现在身边,座椅舒适,乘客从不超过三四个人,是结实的四轮铝合金制灰色车辆,也是几乎一直运转、不需要信用卡就能使用的机器之一。

鲍勃坐在我们公寓厨房里一张蒙尘的有机玻璃座椅上,我在还能使用的一台原子能灶上煮合成鸡蛋。炉灶上方的一部分墙皮已经在多年以前脱落,露出几本绿色封皮的书,它们被钉在那里,早已不知去向的前任租客曾用这种方法来保暖。

"哦,一方面它们不停工作,"他严肃地说,"不需要备用零件,感应巴士的大脑特别善于发现机械上的损耗点和应力点,并作出关键性调整去分散损耗和伤害,从而预防故障的发生。"他望着窗外的降雪,"我的身体也采用同样的方式,"他说,"也不需要零件。"然后他陷入沉默。

他似乎有些出神,以前这种情况我注意到一次,然后还引起了他的注意。"只会衰老,"他当时说,"机器人的大脑跟别人一样都会衰老。"不过感应巴士的大脑显然没有损耗。

我认为鲍勃过于痴迷自己的梦境,痴迷于尝试"重建失去的自我"——尝试送走保罗并让我做他的妻子。鲍勃想查明自己的大脑属于谁，想要恢复他的记忆。我认为那不可能，他也知道那不可能。他的大脑是一位智者的大脑的副本，已经被清除了记忆，十分彻底，只剩下几个古老的梦境。

我已经让他放手。就像保罗说的，"若怀疑，就忘记。"可他说那是让他保持理智的唯一支柱——吸引他的唯一目标。在他们的前十个蓝季里，九型机器人用家用电流和变压器烧毁自己的电路，用重型工厂设备砸碎自己的大脑，或者干脆发疯，开始像个白痴一样流口水，或者变成尖叫的精神失常者——投河自尽或者把自己埋在农田里。九型机器人之后没有新的型号被制造出来，再也没有。

鲍勃思考时有个习惯，就是一遍又一遍用手指梳过卷曲的黑发。这个动作非常像人类的，我当然从没看见其他机器人做过。有时候他还吹口哨。

有一次他告诉我，他从大脑被擦除的记忆中回忆起一句诗："我想我知道'某物'的主人是谁……"可他记不起"某物"是什么，类似"工具"或"梦想"的一个词。有时候他就这样说，"我想我知道梦想的主人是谁……"可他还是不满意。

在他告诉我他所知的其他机器人没有这些共享"记忆"时，我曾问过他，为什么觉得自己跟别的九型机器人不一样。他回答："只有我是一个黑人。"这就是全部原因。

那个下雪的午后，他在我们的厨房里出神时，我问了个问题，把他拉回现实。"自维护是感应巴士的唯一'终极'之处吗？"

"不，"他说着又用手指拢过头发，"不。"但是他没有继续这个话题，而是说，"给我一支大麻烟，好吗，玛丽？"他总是叫我"玛丽"，而不是玛丽·卢。

"好，"我说，"可是机器人抽大麻能有什么用？"

"快去拿吧。"他说。

我从卧室的一个包里取出一支大麻，这种劲儿不大，名为内华达叶子，跟加工牛奶和合成鸡蛋一起，每周两次配送给我们公寓大楼的住户，也就是跟大多数人一样，使用黄色信用卡的人们。我说"人"们是因为只有鲍勃一个机器人住在这里。他乘坐感应巴士上下班，每天离开六个小时。大部分时间我在读书或微缩胶片上的旧杂志，鲍勃几乎每天都从工作的地方给我拿书。他从一座档案大楼获取，那里比我和保罗居住的图书馆都古老。我曾问他除了书籍还有没有别的东西可读，然后他给我拿了一台胶片放映机。鲍勃可以给我帮很大忙，不过一想到这里，我就相信所有机器人起初都是这样设计：服务人类。

在这段叙述中，在熟记我的生活的不断尝试中，我当然是开了小差。也许我跟鲍勃一样变得衰老。

不，我还没老，只是再一次铭记自己的生活让我感到兴奋。我开始写这本日记以前，只是感到厌烦——跟西蒙死在新墨西哥以后一样厌烦，跟我在保罗出现以前去布朗克斯动物园一样厌烦和捉摸不定，看起来是那样天真、单纯和诱人……

最好别再想起保罗。

我把大麻拿给鲍勃，他点燃后深深吸了一口，然后尽量友好地说:"你抽过吗？或者吃过药吗？"

"没有,"我说,"它们让我身体不适,反正我也没想过使用它们,我喜欢保持完全清醒。"

"没错,你还真是,"他说,"我羡慕你。"

"为什么羡慕我？"我说,"我是人类,受制于疾病、衰老、骨折……"

他没听我说完,"我被设计成一天二十三个小时完全清醒、意识敏锐。只是过去几年,我开始让自己专心思考我的梦想、以前的性格、被擦除的感情和记忆,从那时起我已经学会……放下思想的包袱,任它驰骋。"他又抽了一口大麻,"我从来都不喜欢完全清醒,现在当然也不喜欢。"

我把这话琢磨了一会儿。"我怀疑那根大麻能否影响一颗金属大脑。你为什么不重新设计自己来获得兴奋的感觉？你不能改变某个地方的某些电路来获得快感或醉酒的感觉吗？"

"还在迪尔伯恩时我就试过,还有后来我首次被政府分配到大学主任这份扯淡的工作时。第二次我比第一次更加努力地尝试,因为我对大学致力于学习的幌子感到愤怒——学生来这除了某种灵修什么都不学。可是我没有收获快感,只经受了宿醉的难受感觉。"

他从椅子上站起来,走到窗前看了一会儿雪。我从炉灶上取下鸡蛋,开始剥皮。

然后他又说:"也许是深埋在我大脑里的传统教育的记忆令我感到如此愤怒,也许我只是对自己的本职工作训练有素。我知道并理解工程学。我没有任何一名学生了解热力学定律、矢量分析、立体几何或统计分析。我知道所有这些和其他的学科,它们也不存在于我大脑内建的磁性存储器中。我是在克利夫兰通过一遍遍播放图书馆磁带,跟其他每个九型机器人学习,才掌握的。我学着成为一名审查员……"他摇摇头,从窗口转身面向我,"可是那已经不重要。你父亲猜对了,还在工作的审查员已经不多,对他们的需求已经没有了,孩子不再出生的时候……"

"孩子?"我说。

"对,"他说着再次坐下,"我给你讲讲感应巴士吧。"

"可孩子们怎么了?"我说,"保罗曾告诉我……"

他奇怪地看着我。"玛丽,"他说,"我不知道孩子们为何不再诞生,跟人口控制设备有关。"

"如果没人诞生,"我说,"人类以后就会从地球上灭绝。"

他沉默了一阵,然后看着我,"你在乎吗?"他说,"你真的在乎吗?"

我回望着他,不知该如何回答。我不知道自己是否真的在乎。

五

保罗被送走一周之后,我们搬进这间公寓。几个月来我已经相当喜欢这里,鲍勃尽力让修理和维护机器人处理剥落的墙皮,粘贴新的壁纸,修理炉灶上的加热器,重新填充了沙发,可是直到现在他的运气都不怎么样。他可能在纽约市权力最高,至少我不知道哪个家伙跟他有同等的权力,可是他能解决的事情不多。我小时候,西蒙常对我说,一切都在崩溃,离我们而去。他会说:"技术时代已经荒废。"其实在西蒙去世后的四十个黄季里,情况变得越来越糟。不过这间公寓的情况还不是特别糟糕,我自己擦净了窗户,清洁了地板。这里的食物也很充足。

在怀孕期间我已经学会喝啤酒,鲍勃知道一个地方不限量供应自动化啤酒工厂的酒酿。每喝三四罐就会遇到一罐变质的啤酒,不过把它们倒进厕所不麻烦。水槽的下水管道堵住了,不能往那儿倒。

有一天,鲍勃给了我一张出自档案的手绘旧画,让我挂在客厅墙壁的一大块难看的污迹上。画框上安装着一小块铜牌,我能读出"彼得·勃鲁盖尔❶,伊卡洛斯的坠落。"画很好看,我从写这篇日记的桌子上一抬头就能看见它。画上有一片水 —— 一座海洋或者大湖 —— 水中伸出一条腿。我不理解,但我喜欢这一幕中其他事物的静谧,除了溅落水中的那条腿,也许哪天我要去找些蓝色的颜料把它盖住。

鲍勃有个办法,总能在我以为话题结束几天后再把它捡起来。我猜这与他头脑存储信息的方式有关,他说他什么都忘不了,可是既然如此,他为什么要在早期训练中费劲地学习呢?

❶ 彼得·勃鲁盖尔(Pieter Bruegel,约 1525 — 1569),16 世纪尼德兰地区最伟大的画家,以风景与农民生活场景的画作闻名。

今天早晨我吃早餐时，他坐在我旁边，再次谈起感应巴士。我觉得他趁我睡觉时一直在考虑这个问题。有时候我早晨起床就发现，他双手捧着下巴坐在客厅里，或者在厨房来回踱步，在我看来这似乎有点吓人。有一次，我主动提出要教他阅读，好让他在漫长的夜里有事可做。可他只是说："我已经知道很多了，玛丽。"我没再坚持。

今早我正在吃一碗合成蛋白片，但是不怎么喜欢那种味道，这时鲍勃毫无来由地说："感应巴士的大脑其实不是一直醒着，只是接收信号，有个那样的大脑也许不算太糟，只有接收功能和有限的使命感。"

"我遇到过那种人。"我嚼着难吃的蛋白片说。我没有看他，而是睡眼惺忪地盯着蛋白片盒上亮丽的宣传图片，一动不动。图片上是一张大概人人都会信任的脸庞——但是他的名字几乎无人知晓——对着一大碗显而易见的合成蛋白片露出笑容。包装的图片当然有必要让人们了解盒子里是什么，可我一直好奇这个男人的照片有什么含义。关于保罗我不得不说的一点是，他会让你对这种事感到好奇。他对事物的含义以及事物带给你的感觉比我认识的任何人都好奇。我肯定是受到了他的影响。

保罗曾经告诉我，盒子上印的是基督耶稣的脸，很多商品都曾这样促销，应该是基于"敬畏残留"的理念，他曾经读到过，是大概一百多个蓝季以前的观念，这种事都是规划好的。

"一辆巴士的大脑，"鲍勃还在说着，"只是读取目的明确的乘客的思维，然后结合其他乘客的目的地，规划出顺利把他送到的路线。

可能这样的生活也不赖。"

我抬头看他,"如果你喜欢踩着轮子到处转悠的话。"我说。

"福特工厂制造的首批感应巴士具有双向心灵感应能力,它们会向乘客的头脑播放音乐或愉快的想法,有些夜班班次会发送色情内容。"

"现在为什么没有了?设备故障?"

"不是,"他说,"我告诉过你,感应巴士跟其他垃圾产品不同,它们不出故障。原因是那样的巴士没人愿意下车。"

我点点头,然后说:"我也许会下车。"

"可是你不一样,"他说,"你是北美唯一没有受教育的女人,当然也是唯一怀孕的女人。"

"如果别的女人不会怀孕,为什么我会?"我说。

"因为你没用药也不抽大麻,过去三十年间的大部分药品都含有一种抑制生育能力的药剂。之前我们谈到这个话题时,我查看了图书馆里的一些控制磁带。有一个把人口减半的指导计划执行过一年,是计算机的决定,不过计划出了差错,人口再也没有恢复。"

真令人震惊,我一动不动地坐着思考这个问题,又一起设备故障,抑或又一台计算机烧坏,然后就没有人出生,再也没有。

"你不能做点什么?解决这个问题,我的意思是?"

"也许可以,"他说,"可我没有编入修理职能。"

"噢,得了吧。鲍勃,"我突然生气地说,"我打赌你如果愿意就能粉刷墙壁或者修好下水。"

他没有回应。

我感到奇怪,怒气冲冲。关于世界上没有儿童——保罗向我指出我才发现的一个事实——的话题有点令我不安。

我使劲儿看着他——保罗曾说我这个样子很神秘,也是他眼中的一个可爱之处。"机器人撒谎吗?"我说。

他没有回答。

六

昨天下午,鲍勃从大学早下班回家。我现在已经怀孕七个月,大多时间在公寓里混日子,只是看着雪度过这段时间。有时候我读一点书,有时候只是坐着。昨天鲍勃回来时,我正烦躁不安。"要是我有件体面的外套,我会出去走走。"

他奇怪地看了我一会儿,然后说:"我会给你弄一件外套。"说完,他转身走出屋门。

足足过了两个小时他才回来,我等了那么久早已经不耐烦,甚至变得更加烦躁。

他带回一个包裹,站在我面前,自己拿了一分钟才交给我。他的表情有点怪异,他看起来非常严肃和——我怎么能这样形容?——脆弱。对,他把盒子递给我的时候,尽管是那样魁梧强大,可在我看来却像个孩子一样脆弱。

我打开盒子,看见里边是一件黑色丝绒领的大红大衣。我把衣服拿出来试穿,红色无疑,我不怎么喜欢那个领子,但它确实保暖。

"你从哪儿弄到这件衣服?"我说,"为什么去了这么久?"

"我搜查了五座仓库的库存,"他盯着我说,"才找到它。"

我扬了扬眉,但是没有说话。只要不系扣,这件外套就挺合适。"你喜欢吗?"我说着在他面前转了个圈儿。

他也没说话,只是若有所思地看了我良久。然后他说:"还可以,假如你是黑发的话,也许会更好看。"

他这么说还挺奇怪,因为以前他从没表现出注意到我外表的迹象。"我应该把发色换一换吗?"我说。我的头发是棕色,平平无奇的棕色,没有一点特色。我的特色在体形和眼睛上,我喜欢我的眼睛。

"不,"他说,"我不希望你染发。"他的语气中有一股淡淡的忧伤,然后他又说起另一件怪事,"你愿意陪我散步吗?"

我抬头看他,尽量坚持着不眨眼睛。然后我说:"没问题。"

当我们走在街头时,他拉住我的手,这可把我吓了一跳,然后他开始吹口哨。就这样,我们在雪中沿着几乎无人的街道走了约一个小时,经过华盛顿广场时,只有几名精神恍惚的老太太正安静地坐在那里抽大麻。鲍勃特意放慢速度,好让我跟上他的脚步——他体形非常庞大——可是整个过程中,他什么也没说。时不时地,他会停住口哨,低头看我,似乎在审视我的面庞,但是他一言不发。

真奇怪,可不知为何,我还有点喜欢这种感觉。让我身穿红色外套、拉着我的手散步,我觉得这些对他来说很重要,但又认为没必要掰扯得一清二楚。如果他想让我了解原委,那他会告诉我。我还莫名有种被他需要的感觉，似乎自己在这段时间里格外重要。这种感觉真好，真希望他用臂膀搂住我。

有时一想到即将要成为母亲，我就感到害怕和孤独，我从没跟鲍勃谈起过这事，也不知道该如何跟他谈。他似乎特别沉迷于自己的渴望。

我曾读过一本关于生儿育女的书籍，可我不知道成为一位母亲会有怎样的感觉。我从没见过任何一位母亲。

七

在纽约这里，独自一人走过雪地时，我会观察面容。它们不总是空虚，不总是茫然，不总是愚蠢。有些人专注地皱着眉，似乎要突然讲出不易的想法。我看见身体瘦削的中年男人头发灰白，衣着明快，眼神呆滞，陷入沉思。这座城市里自焚频发。眼前这些人也在考虑死亡？我从没问过他们。没人问。

我们为什么不互相交谈？为什么不互相拥抱着抵抗这座城市空荡街道上吹过的冷风？很久以前，纽约曾经存在过私人电话。那时候人们互相交谈——也许冷漠疏远，电子音听上去冷淡做作，可是他们交谈，谈论日用品价格、总统选举、青春期子女的性行为、对天气和对死亡的恐惧。而且他们阅读，在意味深长的沉默中听见生者和逝者对他们言说的声音，感受喋喋不休的交谈，这一定会让心灵充满一种态度，表明：我是人类，我说、我听、我读。

为什么没有人能阅读？发生了什么？

我有一本兰登书屋最后出版的书籍，兰登书屋是一家商业机构，印刷销售数百万册书籍。我的书名叫《暴行》，出版于2189年，扉页上印着一段说明，开头是这样的："兰登书屋用这一系列小说中的第五本迎来了编辑业务的终结。过去二十年间，学校阅读计划的终止带来了这样的结果。遗憾的是……"接下去还是诸如此类的内容。

鲍勃看起来近乎无所不知，可他不知道人类停止阅读的时间和原因。"多数人太懒了，"他说，"他们只想娱乐。"

也许他说得对，可我真没觉得。我们居住的建筑非常古老，已经修缮过许多次，在地下室里，反应堆旁边的墙上粗糙地写着：写作没劲。墙上刷着单调的绿色，绿色中粗劣地刻画着阴茎、乳房，以及正在口交和打斗的一对对人形，不过文字只有：写作没劲。这句宣言中既没有倦怠，也不是在冲动中用钉子或刀尖在粗糙的油漆上刻下。读到这句残酷无情的表态时，我想到的是其中饱含的憎恶。

或许是因为没有孩子的缘故，我才看到残酷和冷漠无所不在。没有人再年轻，我这辈子没见过比我还年轻的人。我对童年仅有的印象来自于记忆，以及动物园里那些令人讨厌的伪装成孩子的机器人。

我至少得有三十岁了，等我的孩子降生，他将没有玩伴，独自存在于疲惫年迈、无力生活的人口之中。

八

远古社会肯定存在一个时期，即使演员都不会阅读，也还有电视编剧撰写剧本。尽管有些编剧会使用录音机创作——特别是针对当时特别流行的性与痛的节目——很多人还是拒绝放弃优越感，继续用打字机撰写剧本。尽管打字机在多年前已经停产，备件和色带也几乎无处可寻，可是剧本继续在打字机上产出。因此每家制片厂都得配一名录音朗读者——他的工作就是对着录音机大声阅读打印出的剧本，好让导演理解剧本，让演员理解角色。阿尔弗雷德·费因的书在石油枯竭后曾被用在我们公寓的墙壁上，抵御寒冷的天气，在叙事节目——或者文字视频——的最后时光里，他既是一名编剧，又是一名录音朗读者，他的书名为《最后的自传》，开篇这样写道：

> 我小时候公立学校还在选修课中教人阅读。当年在圣路易斯，沃伯顿老师的阅读课上，那群十二岁的孩子我还能清晰地记得。我们有十七个人，都骄傲地自视为知识分子精英。学校里的另外几千名学生只能拼出"操"和"扯"这样的词——还把它们涂鸦在运动场、体育馆、电视厅的墙壁上，这些地方占用了学校的大部分空间——他们勉为其难地对我们保持敬畏。尽管他们有时欺负我们——一想起那位冰球运动员曾在思维漫游课后把我鼻子揍出血，我仍然会浑身颤抖——可他们似乎也暗

暗地嫉妒我们,清楚地明白阅读意味着什么。

可那是在很久以前,如今我已经五十岁了。跟我一起工作的年轻人——色情影星、娱乐节目的热门年轻导演、快感专家、情感操纵师、广告人——既不理解,也不在乎什么是阅读。有一天的片场上,我们拍摄一位老前辈写的剧本,要求一个女孩儿朝一位年长的女士抛书。这一幕出自《绝妙宗教》,改编自某个被人遗忘的老故事,它发生在候诊室里。职员用塑料椅和一块长绒地毯打造了一间相当真实的候诊室。可是导演到场以后,道具师跟他开了一个短会,告诉他自己"不是很理解那本书是怎么回事"。导演显然也不确定书是什么,但又不愿意承认自己不知道,于是就问我那是什么。我告诉他读那本书的女孩会建立起有文化甚至有点反社会的人设。他假装考虑了一下,不过很可能也不认识"有文化"这个词。然后他说:"我们用玻璃烟灰缸,她被割破时再用一点血。这个场面还是太平淡了。"

我被惊呆了,甚至都没法跟他吵,直到那时我才真正意识到我们的问题已经有多严重。

那让我产生了疑问:我为什么要写这本书?答案只能是我一直都有这个愿望。以前在学校学习阅读时,我们都以为自己以后会写书,有人会阅读它们。如今我知道自己等了太久才开始动笔,不过无论如何我会继续下去。

讽刺的是,那部剧本为导演赢得了一个奖项,它讲的是一个已婚女人因为丈夫克劳德阳痿而带他去一家诊所看病。等待医生给克劳德诊断时,她被一位性饥渴的年轻女同性恋用烟灰缸砸伤面部而昏迷,在此期间她看到一些影像,获得了宗教觉醒。

我记得在庆祝派对上,我被麦司卡林和杜松子酒麻醉,试图向挨着我坐在沙发上的裸露胸脯的女演员解释电视行业的唯一标准就是金钱,电视行业的真正目的只有挣钱。我谈论过程中她一直朝我笑,偶尔用手指轻轻抚过乳头。我说完时她说:"可金钱也是一种满足。"

我喝得大醉并把她带到一家汽车旅馆。

写书让我有了一种犹太法典学者和埃及古物学家来到二十世纪的迪士尼乐园的感觉。只不过我猜自己不用真弄明白是否有人想听我要说的话,我知道没人听。我只能好奇世上还剩多少能够阅读的人,可能有几千。我的一位朋友兼职担任一家出版公司的负责人,他说平均一本书有八十名读者,我曾问他为什么不完全停止出版。他坦承自己不知道,不过他的出版公司是其上级娱乐公司微不足道的一个分支,甚至母公司很可能已经忘了他的出版公司的存在。他自己都不知道如何阅读,可是他尊重书籍,因为他母亲曾算得上隐士,几乎不停地阅读。我的朋友很爱他的母亲。顺便提一下,他也是我认识的人中为数不多的被家庭养大的一个。我的朋友大多数都出身宿舍,我在内布拉斯加州的集体农场被抚养成人。可当时我是犹太教徒,身为犹太人并清楚这一点在当时是十分罕见的。我是集体农场最后一批成员之一。我二十多岁的时候,那里被改造成州政府运作的脑力劳动者宿舍。

我生于2137年……

读到这个时间我立刻好奇阿尔弗雷德·费因生活在距我们多久的时代,于是就问了鲍勃。他说:"大约二百年。"

然后我说:"现在有日期吗?今年有数字表示吗?"

他冷酷地看着我。"没有,"他说,"没有日期。"

我想要知道日期,想让我的孩子有一个出生日期。

Bentley

本特利

第九十五天

我现在没那么疲惫,工作越来越容易做,我感觉自己更强壮了。

因为决定服用安眠药,我晚上也睡得更好。现在的食物还凑合,我会吃很多,比此前任何时候吃得都多。

我不是很喜欢安眠药的效果,可我要睡好就必须得服用,它们能缓解我思考的痛苦。

今天我摔倒在两排作物之间,附近的另一位囚犯跑过来扶我起身。他是个高大的灰发男人,我以前因为他吹口哨的样子有时注意到他。

他帮我掸掉尘土,然后关切地看着我说:"你没事吧,伙计?"

这种行为亲密得可怕 —— 可以说是道德败坏 —— 可我实际上并不介意。"嗯,"我说,"没事。"然后一个机器人喊道:"不许交谈。侵犯隐私!"那个人看着我,灿烂地一笑,同时耸了耸肩。我们都回去继续工作,可是他走开时我听他嘀咕,"该死的蠢蛋机器人!"他声音里毫无避讳的感觉让我震惊。

我见过别的囚犯在成排的作物间窃窃私语，通常过几分钟机器人才会发现并阻止他们。

机器人跟我们一起走在田间，不过不会离尽头的矮崖过近。也许他们有这种设计，确保不掉下——或被推下——悬崖。总之我来到田垄靠海那一侧时他们离得很远，因为接近悬崖的地面有些下陷，所以有很短的一段时间他们看不见我。

我已经学着提高速度完成每一排，随着音乐的每个节拍挤两枪，这样就在海边节省出十六个节拍的时间——我很感激自己从《男孩女孩学算术》学会计算这个问题。我站在悬崖上眺望大海——感受它的巨大、广阔和宁静。我心深处似乎有什么东西对它产生回应，一种难以名状的感觉油然而生。不过我正在再次学习拥抱陌生的感觉。有时候海洋上有鸟在飞翔，它们曲线形的翅膀向外伸展，在空中，在人类和机器人的世界之上，沿着流畅的悠长弧线滑翔，看上去夺人心魄、不可思议。看着它们，我有时对自己说一个从电影中学到的词语："了不起！"

我说了我在学习拥抱陌生的感觉，这不假。过去远没到一个黄季之前，我还在自己的床桌上观看默片，刚开始产生那样的感觉，如今我已经大不一样。我知道，自己正在违抗小时候被灌输的关于外物的所有感觉，可我不在乎。其实我喜欢违禁。

我已再无所失。

我觉得下雨时，水天皆灰的海洋对我来说意义最重大。悬崖下方有一片沙滩，它的浅棕色在灰色海水的映衬下格外漂亮，还有灰色天空里的白鸟！甚至在牢房里只要一想到这画面，我的心跳就会加重。那场面很悲伤，一如老电影里那匹头戴帽子的马，或者坠落的金刚——如此缓慢、柔和、遥远——仿佛我此刻大声朗诵的诗句："只有知更鸟在树林边歌唱。"如同记忆中的玛丽·卢，盘腿坐在地板上，眼睛不离开书。

悲伤，悲伤，但是我会拥抱悲伤，往我正在熟记的生活里也要加入这种悲伤。

我已再无所失。

第九十七天

今天在外边的田地里发生了一件惊人的事情。

我已经持续工作了大约两个小时，很快就要迎来第二次休息。我听见身后机器人监工通常站立的地方传来一阵沙沙声。我四处观望，看见他突然在田垄上急促地踉跄起来，就在我看的时候，他沉重的脚踩在了一株四型蛋白质上。这株作物在令人作呕的声音中裂开，紫色的汁液溅得机器人满脚都是。

机器人一脸严肃，眼睛盯着上方。他又踉跄了几下，踩坏了第二株作物，才完全静止了一会儿，如同进入休眠状态。然后他像一个重物，直挺挺摔倒在地上。另一个机器人走到他身边，看着他一动不动的身体说："起来。"可地上的机器人没有动，站立的机器人弯腰把他拉起，开始扛着他走回监狱大楼。

过了一会儿,我听到一个响亮的声音在田间喊道:"故障,孩子们!"然后有跑动的声音传来。我吃惊地看见一群穿蓝色制服的囚犯在田间跑动,然后我突然感到一条手臂搂住我的肩膀——我这辈子都没遇到过这种事:一个陌生人搂住了我的肩膀!——是那个灰发男人,他正对我说:"来吧,伙计!去海边。"我发觉自己跟着他跑起来,我心里感到害怕,害怕但愉悦。

悬崖上有一处很矮,石头上有个可以爬下去的裂缝已经被踩出了台阶,台阶本身也都是石头。我跟其他人一起下去的时候,惊异于大家互相拍着后背、友好地招呼——甚至从小时候起,我就再没见过这种事儿了——我还在台阶旁的一块崖壁岩石上发现了怪事。石头上有白漆书写的字迹,现在已经褪色,内容是:"约翰爱朱莉。九四级。"

一切都是那么奇怪,我甚至感到被催眠。大伙儿互相说笑,就跟海盗电影里的情节一样,或者说同样类似某些监狱题材的影片。不过在影片里看见这样的情节和后来在现实中看见是两种截然不同的体验。

而且,此刻在牢房里回顾,我能明白自己没有那么混乱,可能就是因为我在电影里见过那种亲密。

有些人搜集了几块浮木,在海滩上点起篝火。我以前从没见过明火,所以很是喜欢。然后有些人居然脱下了衣服,笑着在海滩上奔跑,一直冲进海里。有些人在浅水里戏水打闹,另有些人去到深水区开始游泳,仿佛他们在健康健美游泳池里一样。我注意到不管是玩水还是游泳，他们都是几个人一组，似乎都有意为之。

我们其余这些人围着篝火坐上一圈，灰发男人从他的衬衫口袋掏出一支大麻，捡起篝火中的树枝把它点燃。他似乎很习惯火焰——实际上，他们所有人似乎在以前都这么干过。

一个人笑着对他旁边的人说："查理，上次故障多久了？"查理说："有一阵子了。早该这样了。"其他人笑着说："对！"

灰发男人过来坐在我旁边，要把大麻给我抽，可我摇摇头，于是他耸耸肩把大麻递给我另一侧的人。然后他说："我们至少有一个小时的时间，这里的机器人修得很慢。"

"我们在哪儿？"我问。

"我不确定，"他说，"每个人都在法庭上被麻醉，来到这里才被弄醒。不过有个家伙曾对我说，他认为这里是北卡罗来纳。"他跟拿着大麻的人说话，后者把大麻递给了旁边的人，"对不对，福尔曼？北卡罗来纳？"

福尔曼转过身，"我听说是南卡，"他说，"南卡罗来纳。"

"好吧，差不多在这片地区。"灰发男人说。

我们在篝火周围都沉默了一会儿，审视着午后空气中燃烧的火焰，听着海浪冲击沙滩的声音，头顶偶尔传来海鸥的叫声。然后一个年长的人对我说："他们因为什么把你送进来？杀人？"

我感到尴尬，不知道该怎么说。他不会明白什么是阅读。"我跟某个人一起生活，"最后我说，"一个女人……"

那个男人的脸露出一点喜色，然后几乎一下子又陷入悲伤："我也跟女人生活过，有一个多蓝季。"

"哦？"我说。

"没错，至少有一个蓝季和一个黄季。不过那不是他们把我关在这里的原因。妈的，因为我偷东西，不过我确实记得……"他长了皱纹，瘦弱驼背，头上只有几根头发。接过大麻时，他双手发抖，吸了一口又把它传给身边比他年轻的人。

"女人。"我旁边的灰发男人打破了沉默。

这个词似乎开启了年长者的话匣，"我以前常为她冲咖啡，"他说，"我们躺在床上喝，加了正宗牛奶的正宗咖啡，有时候我还能找到一块水果配上咖啡，也许是一个橘子。她会用一个灰色马克杯喝咖啡，我就坐在床上另一侧面对着她，假装琢磨我自己的咖啡，然而实际上我就在看她。噢，老天在上，我能一直看着她。"他摇摇头。

我能感受到他的悲伤。听他谈论这些，我的四肢都起了鸡皮疙瘩。以前我从没听过另一个人像这样为我代言，他说出了我的感受。他的话让我这么伤心的人得到解脱。

另一个人轻轻地说："她后来怎么样了？"

老人没有立即回答，过了一会儿才说："不清楚。有一天我从磨坊回家她就不见了。再也没看见她。"

大家沉默了一阵，然后一个年轻点的囚犯开口了。我猜他想要救场。"话说，即刻性爱最棒了。"他意味深长地说。

老人缓缓转过头，盯着刚刚发言的人，然后平稳且用力地对他说："扯淡，你他妈扯吧。"

年轻人看上去有些慌张不安，于是别过自己的脸。"我没打算……"

"去他妈的，"老人说，"去你的即刻性爱。我知道自己的生活怎么回事。"然后他再次面向大海，轻轻地重复，"我知道自己的生活怎么回事。"

听到这话，看着老人望向大海的样子，肩膀在蓝色狱服下挺立，微风拂过紧绷的老头皮上的缕缕发丝，我感到如此悲伤，甚至都流不出眼泪。我想起玛丽·卢和她在某些早晨饮茶的样子，想起她的手放在我的脖子后边，有时她会一直凝望着我，然后微笑……

我肯定坐在那里很久，回忆玛丽·卢的那些事情，感受自己的悲伤，目光经过那位老人，一直投向大海。然后我听见旁边的灰发男人轻声说："你想去游泳吗？"我吃惊地抬头看着他说："不想。"也许是回答得太快。可是想到跟所有这些陌生人一起赤身裸体，我就猛然被拉回到眼前。

可我喜欢游泳。

在脑力劳动者宿舍，每个孩子都有十分钟的个人游泳时间。宿舍对于个人独立非常严格。

我正思考这些，灰发男人突然说："我叫比拉斯科。"

我低头看着脚边的沙子，"你好。"我说。

然后过了一会儿，他说："怎么称呼你，伙计？"

"噢，"我还在看着沙子，"本特利。"我感觉他把手放在了我的肩膀上，便抬起头，吃惊地看着他的脸。他正对我微笑，"很高兴认识你,本特利。"他说。

过了一会儿,我起身走到水边,但是离游泳的人很远。我知道自从离开俄亥俄,自身已经改变了很多。可是这其中所有的亲密和情感我一下子难以承受。我想独自思念玛丽·卢。

在水边我发现一只寄居蟹,它蜷缩在一枚小海螺壳里。我认出这只寄居蟹是因为在玛丽·卢找到的一本书里看过图片,书名叫做《北美海滨生物》。

水边一带有股强烈清新的海洋气息,海浪轻轻滚过潮湿的沙子,发出我从未听过的声音。我站在阳光里观察,嗅入海洋的气味,倾听海水的声音。最后比拉斯科喊我回去:"该走了,本特利。他们就快把他修好了。"

我们一言不发地登上台阶,赶回田里各自的位置,等待工作开始。

过了一会儿,机器人回来了。他们没发现自己离开时我们毫无进展。愚蠢的机器人。

我随着音乐的节拍继续工作。

等来到田垄靠海的那一端,我俯瞰沙滩,我们的篝火还在燃烧。

我发现自己刚刚写下了"我们的篝火"。我把篝火看做归我们大家所有——归我们这个整体所有,这可真奇怪!

我们从海滩返回田地时,我走在白发老人的身边,有那么一瞬间,我想说句好话安慰他,感谢他让我的悲伤更容易忍受,甚至想用我的手臂搂住他年老虚弱的肩膀。然而这些我都没有做,我不知道该如何做这些事,真希望我知道,打心底里希望。可我不知道。

第九十九天

晚上独自待在牢房,我思考良多。我有时琢磨曾在书中读到的事情,或者回想我的童年时代、作为教授的三个蓝季。有时候我想起两个黄季之前初次学习阅读的情形,当时我发现一箱胶片、闪存卡和一些小人书,箱子上写着"初级读者材料"。那是我头一次见到印刷字体,自然是无法读懂。到底是什么给了我耐心,让我坚持到终于学会阅读一本书上的字词?

假如我在俄亥俄没有学会阅读,并随后来到纽约想要当一名阅读教授,那么我现在就不会入狱,也不会遇到玛丽·卢,心中也不会充满悲伤。

我想到她的时候多过想其他任何事情,我看见她在图书馆的房间里被斯波福思拉出房门,努力显得没受惊吓。这是我最后一次看到她的情形,我不知道她被斯波福思带到哪里,后来发生了什么。她很可能进了女子监狱,但是我不确定。

我们乘坐感应巴士去参加我的听证会时,我试图让斯波福思告诉我她后来的遭遇,可他没有回答我。

我也试着用彩色蜡笔在一沓图画纸上画下她的面孔,可是效果不行,我从来都不会画画。

数个黄季和蓝季之前,我的宿舍里有个男孩可以画得很漂亮,有一次他把自己的一些画作放在我的课桌上,我看着它们,心中充满敬畏。其中画的有鸟,有牛,有人和树,还有教室外走廊里监督我们的那个机器人。那些都是了不起的画作,线条清晰,准确度极高。

我不知道该拿这些画怎么办,接受或赠送私人物品是一件可怕的事情,可能会受到严重的惩罚,所以我把它们留在了桌上,第二天它们不见了,几天后画画的男孩也不见了。我不知道他怎么样,没有人谈起他。

玛丽·卢也是一样吗?全都结束了,世界上再也不会有人提起她?

今晚我服用了四粒安眠药,我不想回忆起那么多。

第一百又四天

今天晚饭过后,比拉斯科来到我的牢房!他怀里还抱着一只灰白掺杂的动物。

当时我正坐在椅子上思念玛丽·卢,回忆她大声朗读的声音,这时我突然看见牢门打开,比拉斯科站在那里朝我微笑,腋下夹着那只动物。

"你是怎么……?"我说。

他伸出食指放在嘴唇前,然后轻声说:"今晚都不锁门,本特利,你可以当成另一次故障。"他关上门,把动物放在地上。动物坐在那里看着我，展现出一种百无聊赖的好奇心，然后它开始用一条后腿抓耳朵。它有点像狗，但是体形更小。

"牢门在晚上由计算机锁住，不过有时候计算机忘记上锁。"

"哦，"我说话间还看着动物，"它是什么？"

"什么是什么？"比拉斯科说。

"这只动物。"

他大为惊奇地盯着我。"你不认识猫，本特利？"

"我以前从没见过。"

他摇摇头，然后伸手抚摸了那只动物几下。"这是一只猫，一只宠物。"

"一只宠物？"我说。

比拉斯科笑着摇摇头。"天哪！学校不教的东西你一点都不知道，是不是？宠物就是你自己养的动物，是一个朋友。"

原来如此，我想，就像我学习阅读那本书中的罗伯托、康斯薇拉和他们的狗比夫，比夫是罗伯托和康斯薇拉的宠物。书上说，"罗伯托是康斯薇拉的好朋友。"那表明什么是朋友，就是这个人跟你在一起的时间超过一个人应该跟别人相处的时间，显然动物也可以做朋友。

我也想弯腰抚摸这只猫，但还是害怕。"它有名字吗？"

"没有，"他走过来坐在我的床边，仍然用勉强超过耳语的声音说，"没有名字，我就叫它'猫'。"他从衬衫口袋掏出一支大麻放进嘴里，蓝色狱服袖子被他挽起，我能看见某种图案好像用蓝墨水印在了他的小臂上,就在他手环上方。他的右臂上是一颗心,左臂上是一个裸女的轮廓。

他点燃大麻。"你如果愿意,可以给猫起个名字。"

"你是说我就能决定它叫什么?"

"没错。"他把大麻递给我,我非常随意地接过来——考虑到我知道分享是非法行为——吸了一口又把它还回去。

然后我把烟吐出来的时候说:"好吧,这只猫就叫比夫。"

比拉斯科笑了,"行,这只宠物一直没名字,现在它有了,"他低头看着猫,猫正在缓缓地四处走动,探索我的牢房,"对不对,比夫?"

本特利、比拉斯科和他们的猫,我心想。

第一百又五天

我相信监狱大楼是我见过的最古老的建筑,它们一共有五栋,用漆成绿色的大块石头建造,肮脏的窗户上挡着生锈的铁条。五栋之中我只去过两栋,我休息的牢房宿舍大楼和我上午工作的制鞋厂大楼,另外三栋里我不知道什么样。其中一栋稍微远离其他楼房,看上去似乎更加古老,它的窗户都钉着挡板,跟葛洛丽亚·斯旺森的电影《天使悬一线》里的避暑别墅一样。我曾在午饭后的锻炼时段走到过那栋建筑,更仔细地观察了一番。它的石块上覆盖着一层平整潮湿的苔藓,金属大门也从来不打开。

围住所有建筑的是高高的双层厚金属网围栏，曾经被刷成红色，不过现在已经褪成粉色。围栏上有一个出口，我们就是由此前往田地工作。这个出口总有四个低智力机器人守卫，我们通过门口去工作时，他们会检查永久绑在我们手腕上的金属环，然后才放行。

我初次分配到狱服的时候，典狱长——大块头的六型机器人——给我做了五分钟的新人培训。其中他解释道，假如手环没有被守卫解除警报，它就会变成炽热的金属丝，假如犯人不立即回到门里，他的手就会从腕部被烧断。

手环又细又紧，由极其坚硬暗淡的银色金属制成。我不知道它们如何佩戴，我在监狱醒来时它们就戴在了我的手腕上。

我猜冬天快到了，因为外面的空气变得寒冷，可是作物周围的田地似乎有供暖，太阳也继续照耀，我给作物施肥时，脚下的土地很温暖，可是身体周围的空气却很冷。那首愚蠢的音乐永远不停，永远不出故障，机器人无时无刻不盯着你。这就像是一场梦。

第一百又十六天

距离上次我记录自己的生活已经过去十一天，要不是我每天晚饭后记得用蜡笔在墙上做一个标记，我根本数不过来。标记做在占据我牢房后墙大半的巨大电视屏幕下方，我的椅子固定在地上，永久地面对着电视。现在我的大腿上放着画板，纸张铺在上面，我只要抬起头就能看见墙上的标记,它们看起来就像是电视下方巧妙设计的灰色条纹。

我失去了写作的兴趣。有时候我觉得,假如不能拿回我的书,或再次观赏默片,我就会忘记如何阅读,不想继续写作。

比拉斯科头一次过来之后就再没来过,我猜是因为计算机没有忘记在晚餐后锁住牢房。每次做完标记,我都会检查牢门,它从来都是锁死的。

我不再像曾经那样无时无刻不想起玛丽·卢,我根本就不怎么想到她。我服下自己的安眠药,抽一根大麻,在电视上观看真人3D色情幻想和死亡幻想,然后早早睡觉。

每隔八九个晚上,电视就会重复同样的节目。我还可以从一箱录音球中选择自我提升和戒毒节目进行观看,这是每个犯人入狱时发放的。不过我没有播放录音球,而是电视上播什么我就看什么,我对电视节目不感兴趣,我只是看电视。

就写这么多吧,我已经厌倦了。

第一百又十九天

下午我们正在外面的田地里劳作,暴风雨突然而至。很长一段时间,机器人似乎对疾风骤雨不知所措。我们发觉自己已经站在悬崖边上,雨水浇在我们身上时,我们盯着天空和海洋,他们没有呼唤我们。天空很快就会由灰色变成黑色,再由黑色变回灰色,闪电几乎是亮个不停,在我们下方,海洋冲击咆哮,海浪扑到沙滩,重重拍在悬崖底部,然后只是短暂地退去,随即又反扑回来——黯淡得几近黑色,但泡沫翻飞,声浪震天。

我们所有人都在观望,都没打算说话,雷鸣和海浪的声音震耳欲聋。

然后声音开始略微安静,我们都转身走向宿舍。走过种植四号蛋白质的田地,已经减弱的雨还在击打着我的脸和湿透的衣服,我发觉自己冷得发抖,突然之间,这些话语进入我的脑海:

> 西风何日刮?
> 细雨何时下?
> 但愿吾爱在,
> 相拥重欢眠。

我跪倒在田地里,无言地哭泣,为了玛丽·卢,也为我自己曾经有过的生活,那时候我的意识和想象力短暂地活过。

附近没有守卫,比拉斯科回来找我,静静地帮我站起来,搂着我一起回到宿舍。我们互相没有说话,一直来到我开着的牢门前。他把手从我身上挪开,看着我的脸,他的眼神严肃但让人安心。"该死,本特利,"他说,"我想我知道你的感受。"然后他轻拍我的肩膀,转身走向自己的牢房。

我依靠冰冷的铁栅栏站立,看着其他的囚犯走回各自的牢房,头发和衣服都已湿透。我想拥抱他们每个人，不管我认不认识，他们全都是我的朋友。

第一百又二十一天

今天我进入了钉着木板的那栋楼。

很简单，午饭后的锻炼时间，我来到外面建筑之间的砾石场地。我看见两名机器人守卫登上那栋楼的台阶，打开门锁，进入楼里。过了一会儿他们出来了，每人抱着一个装我们卫生纸的那种箱子，走向宿舍大楼。楼门没关，我便进去了。

楼里面的地板是耐久塑料材质，墙壁是另外的材料，脏兮兮的，已经开始坍塌，因为窗户都封着，所以没什么光亮。我迅速走过黑乎乎的走廊，打开房门。

有些房间空着，有些里面的架子上放着肥皂、纸巾、厕纸和食物托盘。为了写这本日记，我拿了一沓纸巾，然后我在走廊尽头的双扇门上看见一个模糊褪色的标志，除了在纽约的图书馆地下室里有带字的标志，这是我仅见的另一个。

起初，我认不清字，它们已经褪色，还覆盖着尘土。走廊很暗，不过我凑近仔细观看时，认出了它们：东翼图书馆。

看见"图书馆"时我差点跳起来。不过我只是站在那里，盯着标志，感觉心脏怦怦直跳。

然后我试了试门，发现它们是锁着的。我又推又拉，扭转把手，但是它们纹丝不动,真是糟透了。

我屈服于愤怒,用拳头砸门,可是它一动不动,只是让我伤到了手。

我听见机器人守卫回来后进入一间储藏室,只好偷偷溜走。

我一定要进入那间图书馆!一定要再次拿到书籍。如果我无法读书学习,不能拥有值得思考的东西,那我宁愿自焚也不愿继续苟活。

收割机使用合成汽油,我知道自己能获取一些用来自焚。

现在我要停止写作去看电视了。

第一百又三十二天

我意志消沉地度过了十一天,在这些下午,我来到田垄尽头时,都没费心去看一眼大海,晚上也没想写字。工作时我尽可能放空思维 —— 只专注于四号蛋白质作物浓烈的臭味。

守卫一言不发,可我还是痛恨他们,我只有这一种真实的感受。他们迟缓厚重的身体和松垮的面容跟我施肥的合成橡胶植物类似。我一看到他们就感到 —— 原文出自《党同伐异》—— 深恶痛绝。

假如我服用四五片安眠药看电视,就不会感到不快。我的电视墙是个好东西,从来都不出故障。

我的身体不再疼痛,如今已经变强壮,我的肌肉既坚硬又结实,皮肤晒得黝黑,眼神愈加清澈,手上和脚底长出厚重的老茧,我的工作顺利，再也没挨过打。可是心中的悲伤已经回归，每天一次，它已经缓缓地找上我，我比刚进监狱时更加绝望，似乎一切都无可救药。

有时候，还没等我想念玛丽·卢，日子就一天天过去，没有一点盼头。

第一百又三十三天

我已经找到合成汽油的存放地点，就在田地尽头的计算机房里。全体犯人都有抽大麻用的电子打火机。

第一百又三十六天

昨晚比拉斯科又来到我的牢房，起初我不愿见他，当我发现自己的牢房门开了，便开始紧张起来。我不想离开，也不希望任何人进来。

可他还是走进来说："很高兴见到你，本特利。"

我只是低头看着自己脚下的地板。电视没开，我已经在床沿坐了几个小时。

他沉默了一会儿，然后我听见他坐在我的椅子上，可我还是没抬头，感觉自己甚至抬不起头。

最后他终于再次轻声说："本特利，过去几天我在田里看见你，你一直就像一台机器人。"他的声音充满同情，宽慰了我的内心。

我强迫自己回答，"我猜是吧。"我说。

我们再次陷入沉默，然后他说："我知道是怎么回事，本特利。你到了不得不考虑死亡的地步，跟他们城市里的人一样，用汽油和打火机实施。或者在这儿我们靠海洋了断，我见过有人一直往海里走。妈的，我曾经自己也考虑过，头也不回地尽全力往远处游……"

我抬头看他，"你也有那种感觉？"我大跌眼镜，"你看起来那么强大。"

他苦涩地一笑，我抬头看着他的脸。"扯，"他说，"我跟大伙一样。这种生活比死好不了多少。"他又笑起来，左右摇着头说，"说实话，外边也没好到哪儿去，除了跟这里差不多的垃圾工作，没有真正的事情可做。在体力劳动者学生宿舍，他们曾告诉我们'劳动带来满足'，胡说八道。"他从兜里掏出一支大麻点燃，"我毕业一个蓝季之后就窃取信用卡，半辈子都关在监狱里，前边两三次服刑都想过死，但是我没有死。如今我有了猫，偷着到处溜达……"然后他突然打住，"嘿！"他说，"你想要比夫吗？"

我盯着他说："给我当……宠物？"

"当然，为什么不呢？我还有四只。不过，有时候找食物也挺愁人，但我可以教你怎么找。"

"谢谢，"我说，"我喜欢这个提议，想要有只猫。"

"我们现在可以把它取来。"他说。

我发现自己轻而易举就离开了牢房，我们走出未锁的牢门时，我转头对比拉斯科说:"我感觉好点儿了。"

他轻轻拍了拍我的后背,"朋友是干什么的呢?"他说。

我站住了一会儿,不知道说什么。然后,我几乎是不假思索地用手扶住他的大臂,并想起了一件事。"有一栋楼我想要进去,你觉得它有可能也没锁吗?"

他对我笑了笑,"很有可能,"他说,"我们去看看。"

我们离开这栋楼。很容易,因为目力所及的范围内没有守卫。

我们没费劲就进入那栋空无一人的大楼,可是里边暗得看不见,我们在走廊里绊到箱子上,然后我听见比拉斯科说:"有时候这些古老场所的墙上有开关。"我听见他在摸索、被绊到时咒骂,然后随着咔嗒一声响,头顶有一盏大灯在走廊里亮起。我有点害怕守卫也许会看见灯光,可是随后想起封死的窗户,便松了一口气。

可是我找到图书馆的门时,它仍然锁着!我已经紧张得不得了,有可能会尖叫起来。

比拉斯科看着我说:"这就是你想去的地方?"

我说:"对。"他问都没有问我要进去干什么,便开始检查门锁。我以前从没见过这种锁,甚至看起来都不是电子的。

比拉斯科轻声低语,"哇哦!"他说,"这破玩意儿挺有年头。"他开始掏衣兜,找出监狱发放的打火机,然后又把它放在地上,用鞋跟跺了它两三次,最后把它踩坏。他弯腰捡起坏作一团的金属丝、玻璃和塑料,研究了一番之后,他抻出一根大约有我拇指长的硬金属丝。我默不作声地看着他,不知道他要干什么。

他小心地弯腰凑近门上的锁头，把金属丝的一端插进锁上的孔并开始在各个方向试探，锁内不时发出轻微的咔嗒声，他低声咒骂了几次，然后就在我要问他想干什么的时候，锁内又发出一个更柔和的声音。比拉斯科笑着握住门把手，打开了大门！

图书馆里很暗，不过比拉斯科又在墙上找到一个开关，两盏有点暗的顶灯被点亮。

我期盼地四下观看，希望找到摆满墙壁的书籍，可是墙壁上空空如也。我凝视了很久，几乎感觉到不适。图书馆里摆放着古老的木质桌椅，一面墙下有几个箱子，可是这里没有书架，斑斑点点的墙上甚至没有图片。

"有什么问题？"比拉斯科说。

我看着他说："我还以为能找到……书籍。"

"书籍？"他显然不知道这个词，但还是说，"那边那些箱子里是什么？"

我点点头，没抱多少希望。我打开的前两个箱子里装满了生锈的勺子——严重到它们都粘在一起，形成红色的一团乱麻。可是第三个箱子里装着书！我迫切地把它们拿出来，一共有十二本。箱底是一摞白纸，都没怎么泛黄。

我激动地开始看这些书名，最后的一本叫《北卡罗来纳州规修订本：1992年》，另一本叫《有趣又赚钱的木工》，第三本也很厚，名字叫做《飘》，光是把它们拿在手里并想到里边所有的文字，就会让人觉得了不起。

比拉斯科微微好奇地观察着我,最后发问,"这些就是书籍?"他说。

"对。"

他从箱子里拾起一本用手指扫过封面上的尘土,"从没听过这种东西。"他说。

我看着他说:"我们去把猫取来,把这些带回宿舍。"

"没问题,"他说,"我会帮你。"

我们带上比夫,搬着书回到宿舍,没碰到一点麻烦。

此时已经很晚,比拉斯科已经回到自己的宿舍。我马上就要停止写作,翻一翻书。我把它们藏在了水床和墙壁之间的空隙,靠近比夫睡觉的地方。

第一百又三十九天

我很疲惫,因为昨晚整晚都在阅读,白天还得工作一整天。可是我的发现太激动人心啦!我疲惫的意识一整天都在忙碌,忙着思考所有的新鲜事物。

我想我会为新书列一个清单:

《北卡罗来纳州规修订版:1992年》

《有趣又赚钱的木工》

《飘》

《圣经》

《奥德尔机器人维护和维修指南》

《英语词典》

《人口减少的原因》

《十八和十九世纪的欧洲》

《卡罗来纳海岸背包客指南》

《美国简史》

《打造海边盛宴：我们一起狂欢！》

《舞蹈的艺术》

我一直在读这些历史书，从一本读到另一本，再捧起词典查询新词的含义。字典用起来轻松自如，因为如今我已经记住了字母表。

历史书里有很多内容我不理解，我也难以接受世界上曾经有那么多人口。欧洲的历史书有巴黎、柏林和伦敦的照片，建筑的大小和人口的数量都令人震惊。

有时候，比夫趁我阅读跳上我的膝头，然后就直接睡下，这让我很喜欢。

第一百又四十九天

十天来，我把一切可用的时间都用来阅读。没人打扰我，守卫要么不关心，要么更有可能的是他们的程序没有把这种现象考虑在内。社交时间里，我甚至还带了一本书去，似乎没有人注意到我在播放电影时阅读。

我的蓝色狱服——已经有点褪色——有大大的口袋，我总是在其中放一本小开本的书。《美国简史》和《人口减少的原因》都挺小，放在口袋里正合适。在制鞋厂的五分钟休息时间里我也会阅读。

《人口减少的原因》第一句就说："二十一世纪前三十年里，地球人口减少了一半，而且现在仍在减少。"读到这种遥远时代的涉及全体人类生命特征的内容，我就莫名地沉迷其中。

我不知道二十一世纪有多遥远，但我明白它比十八和十九世纪离我们更近，我的历史课本中讲述的就是那两个世纪，可是在宿舍住宿期间，没人教过我"世纪"，我只是从字典了解到这个词语的含义：它把人类历史分成一个个百年——即二百个黄季。

二十一世纪肯定是在很久以前，书中没有提到机器人。

《奥德尔机器人维护和维修指南》上的时间是2135年，通过阅读历史，我知道这个时间属于二十二世纪。

《圣经》开篇写道："起初，神创造天地。"它既没给出"起初"所属的世纪，又没有写明"神"是谁，以及是否还存在。我不确定《圣经》是一本历史书、维护指南，还是诗集，书中提到很多奇怪的人，似乎都不真实。

奥德尔那本书中的机器人以照片和图解的形式展现，它们都是非常简单的类型，用于现场工作和保管记录之类的基本事务。

《飘》类似我看过的某些电影，我觉得它是编造的故事，讲的是住在大房子里的愚蠢的人和战争。我认为自己永远也读不完，因为它太长了。

其他很多书籍我都完全无法理解，不过它们似乎可以纳入某种更大但不甚清晰的类型。

在阅读特定句子时，我后脖颈的汗毛会竖起来，我最喜欢这种奇怪的感觉了。也挺奇怪的是，有些句子我常常难以明了，或者令我感到悲伤。我仍记得在纽约生活期间读到的这句：

> 我的生命是轻轻的，等待死神之风，
> 就像一根在我的手背上的羽毛。❶

我就写到这儿吧，要继续阅读啦。我的生活真奇怪。

第一百又六十九天

我不停阅读，不吃安眠药，也不抽大麻，直到无法保持清醒，便倒在床上，脑子转个不停地躺在那里，过去的面孔、人物和想法充斥我的头脑，让我困惑不解，最后实在是疲惫不堪，我便昏昏睡去。

我在学习新词语，一天三四十个。

在机器人和隐私规定出现之前很久，人类的历史充满了暴力和惊奇。对于读到的某些逝者和重大事件，我都不知道应该有什么样的看法和感觉，比如俄国革命、法国革命、大火蔓延、第三次世界大

---

❶ 《西面之歌》，T.S. 艾略特著，此处引用裘小龙译文。

战和丹佛事件。小时候我学习过,因为不尊重个人权利,第二时期之前的所有事件都是暴力和毁灭性的,但是都没有像这样讲明。我们从没生成这样的历史观。如果想到这件事,我们只知道在自己之前有过别人,而且我们比他们强。但是没人被鼓励去思考自身以外的任何事儿。"不要问,放轻松。"

一想到为了满足总统和帝王的野心,有多少人惨叫着死在战场,我就大为惊叹。或者像美国这样的大群体手中聚集了大量的财富和权力,而这些财富和权力是其他大多数人无法企及的。

尽管有所有这些问题,但是似乎一直存在善良美好的男男女女,他们很多人都很幸福。

第一百又七十二天

《圣经》的后半部分讲的是耶稣基督,前一位读者在某些句子下面画了线。

耶稣基督还很年轻的时候就悲惨地死去,但是他在去世之前的很多言行却不同寻常。他治好了很多病人,还跟其他很多人怪异地交谈。有些画线句子的说法跟我们在虔诚课堂上学到的内容类似,比如"神的国就在你们心里",很像我们被教育通过药物和隐私向内心追寻满足。可是耶稣基督的其他说法却大不相同,比如"你们彼此相爱"就是其中的一句。另一句非常有力量的是,"我就是道路、真理、生命。"还有一句,"凡劳苦重担的人可以到我这里来,我就使你们得安息。"

假如有人来到我面前说，"我就是道路、真理、生命"，我会毫无保留地相信他。我需要这些东西：一条道路，真理和生命。

就我能理解的内容来看，耶稣声称是上帝之子，本应创造天地之人。这令我不解，让我觉得耶稣不可靠。尽管如此，他似乎已经知晓别人不知道的事情，不像《飘》里的那些不明事理之人，也不像一个凶残的野心家，比如美国的总统们。

不管耶稣是什么身份，他被称作"伟人"。我不确定自己喜欢"伟人"的概念，它令我不安，"伟人"经常给人类安排非常血腥的计划。

我觉得我的写作水平在提高，我认识更多词语，遣词造句也更加容易了。

第一百又七十七天

除了《飘》和《舞蹈的艺术》，我已经读完了所有的书，而且还想要更多。五个晚上之前，牢门再次解锁。比拉斯科和我潜回无人的大楼彻底搜寻，但是没有再找到书。

我一定要读更多的书！一想到纽约那家图书馆的地下室有那么多书，我就渴望回到那里。

在纽约我曾看过几部越狱影片，那些监狱里的守卫都是人类，警惕性很高，而我们这里只有低智力机器人。

可是还有这些金属手环，每次关闭的时间不超过半天。假如逃离这里，我如何前往纽约？

在那本野营书里，有一张名叫《东部海岸》的地图。北卡罗来纳州和南卡罗来纳州都在这张地图上，纽约也在。如果沿着海滩走，保证海洋一直在我的右边，我就会到达纽约。可我不知道有多远。

《打造海边盛宴》讲了如何在海滩上寻找蛤蜊和其他可吃的东西。如果逃走，我可以这样生存下去。

我可以用小字把这本日记抄在跟那箱书一起发现的薄纸上，并放在口袋里随身携带，可是我没法带走所有的书。

手环也拆不掉，除非我有工具可以切断它们。

第一百又七十八天

制鞋厂有一台非常大的机器，制鞋用的塑料片就是用它来切割。它有一条亮闪闪的特硬钢利刃，一下可以切割二十层结实的塑料。机器旁有一个机器人守卫，人类工人不准靠近。不过我发现有时候守卫似乎在休眠，他可能是一台几近报废的机器人，被安排站在一台机器旁边。

如果我看见他休眠就到机器旁，把手环准确地放在合适位置，刀片也许能切断我的手环。

如果出差错的话，我的手也许会被切断。或者它可能无法切断金属，刀刃会卡住并把我的胳膊扭脱臼。

这可太吓人了，我想不下去。

一百又八十天

《人口减少的原因》讲了一些关于世界人口数字的趣闻:

> 这颗行星上居住人口的减少,当代人口统计学已经从很多不同和相互矛盾的方面予以说明。这些解释中最具说服力的通常涉及以下一个或几个因素:
> 1. 担心人口过剩
> 2. 绝育技术的精进
> 3. 家庭的消亡
> 4. "心灵"体验的广泛影响
> 5. 对孩子失去兴趣
> 6. 普遍希望逃避责任

然后书中分析每一种因素。

但是没有说明完全没有孩子诞生的可能,我认为这才是世界的本来面目,已经没有孩子了。

我们都去世以后,也许就没有别人了。

我不知道这是好事还是坏事。

可我认为成为一个孩子的父亲,玛丽·卢作为孩子的母亲,这很大程度上是一件好事。我愿意跟她一起生活,组成一个家庭——

尽管这对我的个性独立带来巨大的风险。

我的个性独立究竟有什么好处？这真是神圣的吗？还是说我被这样教育，只因为教育我的机器人的程序设计者曾经这样说过？

第一百又八十四天

今日收割四号蛋白质作物，我们去田里工作时，那里已经有两台黄色大机器了。它们类似巨大的感应巴士，嘈杂地沿着田垄移动，掀起一团团泥土，一次铲起二三十株成熟的作物，再送进料斗。我猜它们会被粉碎，制成豆棒与合成蛋白质片。

我们静静地看了一会儿，跟田地保持着距离，因为那种气味远比平常还要难闻。

最后有人开口说话，是比拉斯科。他严肃地说："又一季的工作完成了，小伙子们。"

没人再说什么。又一季的工作，我看着左右和身后，几个星期以来头一次仔细地观看。监狱大楼远处山上的树木已经落光了树叶，冷空气侵袭我的皮肤。抬头看着蔚蓝的天空，想到皮肤上的感觉，我仿佛触电一般。山峦的轮廓上有一大群鸟在一起飞翔、轮转、盘旋。

当时我决定，一定要逃出这所监狱。

斯波福思
Spofforth

她的脸不漂亮，但是一如既往地吸引他投去吓人的凝视。她站在池塘边的稀泥里，跟他一般高，白脚丫甚至没有陷进去。把手中物递给他时，她表情迷惑，双臂紧绷，身体在长袍里轻轻颤抖。隔着一两米的距离，不管他多么努力地观看，还是分辨不出那是什么。他专心致志地观察她递过来的是什么，可还是看不清楚，只好遗憾地低下头。稀泥已没过他自己的白脚踝，他无法移动，觉得她也不能移动。他再次抬头看她，她还举着他的眼睛无法聚焦的那个东西。他想要跟她说话，问她要给自己什么，可又说不出口。他变得更害怕，然后便醒了过来。

他深知这是一个梦，似乎一直都知道。后来，他坐在自己公寓窄床的床沿上，回想梦中的女人，他每次都这么做。然后，他想起黑发的红衣女人。在无比漫长的一生中，他从没梦见过那个女人，从来都是穿着长袍的女人——他的二手梦境，偶得自他不曾经历也几乎毫不知晓的生活。

他见过几个看起来像她的女人，眼睛明亮自信、站姿稳定可靠的玛丽·伯恩就是其中之一。不过她比梦中的女人更沉着冷静，外表更坚强。

多年以来,他觉得,假如自己能找到那样的女人并跟她一起生活,他也许就能找到开启前世生活——被复制后形成自己大脑的那个人的生活——的钥匙。现在他就在这么做,但还没有找到钥匙。

每八到十天就复现一次的梦总是令人不安,他从未完全习惯自己在梦中感到的恐惧,但他接受梦境成为自己生活的一部分。有时他会做别的梦,素材来自于他自己的记忆,还有的梦用到他识别不出的素材——有些涉及捕鱼,有些有关一台破旧的立式钢琴。

他下床费力地走到窗边,看着外面的清晨。帝国大厦清晰地立在远处苍白的黎明中,高于外面的所有建筑,仿佛是纽约市高耸的墓碑。

Bentley

本特利

我顺利找到比拉斯科的牢房。我曾看着他去那里给我取来比夫，所以很容易找到。我推开未上锁的牢门走进去，比拉斯科正躺在他的铺位上，抚摸着一只橘猫。他的电视没有开，另外还有三只猫似乎挤在墙角睡觉，一面墙上贴满了裸女的照片，另一面墙上贴着森林、田野和海洋的照片。

牢里有一把盖着淡绿色布料的扶手椅和一盏地灯——我确信，二者都是非法偷运进来的。要是比拉斯科懂得阅读，他会因此布置一间比我的更好的牢房。

我太激动了，所以没有坐下。

比拉斯科抬头看我时，似乎有点惊讶，"你离开自己的牢房干什么，本特利？"他说。

"牢门又开了。"我没管强制礼节，直接看着他的脸，"我想见你。"

他从床上坐起，轻轻把猫放在地上。猫抻了抻懒腰，然后到墙角跟其他猫待在一起。"你看起来很焦虑。"他说。

我一直看着他。"我害怕。我已经决定逃走。"

他看着我,要说些什么,但没有说出口。最后他说:"怎么逃走?"

"制鞋厂的大刀片儿,我觉得可以切掉这个。"我把手环朝他伸过去。

他摇摇头,用低低的声音说:"老天!要是你失手了呢?"

"我必须得离开这里,你想跟我一起走吗?"

他看了我很长时间,然后说,"不,"他在床上又撑起来一些,"外面对我没什么意义,不再吸引我。我也没有胆量把手放在那把刀下边。"他伸手在衬衫口袋里摸出一根大麻烟,"你确定你敢?"

我长叹一声,然后坐在扶手椅上,长久地注视手腕上的镣铐,它们比刚戴上的时候松了一些,田里的劳动把我磨炼得更精干结实。"不知道,试过才知道。"

他点燃大麻,点点头说:"如果真的逃出去了,你吃什么?这里离文明社会可远着呢。"

"我能在海滩上找到蛤蜊,或许田野里生长着我能食用的……"

"得了吧,本特利,那样你活不下去。要是你找不到蛤蜊呢?现在可是冬天,你最好等到春天。"

我看着他,他说的话有道理,可我也清楚自己等不到春天。"不,"我说,"我明天就走。"

他对我摇摇头说:"好吧,好吧。"然后他下床,弯腰,掀起铺盖,伸手拉出一个大纸箱并打开,里边是一袋袋的饼干、面包和豆棒,都装在透明塑料袋里,"这里的东西你能拿多少拿多少。"

"我不想……"

"拿着,"他说,"我还能再弄到,"然后又说,"你需要个东西把它们装起来。"他想了一下,然后到牢门旁边喊道,"拉森！过来！"片刻之后一个矮个儿男人走过来,我认出他也在田里干活。"拉森,"比拉斯科说,"我需要一个背包。"

拉森看了他一会儿说,"那需要不少工夫,"他说,"不少缝纫活。还得有帆布和撑起背包的细管……"

"你牢房里就有一个,你用一条裤子改制的。那次打牌时我看见了,所有机器人都出故障那次。"

"绝对不行,"拉森说,"我不能让你拿走那个背包。那是我越狱时要用的。"

"胡扯,"比拉斯科说,"你哪儿也不会去,那次牌局已经是三四个黄季之前了,而且你怎么拆下手环呢？用牙咬吗？"

"我可以用锉……"

"也是胡扯,"比拉斯科说,"他们管理这座监狱的方式很蠢,但他们不蠢。没有足够坚硬的手工工具能切断手环,你清楚这点。"

"那你怎么逃走？"

"不是我,是本特利。"比拉斯科伸手搭住我的肩膀,"他打算用制鞋厂的大刀试一下。"

拉森盯着我说："那么做绝对是在犯傻。"

"那是他的事儿,拉森,"比拉斯科说,"你能把背包给他吗？"

拉森思考了一下,然后说："我能得到什么回报？"

"我这面墙上的照片,随便你挑两张。"

拉森审视他说:"再加一只猫?"

比拉斯科皱起眉头,"该死,"然后又说,"好吧,黑猫。"

"橘猫。"拉森说。

比拉斯科不耐烦地摇摇头。"去拿背包吧。"他说。

如愿以偿后,比拉斯科用背包给我装满了食物,还告诉我如果需要,该如何把比夫装进背包。

没吃安眠药,我那晚没有入眠。我不想上午在制鞋厂时还受安眠药作用的影响。想到计划中的行动,我就备受煎熬:不仅有被刀砍成重伤的危险,而且要在冬季里存活下去,不知道自己要经过哪里,除了一本薄薄的海滨食物手册,没有针对困境进行任何训练。我受到的教育——我痛恨一生的半吊子教育——根本无法帮我面对接下来的行动。

一部分自我不断在说我应该等等,等到春天,等到他们告诉我刑期结束。监狱生活跟脑力劳动者宿舍的生活相比其实不差多少,假如向比拉斯科学习,我就能在这里轻松过活。一旦你学会盯紧守卫,从而避免挨打,这里其实就没什么规矩了。显而易见的是,金属手环设备被发明以后,一切越狱或者其他想法就变得懈怠了。大麻供应充足,我也适应了食物和劳动,还有电视和我的猫比夫……

可是只有部分自我怀有这样的看法,另一部分更深层次的自我说:"你必须离开这里。"我知道,甚至深感恐惧地明白,我必须听从那个声音。

我过去受到的训诫告诉我,"若怀疑,就忘记。"可我还得压制那个声音,因为它是不对的。如果还想继续过一种值得我克服困难的生活,我必须得离开。

每次在脑海中看见那把巨大的刀,或者寒冷空旷的海滩,我就想到玛丽·卢用石头砸碎巨蟒展柜,这让我可以忍受在牢房中的孤寂夜晚。

早晨我背着背包去吃早餐,甚至吃蛋白片和黑面包时都没放下。守卫似乎都没有注意到。

吃完早餐时,我抬头看见比拉斯科朝我的小桌走来。用餐时我们不该交谈,可是他说:"给,本特利。去工厂的路上把这吃了。"说着他把他的面包 —— 远比我那块更大 —— 递过来。一名守卫从房间对面喊道:"侵犯隐私!"可我没有管他。

"谢谢,"我像电影里的男人们一样伸出手,"再见,比拉斯科。"我说。

他懂得这个手势,紧紧握住我的手,看着我的脸,"再见,本特利,"他说,"我认为你的选择没错。"

我点点头,用力握了下他的手,然后转身离开。

我跟同一班次的其他工友排队进入工厂时,刀片已经在工作。我停下来让其他人从我旁边进入,自己看了它一会儿。它令我不知所措,只是看着它,我的肚子里就翻江倒海,我的双手就开始颤抖。

刀大约类似一个男人大腿的长度,但是更宽,由特硬钢制成,呈银灰色,刀刃呈弧线形,锋利无比,像断头台的铡刀一样,切下二十层聚合物制鞋材料时几乎没有声音。原材料通过传送带送到刀下,并由一套机械手在某种铁砧上固定好位置。机械手在刀刃下押住一摞材料,刀刃从一米五高的地方落下,无声地切断原材料,然后再次被拉高。在最高点时,我能看见刀刃边缘闪着光芒,心里想着它落在我的手腕上会发生什么。我怎么能确定该把手腕放在什么地方?即使我成功切断一只手环,我还得切断另一只,这不可能。站在那里,只有一种感觉冲击着我:我会失血而死。我的手腕会像喷泉一样喷出血液……

然后我高声说:"那又怎样?我已再无所失。"

我挤过在流水线上占好位置的其他人,走向那台机器,车间里唯一的机器人就负责看管它,他把双臂端在沉重的胸前,眼神空洞茫然。我走到他旁边,他把目光投向我,但身体仍保持不动,而且一言不发。

闪着寒光的刀刃以极快的速度落下,我站在旁边目瞪口呆地观察,这回我能听见它的切割边缘轻轻地发出嘶嘶声,只好把手放进口袋来防止它们颤抖。

我低头看着传送带,机械手已经把切割材料推进一个漏斗,随后它们会被送回来继续切割。我看见一样更加让我心跳加速的东西:铁砧上有一条细细的黑线,大概是刀刃边缘经年累月跟它相接触的地方,显示出刀刃落下的准确位置!

然后我想好该怎么做,但没有停下来多想,以免让自己思前想后,变得更加害怕。我直接走上前。

等下一摞材料被切好,但还没有被机械手推离铁砧,我伸手抓过一把半成品,让刚切开的边缘保持对齐。机械手挪走了剩下的材料,下一摞未切割的材料被送到位。刀刃要悬停一会儿才会落下,我不抬头看也不去想刀刃,把新放好的材料推到了地上。

随即,我用余光看见旁边的机器人在移动,他伸展开手臂。我没有管他,把手中已经切好的一摞材料放在铁砧上,让切割的边缘跟铁砧上的细线完全对齐。然后我拿出自己做的铁钩,把它穿过左手的手环,攥好拳头,最后抬起头。刀刃悬在我上方,一动不动,最下边的利刃仿佛一根完美的发丝镶在厚重的刀背上。

我强迫自己不要颤抖,不去思考,以最快的速度把指关节放在传送带上距细线几厘米远的地方,用右手通过钩子拉起手环,放在那摞材料上固定住,我用力往钩子相反的方向拉左臂,手腕外侧跟金属手环之间有一点几厘米的距离。我向后仰起头,远离刀刃。我的身体像石头一样沉重。

然后机器人在我耳边喊道:"违规!违规!"但是我没有动。

刀刃擦着我的脸落下来,像一个毁灭天使,又像一颗子弹。我痛得尖叫出来。

我已经闭上了眼睛,又强迫自己睁开。没有流血!一段切开的手环出现在我前方的传送带上,计算机控制的机械手已经要把它推进垃圾桶。机器人还在大喊,我看着他说:"滚开,机器人。"

他盯着我,一动不动,不过手已经垂在身侧。

我看着我的左手腕，金属手环此刻已经有了一个缺口，扭曲着勒进我的肉里。我用右手把它扯松，不顾还在盯着我的机器人，来回活动自己的手腕。很疼，但是没有受伤，然后我把切断的手环的一端顶在铁砧边缘下方远离刀刃的地方，用钩子用力拉另一端，手环缓缓地被拉开，最后我把它从手上拆下来。在此过程中刀刃又落下来，离我只有大约三十厘米的距离。

我深吸一口气，然后把钩子钩在右手的手环上。

我等待下一摞材料被切好，然后像前一次一样又抓过一把。正当我伸出胳膊把右手放在传送带上的时候，我感到一只手力大无比地抓住了我的胳膊。是机器人。

我想都没想就立即低头用尽全力顶他的胸膛，拨开他的抓握，把他向后推倒在传送带上。他挺腰起来，我抽身后退，又一脚踢在他的腹部。我穿着厚重的监狱靴，把种植一季四号蛋白质作物练出的腿劲全力使出。他没发出声响，只是重重倒在地上，不过很快又挣扎着站起来。

我转身背对着他，抬头看见刀刃正在返回到最高处的等待位置。身后传来大家的声音，然后机器人又喊："违规！违规！"

我没看别处，把右手腕放在刀刃下，脑袋向后，努力不去想假如机器人刚好在刀刃落下时抓住我的胳膊会怎样。

等待似乎没有尽头。

然后有了动静，我感受到特硬钢的寒光和气流突然流动起来。还有疼痛，还没等我再次尖叫出来，我就听见一种干木棍断裂的声音。

我睁开眼,低头看。手环被切开了,手也弯成怪异的角度,我一下子就明白发生了什么。我的手腕骨折了。

可是明白这一点我并没有感到更加疼痛。耳中嗡嗡作响,我能记起骨折时的疼痛,只是现在没有变得更严重。我的思维很清晰 —— 一如既往地清晰。

然后我想起机器人,便仔细查看我把他踢倒的地方。

他还倒在地上,拉森和白发老人坐在他身上,比拉斯科站在他身旁,一手握着大扳手,一手抱着我的猫比夫。

我目瞪口呆。

"给,"比拉斯科笑着说,"你忘了你的猫。"

我用铁钩拆下另一个手环,放回口袋。然后我走向比拉斯科,用没受伤的手接过比夫。

"你知道什么是悬带吗?"比拉斯科说。我接过比夫之后,他开始脱下衬衫,两手交替拿着扳手,同时注意着仍然倒在地上的机器人。

"悬带?"我说。

"稍等。"他脱下衣服,撕成两半,在衣袖和后下摆之间打了一个结,套过我的脖子,就挂在背包肩带上边,然后指导我如何把右臂放进衬衫中较宽的部分。"走远一点之后,"他说,"把你的手腕在海水里泡泡,隔一段时间泡一次,"他握住我的肩膀,"你他妈可真敢干。"他说。

"谢谢！"我说，"谢谢。"

"快跑吧，本特利。"比拉斯科说。

我当然没有耽搁。

我连跑带走地朝着监狱北方逃了几英里，一直保持着海洋在我右边的方向，手腕的疼痛也开始严重起来。我停下脚步，放下比夫。它抓挠了我几次，大声地喵喵叫，最后才安静下来。后来我躺在水边，因为剧烈跑动和刚刚发生的一切，我的胸部剧烈地上下起伏，受伤的手腕任凭凛冬的浅浪冲刷。一部分海水涌上来，拍打着我的身侧，比夫哀怨地叫起来，我没说也没做什么，只是躺在那里，待海浪越涨越高，冰冷地冲刷我的身体，最后终于逼我起身，远离海水。疼痛没有平息，不过冰冷的海水压抑了这种感觉，我也没有摆脱对前途的恐惧。尽管如此，我的内心还是欣喜若狂。我自由了。

毕生头一次，我获得了自由。

我走到水边，用左手捧水到嘴边喝，结果喉咙收缩，一下子被呛到，余下的水也被我吐出来。我不知道海水不能喝，没人告诉过我。

我的内心有种突然放弃的劲头，我任凭自己倒在沙滩上，痛苦且口渴地躺着哭泣。难以忍受，一切都难以忍受。

我躺在冰冷潮湿的沙地上，刺骨的风从我的体表刮过，右臂一跳一跳地疼，喉咙受到海水的刺激，开始灼痛，我不知道哪里有水，甚至不知道该从哪里开始找水，更进一步，一旦小背包里的补给被吃光，我甚至不知道去哪儿找蛤蜊或别的食物。

可是后来我突然坐起。我有喝的，比拉斯科曾给过我三罐液体蛋白质。

我取下背包，从拉森缝了纽扣的顶部打开，找出罐装蛋白质并小心地打开。我小口地喝下一些，又给了比夫一点，然后用手帕塞住罐子的开口。某些美好的感觉又恢复了，饮品足够喝上几天，我会想办法找到水。我起身开始向北走，比夫时而跟在我身旁，时而跑到前边，时而落在身后。水边的沙地易于行走，我摆动健康的手臂，保持着轻快的步伐。

过了一会儿，太阳从云中露出来，矶鹬出现在海滩上，海鸥开始在头顶飞翔，空气中充满了干净好闻的海洋气息。我的胳膊在悬带里也不再难受，不过只要一想到它，我还感到有点疼痛。我知道自己可以忍受。刚入狱的头几天，我更不好受，但我熬过来了——甚至因此变得更强大。这次我也会坚持着活下去。

当晚我睡在一截朽木旁的沙滩上，木头半埋在地下，草也开始在那里生长。比拉斯科曾用监狱的打火机点起篝火，那似乎已经过去很久，我学着他的样子点燃了几根浮木，然后坐在火堆旁，把比夫抱在膝上，靠着朽木休息了一会儿。最后天色变暗，明亮的星星出现在我们的上空，然后我穿着监狱的运动衫倒在沙滩上，身上盖着外套沉沉地睡去。

我在黎明时分醒来，篝火已经熄灭，我的身体已经冻僵，手腕阵阵作痛，另一只手腕上手环勒过的地方又酸又硬。虽然浑身疼痛，但是长时间的睡眠让我获得了很好的休息。

比夫蜷缩着靠在我身上,我醒来时她也醒了。

我还真找到了蛤蜊当早餐!我没有书中图片展示的耙子,只用一根长棍搜索湿沙滩上冒出的小泡泡,蛤蜊就在那里把"脖子"伸出来。我错失了七八只才及时从压实的沙地里翻出一只,没让它钻入更深的地方。不过我一共抓到四只——个头都不小。

一段时间里,似乎打开蛤蜊是一项不可能完成的任务。我从背包翻出《打造海边盛宴:我们一起狂欢!》,看里边的指导,但是没得到多少帮助。他们提示用一种特殊的刀"把藏在里边的小家伙挑出来",这就是书中的原话。可我没有刀,监狱里没有锋利的刀,可是接下来我想起了什么。拆下第二只手环之后,我把两块碎片装进了背包里。我把手伸进背包,掏出大的那一块,在比夫漠不关心的注视下,用刀刃切开的比较锋利的那端,撬开了第一只蛤蜊。这花了一点时间,有几次我差点割伤自己,但最后还是成功了!

我生吃了蛤蜊,我以前从没尝过类似这种东西。蛤蜊很美味,既可吃又可喝,每只蛤蜊都含有大量可以饮用的汁液。

那天我沿着海岸走了许多里地,还是有点担心被追踪,但我没感知到任何被追赶的迹象和声音,也没看到哪里有人类居住的迹象。天气寒冷,下午还下了一会儿小雪,不过我的狱服挺暖和,我就没有特别在意。午餐时我又找了一些蛤蜊,同时我还吃了半根豆棒,喝了一些液体蛋白质。比夫很快就适应了吃蛤蜊,特别热衷于边舔边咬把它们从壳里弄出来。我也很快变成寻找和打开蛤蜊的老手。

时不时地，我会朝内陆走一走，试图找个高地看四周有没有淡水——湖泊、河流或沟渠——结果一无所获。我清楚自己总有一天需要补充蛤蜊和液体蛋白质以外的水分。

日子就这样过去，我已经忘了有多少天。我的手腕逐渐好转，有天晚上在火堆旁我成功地做了个试验，结果让我对未来更加充满信心。距离海滩不太远的地方，有一块突出的岩石，那里刚好有一大块冰和冻雪被挡在下面。我的背包里有一个监狱的大金属碗，我带着它是为了做自己的海边大餐。我来到那块冰旁，用我被切断的手环往碗里刮下一些碎屑。然后我点起一小堆火，快烧尽时再把碗放上。冰碴融化以后我发现能喝！于是我喝了一些，也让比夫喝了一些。然后我又在火中加了几根柴火，把更多的冰放在碗里融化，趁此期间又去挖来一大捧蛤蜊，放进已经沸腾的水中，几分钟后我就有了一碗热乎又美味的炖蛤蜊。

我靠这种方法活了一个月，寻找任何可以遮风挡雨的地方睡觉，每次吃一点比拉斯科给我的食物。不过最后那些食物都吃光了，我被迫一天天只吃蛤蜊——不知道这样过了多久，因为我当时没有记日记——终于有一天，我发现海滩上有一条鲜鱼，便把它煮熟。我的伙食得以改善了两天，但是鱼很快就被我吃光。

比夫自己抓了几只小型海鸟，我从她那儿也得到一只，不过后来她就消失在海滩上，自己去捕食了。要是把她训练成一只猎猫该多好啊，可是我不会。

我也知道海洋里有很多鱼、贝类和其他好东西可吃，可我不知道如何捕获。《打造海边盛宴》里提到浆果、植物根茎和马铃薯，可是这些东西我都没找到。我定期往内陆行走，寻找淡水和监狱的那种田地，却只发现了枯死的牧草和丛生的野草。土地不曾被耕种，也没有任何生命的迹象。我好奇是否像历史书讲的那样，当初的丹佛事件导致了土地被"扼杀"，还是文化消亡之后的某次未记录的战争造成了这样的后果。文化衰，则历史亡。

到这段时间的末尾，我肯定走了二十多天，除了蛤蜊没吃过别的东西，有时候就连蛤蜊都很难找到。早晨醒来时，我的嘴里会有一股金属味，肚子痛得厉害。上路一段时间，我就觉得自己得躺在沙滩上休息。我的皮肤变得干燥瘙痒，我明白饮食里缺少别的物质，可是我根本没有。我试过偷袭睡觉或休息的海鸥，可根本接近不了。有一次在一片枯黄的草地上，我看见一条蛇并追过去，可它飞快地爬走，我拖着疲惫的双腿没有追上。我筋疲力尽地倒在草地上，要是抓住那条蛇，我能炖一锅丰盛的大餐。有时我看见兔子，可它们跑得比我快太多。

我开始生病，当时手腕已经痊愈，但还是有点扭曲僵硬，用右手抱起比夫还是会疼。可是那时我的头开始剧烈疼痛，我也渴得要命，不得不经常停下来融冰喝水，有时我会呕吐，有天晚上我把晚饭都吐出来，已经没有力气再做，只好趴在剩余的篝火旁睡觉，甚至都没怎么遮挡一下风雪。

醒来时我颤抖得厉害，头上满是汗水，身上薄薄地盖了一层雪。雪还在下，天空呈阴沉的灰色，我身边的沙地都已经冻住，我所有的关节都很疼痛。

我尝试起身,却难以站住。最后我总算坐起在沙滩上,寻找周围的木头来生火。可是附近一块都没有,前一晚我收集了这里所有的木棍。我迫切需要一团火。

比夫蹭着我的屁股,轻轻地呼叫。

如果是在宿舍或监狱里,机器人会给我一片医疗用药,我就会没事。可当时我什么药也没有。

我坐在那里足有一个多小时,等待天空再明亮一些,天气再暖和一些。结果令我失望,天空依然阴暗,还刮起了冷风,雪也被吹到我的脸上,刺痛我的脸颊和眼睛。

我清楚,如果一直坐在那里或躺下去,我就会越来越虚弱。T.S.艾略特的一句诗不停出现在我脑海里:

> 我的生命是轻轻的,等待死神之风,
> 就像一根在我的手背上的羽毛。

最后我迎着风,竭尽全力大声朗诵。我知道,假如不站起来,自己很可能会死,我消瘦的身体会成为海鸥的食物,我的骨头最终会在海滩的风浪中滚落。我不想落得那样的下场。

我轻声呻吟着撑起自己,然后又跪倒在地。"起来!"我大声说完再次站起,踉跄了一下,虚弱得没法抬起头,只能耷拉着脑袋。疼痛和眩晕都很强烈,但是我抬起头开始行走,有好几次拐进了海浪里，又摇摇晃晃地走出来。

不过我终于还是找到一些木头，尽管身体颤抖得厉害，我还是点起了篝火。一根结实的长浮木被我留下来当作手杖。

我的背包已经空下来，只剩下我的碗。我从轻质金属管上撸下背包的丹宁布料，我被冻得剧烈颤抖，但还是脱下外套，把背包的布料像一件马甲一样扣在身上，然后迅速穿回线衣和外套。伴着火堆，我再次暖和起来，甚至能更有效地抵御寒冷。围巾和帽子会更有效，但是我长的胡子能够为脸部和脖子保暖。我本可以杀死比夫，把她吃掉，再把她的皮毛做成帽子。可我不想杀死她。我已经不是曾经被训练塑造出的那个人了。我不再希望孤身一人、自得其乐，甚至不再希望自力更生。我需要比夫。自力更生不只意味着药物和沉默。

我设法用一根绳子把碗绑在背包的金属管框架上，然后把它搭在肩头，拿起手杖，继续沿着空荡荡的海滩往北走，虽然还在发烧和眩晕，但是已经有了一些力气。

雪还在下，随着时间的流逝，我感到越来越冷，途中两次停下来试图点火取暖，但是能找到的木头都很潮湿，大风又总是吹灭我的小打火机，所以我没能点燃。我渴了的时候只能吞下一捧捧的雪，海滩也被冻硬，我没法挖蛤蜊，只能不停地缓缓前行，尽量不去担心。

然后傍晚时分，我随海岸拐了一个弯，看见前方远离海边的矮崖上坐落着一栋庞大古老的建筑。雪下得更急了，找到温暖住处的可能性给了我力量。我瘸着腿，匆匆小跑上前，来到矮崖底部，然而我的心里一沉，那里没有攀登向上的台阶，只有四处零散堆砌的圆石，仿佛抵御海洋的堡垒。

我站了一会儿，思考该怎么办，最后决定必须得爬上去。我不能冒险睡在海滩上，以免第二天早晨虚弱发烧，连坐起来的力气都没有。

我开始攀登，爬上一块大石头，休息，再缓缓登上下一块。比夫似乎以为我在玩耍，轻松地在石头上爬上爬下，而我手腕疼痛，嗓子干渴，石头磨破了我的大腿和膝盖。这肯定会带来极大的痛苦，但是我没有考虑，只是抓着这些石头往上爬，心里明白下雪的海滩可能会要了我的命。

我爬到顶上，气喘吁吁地躺下，比夫紧紧依偎着我，我轻拍她的脑袋。手掌的皮肤已经磨破出血，外套的衣袖上也刮了个大口子，但是我没有事。

我没法拿着手杖攀登，上来前就已经把它扔掉，所以不得不连走带爬地来到建筑的门前。谢天谢地，门没有锁，被我一下推开。我倒在光明和温暖的室内。

我倚靠着身后的门，手扶着脑袋，在某种硬地板上坐了很长时间。我头晕目眩、身体虚弱，但是感到很暖和。

等眩晕的感觉退去，我环顾四周。

我正位于一个照明特别充分的房间，屋顶很高，我面前和两侧是灰色的重型机械、长长的传送带以及机器人。机器人们背对着我，管理着机器,几乎没有噪音。

温暖帮我恢复了力气,我开始在这个巨大的房间里寻找水喝。很快有了结果,有一台大机器是某种钻机,一根水管喷出细细的水流冷却钻头。用过的水经过传送带前的一条小水槽,流进地面的下水道。

机器旁边的机器人什么都没做,没管我,我也没有管他。我跪在传送带旁,伸手从地面的排水口上方接水喝,水有点温,还有点油味,但是可以喝。

我喝足以后,趁着比夫还在舔排水口周围的水分,尽量洗了洗手和脸,水中的油脂似乎舒缓了我皮肤上的伤痕。

然后我站起来,感觉好多了,开始更仔细地查看周围的情况。

这下我看清这里其实有三条传送带,各沿着一面墙排列,我认出在这些传送带上匀速移动的是闪闪发亮的金属烤面包机,我还是个在宿舍厨房帮厨的小孩时,就见过这种烤面包机,可是从那以后就再没见过了。

它们在传送带上通过时,机器进行组装和接线,某些机器会给经过的烤面包机安上一个零件并把它焊接好,每台机器都由一台二型机器人——一种愚蠢且走路拖沓的人形机器人——管理,他们站在旁边,看着机器工作。在生产线的最前端,钢板从巨大的滚轴上送入,在最末端,完整的烤面包机下线。生产的速度很快,在过度照明的空旷车间里,金属被机器折弯并塑造成新的形状,几乎没有噪音,部件被制造出来并安装在基座上。我站在那里,终于暖和起来,但是仍然饿得厉害,我发觉自己在好奇这些烤面包机会被送到哪里,以及为什么我三十年没有见过一台。每当我想烤面包片,我总是用叉子叉着面包放在明火上,我觉得每个人都那么干。

然后我走到生产线的末端,去看那里是怎么回事。一台穿着灰白色工作服的三型机器人站在那里,跟别的机器人不同,他的动作非常娴熟。每一台组装好的烤面包机传送到他那里时,他会拨动侧面的一个开关,就在小型核能电池的上方。如果什么都没有发生 —— 加热元件没有变红发热 —— 他就会把这台烤面包机扔进一个巨大的滚轮垃圾桶。

他跟别的机器人一样,完全不顾我的存在。屋里的暖意令我还有点儿眩晕,我站在那里,似乎看了他很长时间。他会在每一台组装好的烤面包机下线时拿起它,拨动开关,查看内部,发现它不工作,然后扔在旁边的垃圾桶里。

这个机器人有一张圆脸,眼睛略微突出,看起来有点儿像彼得·洛❶,但是没有那股聪明劲儿。我站在他旁边的那段时间,垃圾桶里装满了崭新闪亮的烤面包机,见此情景,他用深沉而机械的声音喊道:"回收时间!"然后把手伸到传送带下方,扳动一个开关的把手。

烤面包机的生产线停止,所有穿着灰色工作服的机器人都立正站好,我能看到的机器人都有类似彼得·洛的脸。

❶ 彼得·洛(Peter Lorre,1904—1964),出生于奥匈帝国并移民美国的演员,常饰演反派杀手角色。

装满被剔除的烤面包机的垃圾桶开始驶过地面，我迅速移动才没有挡住它的去路，它利落地开到房间里生产线开始的那一侧，停在一道小门前。门打开后，一台机器人出来开始从垃圾桶里拿烤面包机，笨拙地把它们抱在怀里。他把它们拿进门后的一个小房间，我能看见他顺着一个漏斗把它们送进一台我在监狱见过的机器，那是能把废铁变成新铁的机器。烤面包机再次被回炉制成薄金属板。

这间工厂是一个封闭系统。没有投入也没有产出，说不定可以几个世纪一直制造和回收有缺陷的烤面包机。假如附近有机器人维修站，那么连低智力都不具备的机器人几乎可以永久运转。显然这里也不需要新的原材料。

当晚剩下的时间我在那里度过，靠墙坐着，尽可能睡个好觉。当我早晨醒来时，天光已经照进窗户，灯光已经自动调暗。烤面包机还在灰色的晨光中沿着生产线移动，机器人仍然站在前一晚所在的位置。我感到身体僵硬，饥饿难耐。

再次回到温暖的环境感觉真好，我决定如果能找到食物的话，这个冬天就一直留在工厂里。结果还真有食物，机器人都是非常原始的型号，有点类似于我的《奥德尔机器人维护和维修指南》中图示所呈现的那些，由选择克隆的活体组织构成，所以他们也需要吃东西。我醒来之后不久，组装生产线自动停止，所有机器人像羊群一样，聚在回收间旁边的一个门口。生产线末尾的那台检查机器人打开门，里边是个储藏室，有三组货架，两组货架上摆满了比香烟盒稍大一点的小纸盒，另一组上放着某种罐装饮料。

我饿得不行了，所以挤进机器人群，他们发给我一盒食物和一罐饮料。

食物是一种没有味道的豆棒，饮料甜得要命，但是我狼吞虎咽。然后怀着一丝担忧，我从储藏室里取出十盒食物和四罐饮料。没有任何机器人注意我，我长出了一口气，这下不会饿死了。

后来我在后墙边的传送带下方找到一大堆崭新的包装箱，我取出四个，展平后放在前一晚睡觉的地方，做成一张相当舒服的床——比我一路睡过来的上冻的海滩舒服多了。

就这样我有吃有住，不断告诉自己："这是我的冬季家园。"可是从一开始我就不相信，因为我讨厌这里，这里不会成为我的家，而是我这辈子居住过的最可怕的地方。我周围持续不断地上演无脑的拙劣生产，制造和回收电池驱动的烤面包机极大地浪费了时间和能量。这些身着灰色、连低智力都够不上的赝品人类，拖着脚步无声潜行，做着毫无用处的工作。待在那里的五天里，除了那个检查员，我没见别的机器人在工作中出一点力，那个检查员也只是把烤面包机扔进垃圾桶，每隔大约一个小时喊一声"回收时间！"以及给别的机器人每天喂两顿饭。

两天后雪停了，接下来那天，天气暖和起来。我按照背得动的重量，把食物和饮品装进背包，然后离开了那里。那是个温暖安全的地方，有大量食物和饮品，但不是我的家。

在烤面包机工厂打包了五十根豆棒和三十五罐饮料，并做好上路的准备之后，我仔细检查了组装流水线上的机器，研究每一台的功能。它们都由灰色的金属组成，个头都不小，但是每一台都不一样。一台机器把薄金属板弯成烤面包机外壳的形状，另一台把加热元件安装固定，第三台安装电池，如此种种。每台机器旁边站的机器人大概是在管理机器，没有注意我。

最后我找到了要找的地方，那是一台略小于其他的机器，有一个码放着几百块某种小金属芯片的漏斗。芯片本应从漏斗的细口落下去，被一只机械手指捡起来放在经过的烤面包机上。一块芯片落下去时有些偏转，堵住了漏斗，导致芯片都出不来。我站在旁边看了一会儿，思考一小块堵塞的硅片浪费了多少能量，造成了哪些后果。我想起曾经宿舍里的烤面包机坏掉以后，我们再也没有烤面包机可以使用。

然后我伸手晃动漏斗，直到芯片松动掉落。

机械手从漏斗底部拿起芯片，放在旁边烤面包机内侧开关的下方，一束细微的激光短暂地照过去，焊接好芯片。

过了一会儿，在生产线的末端，检查机器人拨动那台烤面包机的开关，加热元件发出了红光。他丝毫没有感到惊讶，只是拨断开关，把烤面包机放进一个空纸箱里，然后继续重复自己的动作。

我注视着他把二十台烤面包机装满一个纸箱，准备发货，却一点都不清楚他们如何发货，往哪儿发货。不过我对自己的做法感到高兴。

然后我背上背包，抱起比夫，离开了工厂。

Mary Lou 玛丽·卢 201

昨晚我无法入眠，在床上躺了一个多小时，思考街头的孤独，思考人们怎么会不跟别人说话。保罗曾给我看过一部影片《缺失的和弦》。影片中有很长的一幕，名叫"野餐"，十或十二个人坐在露天的一张大桌旁吃玉米棒和西瓜，互相交谈——所有人，只交谈。当时在图书馆地下那间花哨的屋子里，我挨着他坐在他的床桌上，没怎么注意，可是那一幕不知为何留在我的记忆里，不时被我想起。现实生活里我没见过那种情况——一大群人专注地一起吃东西、聊天，交谈中的表情生动鲜活，户外的微风吹动他们的衬衫——女人的头发被吹拂在脸上——他们手拿着货真价实的美食，边吃边聊，仿佛那就是最好的生活。

那是一部默片，当时我还不认识屏幕上的字幕，所以不知道他们在聊什么。不过没关系，昨晚我躺在床上，渴望坐在黑白老电影里的木桌旁，参与到那段对话中，享用玉米棒，跟那里的所有人交谈。

最后我起床进入客厅，鲍勃正坐在里面盯着屋顶，我坐在窗边的椅子上，他朝我点点头，但是什么也没说。

我在椅子上伸懒腰打哈欠，然后说："交谈是怎么回事？为什么人们不再说话，鲍勃？"

他看着我，"对，"他说，就好像他一直在思考我的问题，"我在克利夫兰刚诞生时，聊天交谈比现在多。在汽车工厂，仍然有一些人类跟机器人共事，他们会聚在一起——一次有五六个人——交谈。我见过他们那样做。"

"后来怎么了？"我说，"我从没见过一群人聊天，也许偶尔有两个人——但是很少见。"

"我不确定，"鲍勃说，"和药物的完善有很大关系，还涉及内省，我猜隐私条例也有推波助澜。"他若有所思地看着我，有时候鲍勃比我认识的人类更像人类，也许只有西蒙除外。"隐私条款和强制礼节是我的一名九型机器人同僚编制的。他觉得一旦人类热衷于药物，那些东西才是人类真正需要的，而且犯罪几乎完全被遏制，以前人们常常犯下很多罪行。他们偷窃别人，暴力相向。"

"我知道，"我说，甚至不愿去想，"我从电视上看过……"

他点点头。"头一次在生命中醒来——如果我的人生可以被称为生命的话——有人教我数学，那是一台名为托马斯的七型机器人，我喜欢跟他交谈，也喜欢跟你说话。"他说这话时正看着窗外，没有月光的夜晚。

"没错，"我说，"我也喜欢跟你聊天，可是发生了什么？为什么交谈——以及阅读和写作——消亡了？"

他似乎沉默了很长时间，然后用手指拢过头发，开始轻声地解释:"学习工业管理期间,我看过关于汽车业巨头方方面面的影片。我被训练成大型公司的高管——这也是九型机器人被制造出来的初衷——学习通用汽车、福特、克莱斯勒和西尔科斯基的一切影片、磁带和语音文件。一部影片播放了一台银色的大型轿车沿着空旷的公路安静而流畅地行驶,仿佛一个幽灵——或者说像一场梦。那是一台古老的汽油车,制造于原油耗尽以前,远远早于核电池时代。"

"原油耗尽?"

"对,汽油比威士忌还贵的时候,大多数人都待在家里,那就是原油耗尽,发生在所谓的二十一世纪,随后爆发了能源战争。后来索朗被制造出来,他是头一台九型机器人,功能强大——我就不行——人类要什么他就能提供什么。索朗发明了核电池,基于可控核聚变,安全、清洁、不受限制。他学会用核电池给自己提供能量,从那以后我们每一台九型机器人都依靠核动力建造,一枚电池够我用九个蓝季。"

"索朗是黑人吗?"我说。

"不,他白得很——有一双蓝眼睛。"

我起来给自己冲泡咖啡,"你为什么是黑人?"我说。

我往咖啡粉里倒热水时他才回答。"我从来不了解原因,"他说,"我认为自己是有史以来第一台黑人机器人。"

我端回咖啡,再次坐下。"那部影片讲什么?"我说,"有汽车那部。"

"汽车上只有一个人,"他说,"穿着淡蓝色运动衫和灰色涤纶裤子,他关闭车窗,播放音响,开启了空调和自动驾驶,他的手又白又嫩,轻扶着方向盘。他的脸——哦,他的脸!——一片茫然。"

我不知道他要表达什么。"当我还是个小女孩,初次离开宿舍,我变得非常迫切和紧张,我不知道自己该如何是好。西蒙会说,安静下来,任凭生活与你相遇。我会尽量那么做,车里的男人也在践行那种说法吗?"

"不,"斯波福思说。他站起来,像人类一样伸了伸懒腰,"正相反,他那根本不是生活,他本该'自由',但是什么都没发生,没人知道他的名字,不过一个人类会称他丹尼尔·布恩❶——最后一位拓荒者。影片有一条音轨用深沉权威的男性声音说:'自由、鲜活,让你的精神随畅通的道路驰骋!'他以一百多公里的时速,隔绝外部的空气,甚至尽可能隔绝车辆自身的声音,在空旷的道路上行驶。美式个人主义者,自由精神,拓荒者,有一张跟低智力机器人无法区分的人类面孔。在他家或者汽车旅馆,他用电视机让世界远离自己,兜里揣的药,车里的音响,他看着的杂志照片,上面呈现的食物和性比生活中更光鲜美好。"

鲍勃光着脚在地板上来回踱步。"坐下,鲍勃,"我说,"那一切是怎么开始的?汽车——受控的环境?"

他坐下后,从扣着的口袋里掏出一支抽了几口的大麻并点燃。

---

❶ 丹尼尔·布恩(Daniel Boone,1734—1820),著名美国拓荒者与探险家。

"汽车——通过生产和销售——赚回不少钱财,电视机诞生时,那是有史以来最赚钱的产业之一。不仅如此,人类会在内心深处响应汽车、电视机和毒品。

"当毒品和电视机被生产和配送它们的计算机所完善,汽车就不再必不可少,因为没人能设计出让人类司机安全驾驶汽车的方法,于是就做出了终止生产汽车的决定。"

"谁做了那个决定?"我说。

"我做的,索朗和我,那是我最后一次见他。他跳下了一栋建筑。"

"耶稣啊,"我说,"我还是个小女孩的时候就已经没有汽车了。不过西蒙记得它们,所以那时候感应巴士被发明出来?"

"不是,感应巴士二十二世纪才出现,不过,在二十世纪一直都有人类司机驾驶的巴士,以及有轨电车和火车。北美多数大城市在二十世纪初都有所谓的有轨电车。"

"它们都怎么了?"

"汽车公司和石油公司扼杀了它们,城市管理者收受贿赂,拆除了轨道,刊登在报纸上的广告说服公众那是正确的选择。这样汽车的销量才能增加,更多石油被制成汽油,被汽车消耗,这样汽车公司才能发展壮大,少数人才会变得富可敌国,住在宫殿里使唤仆人。它对人类生活的改变比印刷机更彻底,诞生出郊区和无数其他基于汽车的依附品——性、经济、毒品。汽车为更深层次——更内在——的依赖铺平了道路,依赖的对象先是电视,随后变成机器人,最后是可预测到的终极产品：完美无瑕的思维药物。你的人类伙伴使用的药物以二十世纪的同类产品命名，但是它们更强效，作用更突出，而且由自动设备制造和分销——有人的地方就能送到，"他坐在自己的扶手椅上望着我，"我猜所有的一切都始于学会用火——温暖洞穴、吓跑野兽——终结于缓释安定。"

我看了他一会儿，"我不吃安定。"我说。

"我知道，"他说，"所以我才从保罗身边夺走你，另外一个原因是即将诞生的宝宝。"

"我理解你想要宝宝，你想过家家。可我不明白药物——或者说不使用药物——跟这有什么关系。"

他责怪地对我摇摇头，"这是显而易见的，"他说，"我需要一个可以交谈、能够爱上的女人。"

我注视着他，"爱上？"最后我说。

"当然，为什么不呢？"

我想要回答，但是没说出口。如果他愿意，为什么不能爱上谁呢？"你坠入情网了吗？"我说。

他看了我一会儿，然后把他的大麻在烟灰缸里摁灭。"对，我坠入情网了，"他说，"这真不幸。"

坠入情网，这个说法——古老的说法——的奇妙之处在午夜的客厅里引起了我片刻的注意，其中的含义击中了我，然后我发觉自己以前从没听别人说起过，它们出现在默片和书籍中，我了解的生活里却从来没有。我曾经听西蒙说过，"爱情是一种欺骗。"在我的记忆中，这种说法他只用过一次。"爱情"甚至不属于我们宿舍时期的词汇表，那时候他们教我们"即刻性爱最棒"。然而仅此而已。这个机器人面容悲伤且年轻，有着漫长的过往，此刻正用深沉温柔的声音告诉我，他让自己爱上了我。

咖啡在变凉，我啜饮后说："你所说的'爱'意味着什么？"

他良久没有回答，然后才说："内心的激动，还有心意，愿你幸福，对你的迷恋，迷恋你一歪头时的下巴和偶尔凝视的眼神，迷恋你握着咖啡杯的手，以及夜里坐在这里听你打呼。"

我被惊呆了。我有时会读到并忽略类似的话语。不用想我就知道，它们跟性和远古世界的家庭有关，然而从来不属于我的生活，又怎么属于这个被制造出来的人的"生活"呢？这个有着棕色皮肤和角蛋白卷发的优雅的人形机器人？这个没有母亲赋予他性别的假人没有男性生殖器，不能吃喝——只是一个电池驱动的娃娃，有一双深情的棕色眼睛。他说的爱是怎么回事？是一点点疯狂？是精神错乱，影响到他的制造和最后独创性谱系合成智慧体的生产？还是在劫难逃的九型机器人愚蠢的人性超越？

可是我看着他，本可以去吻他一下，可以拥抱他宽厚健美的背膀，把我的嘴贴在他湿润的嘴唇上。

然后我发现——耶稣基督在上——自己在哭，泪水止不住地从我脸上流过，我把湿漉漉的脸埋在手里，像个孩子明白只有自己可以依靠时那样啜泣，仿佛有一阵狂暴热风把我吹透。

哭过之后我感到克制、冷静。我看着鲍勃，他的表情平静安详，跟我自己的感觉一样。"你以前有过这种经历吗？"我说，"坠入情网？"

"有过，我还……年轻的时候，不使用药物的年轻女性还存在，我爱上了其中一个。有时候，她的脸上有某种特质……可以前我从没跟她像我们如今这样一起生活。"

"为什么是我？"我说，"我跟保罗一起已经够幸福了，我们差点组建了家庭。为什么你要爱上我？"

他看着我，"你是最后一个，"他说，"我死之前的最后一个。我想发掘自己被埋没的生活，记忆中被除去的部分。我想在死之前明白，作为那个人类是什么感觉，我毕生都在为之努力。"他从我身上移开目光，注视窗外，"而且，监狱对保罗有好处。他得到足够的成长就会逃出来。世界上已经没有什么在正常运转了，多数机器和机器人都在崩坏。他如果打算越狱，就一定能成功。"

"你回忆起什么没有？"我说，"自从我们一起生活以来？你大脑中的空白被填补上一点没有？"

他摇摇头。"不，还没有，一点都没有。"

我点点头，"鲍勃，"我说，"你应该牢记你的生活，像我那样。你应该对着录音设备口述你的生活，我可以替你写下来，再教你如何阅读。"

他转回头看我，他的脸此刻似乎非常悲伤和苍老。"没有必要，玛丽。我忘不掉自己的生活，没办法忘记。这项功能被漏掉了。"

"天哪，"我说，"那肯定糟透了。"

"没错,"他说,"糟透了。"

鲍勃曾经对我说:"你想念保罗吗?"

我没有抬头,看着啤酒杯。"只有知更鸟在树林边歌唱。"

"这是什么意思?"鲍勃说。

"保罗常说的,有时我想到他,就会想起这句话。"

"再说一遍。"鲍勃说,声音中有种急迫的感觉。

"'只有知更鸟在树林边歌唱。'"我说。

"树林,"鲍勃说,"'我想我知道树林的主人是谁❶',就是这句,"他站起身向我走来,"'我想我知道树林的主人是谁,然而他的房屋……'"

就这样,鲍勃在一百多年的迷思中想起他的诗句。很高兴我能给他一点启示。

❶ 美国诗人罗伯特·弗罗斯特著名诗作《雪夜林边小驻》中的诗句。

Bentley

本特利
213

冬天肯定已经快要过去，因为我离开烤面包机工厂以后，天气再没有跟以前一样冷。那间工厂充满令人难以忍受的安全感，尽管离开时我还有点虚弱，但是后来再也没有病得那样严重。

我北上的进程快了起来，我从那间工厂拿走的食物尽管难以下咽，但是能给我补充体力。我继续寻找蛤蜊以及后来的贻贝，还在海滩上赶走了刚刚抓到鱼的海鸥，炖鱼吃了三天。终于，我的身体恢复得比以前还好，变得非常结实和硬朗，我能以稳定的速度走一整天都不疲劳，甚至开始允许自己想念玛丽·卢并思考真正找到她的可能，不过可以确定的是，我有一段漫长的路要走，然而具体有多远我还是不清楚。

然后有一天下午，我在前方看见一条路，蜿蜒穿过田野，延伸到海滩。

我跑过去，看出那是一条古老开裂的柏油路，路面年久失修，已经磨损崩溃，有些地方还长着野草，但是仍然能走。我开始离开海滩，沿着路行进。

在衰败的道路两侧的高草里，我看到了一个前所未见的东西：路标。我在电影中见过,在书中读过,但是从未目睹。路标由褪色的绿色和白色耐久塑料制成,尘土和藤蔓几乎遮挡住上面的文字,不过我拨开藤蔓时能够看见:

茅戈
市政界

我看了很久,在早春微弱的阳光中,这件古物的存在让我打了个冷战。

我抱起比夫,沿着道路快走并转过一段弯路。

我看见一片半掩在树木和灌木中的耐久塑料房屋展现在我面前——大约有五百栋,填满了我下方的一片山谷。房屋间距很远,遍布其间的肯定是曾经的停车场和混凝土路,然而那里没有一点人类生活的迹象。城镇的中心矗立着两栋大楼和一块白色方尖碑。

走进这座城镇的途中,我开始拨开几乎在冬季死去的玫瑰丛和金银花,并且看见也许曾经颜色亮丽的房屋都已褪色成同样的骨白色。

我不安地走进茅戈市,就连比夫似乎都紧张得抓握住背包的带子,在我怀里扭动。这座城市的范围始于房屋之间一条随意穿过灌木丛的小路,我开始沿着它行走,分辨不出房屋是否有门廊,因为它们的前面杂草丛生,只有很少的几栋透过灌木、野草和金银花,露出了房门。

我朝方尖碑走去,似乎那里就是我的目标。

我经过一栋房子，房门前的遮挡更少一些。我放下比夫，在植物间开路前进，来到门前，身上被玫瑰丛划伤了几处，不过我几乎没注意到，身处梦境之中或催眠状态的感觉是如此强烈。

扯下几束荒草之后，我打开前门，心怀敬畏地走了进去。我来到一间宽敞的客厅，里面空无一物，绝对什么都没有。布满尘土的塑料窗上覆盖着霉菌，导致室内黯淡无光。

不透明的耐久塑料是人类设计出的最持久——最稳定——的材料，整个房间只是一个巨大的、没有缝隙的空心立方体，全部呈粉色，采用圆角设计。没有迹象表明这里曾有人居住，不过我知道，这种材料的性质可以保证，在这间房子里住上一百个蓝季也不会留下任何痕迹——地板不会留划痕，墙壁不会留手印，房顶不会有烟熏的痕迹，儿童玩耍或打闹不会留下肉眼可见的痕迹，一家人最喜欢的桌子放置一辈子也不会留下印记。

出于某种原因，我喊道："有人在家吗？"这句话是我从电影里学来的。

连个回声都没有，我黯然想起电影里大杯喝酒和欢笑的人们。只有知更鸟在树林边歌唱。我离开房子，比夫在等我，我把它抱进怀里。

我们走向方尖碑，走得越近，道路越宽，也越好走，最后来到两栋大楼和方尖碑周围近乎空旷的土地，比我们原本预期的更快。

方尖碑比所有建筑的骨白色更白，底座有近二十米宽，向空中挺立六十米高，类似我在书籍和电影中多次遇见的华盛顿纪念碑，如今华盛顿特区就只剩下那一座建筑了。

底座上有一扇双开玻璃门,只有一部分被蓝色牵牛花覆盖。绕过一周我发现,这座纪念碑的四面各有一扇大门,在最后一面,我看见高处有巨大的浮雕字体写着:

绝对安全的掩体和商场
这座掩体下的所有生命都安全
国防部: 茅戈

我读了两遍,"掩体"就是这座方尖碑本身吗? 还是在这些门里边?

我放下比夫,去试着开门。第三扇不用费力就打开了。

里边是一间大厅,被透过玻璃门的光线照亮。我的两侧各有一条宽敞的楼梯通向下方,另有一条狭窄的楼梯通向上方。我只犹豫了一会儿,便开始沿着我左边的楼梯下行。六七级台阶之后,光线开始变暗时,一盏柔和的灯从两侧黄色墙壁之上亮起,一面墙上写着:

冲击屏障层

又经过六到八级台阶,其他柔和的灯光亮起,我看见墙上的字,这一层换了不一样的灰色:

辐射屏障层

来到楼梯的底部时,我发现自己进入了一条巨大、漫长、宽敞的走廊,上方是柔和的粉红色玻璃吊灯,随着我的靠近逐次亮起,我两侧的标志也都被点亮:

安全区·商场

然后令人吃惊的是,走廊里开始播放笛子和双簧管演奏的轻松愉快的音乐,我前方大约四五十米的地方,一座大水池里开始有水喷出来,五颜六色的彩灯 —— 有蓝有绿有黄 —— 开始随之闪烁,我听见水花溅落的声音,喷泉的声音。

我惊叹着走向喷泉,比夫跳出我的怀抱,毫不犹豫地跑到前方,站在水池的边缘,低下头开始喝水。

我缓缓来到她身旁,弯腰捧起凉爽的池水,捧到我滚烫干燥的脸前闻了闻。水纯净清洁,我喝了好几捧,然后又在其中洗了洗脸。

水池侧壁上贴着数千块方形的银色小瓷砖,中间填充着白色灰泥,在水下的池底是一幅由黑白灰三色瓷砖组成的巨大座头鲸拼图,图中的鲸鱼弓着后背,展开鱼鳍。

喷泉的水从三只黑色海豚雕塑之间喷出,海豚有的弯曲身体,有的垂直向上。我曾经从一本名为《罗马喷泉》的书中见过这样的情形。我后退站立,注视着喷泉和水池银色的边缘,注视着拼贴的鲸鱼图案和海豚雕塑，以及高高喷起的水流，感受着溅在脸上和身上的水沫，倾听着笛子的乐声。我手臂上和脖子后的汗毛似乎都竖了起来，一股细微的电流几乎是痛苦地流过我的全身。

那就如同看见海边的鸟儿在飞翔，灰色海洋上风起云涌，或者巨猿金刚优雅地缓缓坠落。

喷泉另一侧巨大的走廊截止在一个T形的交叉口，巨大的双开门通往左右两侧。左边门的上方写着：

紧急住所

容纳人数：60000

另一侧的门上只有一个词：

商场

我靠近时这扇门自动打开，我发现自己又进入了一条漫长宽敞、贴着瓷砖的走廊。这条走廊的两侧分布着商店的入口，比我一辈子见过的都多。我在纽约和我生活教书的大学看过展示商品的橱窗，但我从没见过这么大的规模和如此丰富的种类。

离我最近的商店叫希尔斯，在它巨大的弧线形橱窗里摆着几乎令人难以置信的商品，超过一半我都不认识。有些我很熟悉，但里边还有彩球、电子设备和颜色亮丽的神秘物件，估计后者不是武器就是玩具。

我拉开门，走进琳琅满目的商店。我来到这家大商店的服装部，所有商品看起来都是簇新的，封在透明塑料袋里有几百年之久。

我自己的衣服已经破破烂烂，于是我就给自己寻找些新衣服。

然后我挑到看似大小合适的蓝色夹克，正要确定如何拆下塑料包装时，我碰巧看了一眼脚下的瓷砖。

地上到处都是泥脚印，而且看上去是刚留下的。

我跪下摸了摸泥印，它稍微有点潮湿。

不知不觉间，我已站起来环顾四周，可是只看见一架又一架的服装，以及更远处各种颜色明亮的商品摆满货架——目力所及的范围内，一排接着一排。然而没有任何东西在动。然后我再次低头检查地面，发现脚印到处都是——有新有旧，大小不一，形状各异。

比夫跑到了别处，我呼唤她，但是她没回来。我一边沿着走廊提心吊胆地行走，一边开始观察。要是留下脚印的人还在周围怎么办？可话说回来，别的人类有什么可让我害怕的呢？同样地，机器人也不用怕，我逃出监狱后没有机器人追过来，也没有审查员之类的人物在搜寻我的迹象。尽管如此，我还是担心——或者如《美国俚语词典》所说——"紧张兮兮"。

最后我找到比夫，她正在贪心地吃柜台上一盒已经打开的干豆子，旁边是几百盒没有开封的类似商品。比夫用劲儿地呼噜噜叫，我能听见她的牙齿碾碎豆子的声音。我从她旁边拿起一个未开封的盒子，她甚至都没有抬头看我。不同于我以前了解的食品盒，它上面印着字：

射线杀菌、不易变质的杂色豆

储存时间六世纪

无添加

    盒子上印有一盘冒着蒸汽的豆子，顶上放着一片培根。但是比夫专心食用的豆子看起来是干巴巴的，让人没有一点食欲。我伸手从比夫的盒子里抓起一小把，她抬头看我的同时还短暂地露出了牙齿，但很快又专心吃起来。我把一粒豆子放进嘴里咀嚼，其实不算特别难吃，而且我也饿了。我把手中剩下的豆子都扔进嘴里，一边嚼，一边打量未开封的盒子，琢磨如何打开它。盒子顶部有说明，按下一个白点，然后拉着红色把手一扭。我尝试所有能想到的动作组合，但盒子没有打开。这时我已经吃完嘴里的豆子，比夫也不见了踪影。我的胃口被吊起，对这个显然无法打开的盒子感到愤怒。我是地球上唯一一个能读懂豆子开盒说明的人，却对此无能为力。

    然后我记起经过的一条通道里摆着各种各样的工具，便走向那里。愤怒和饥饿已经让我忘了先前担忧的事情，我大步流星地走过去，步伐坚定而响亮。我找到一把短柄斧，很像《逍遥法外的杀妻者》里那把，只不过这里的包着塑料，我也没法打开。

    我越来越愤怒，这种愤怒加深了我对豆子的渴望。我试着咬住短柄斧上的塑料包装，这样也许可以撕开。可是塑料太结实，我的牙齿扯不动。然后我看见另一条通道的一个玻璃柜里装着某种小盒子,便走过去,举起短柄斧,砸开玻璃柜。一些玻璃碴留在框架上,我用一块尖利的玻璃挂住塑料,然后用力拉扯。塑料开始撕裂,最后我终于可以把包装从斧子上剥下来。

然后我回到豆子那里,开始砍盒子的顶部,直到它被扯开,豆子开始撒出来。然后我把短柄斧放在柜台上,开始吃豆子。

吃到第三口的时候,我听见身后有一个低沉的声音说:"先生,你究竟在干什么?"

我转身看见两个大家伙——一个深色胡子的老人和一个大号身材的女人,正站在那里盯着我,每人手里握着一根狗绳,牵着一只大狗,另一只手里拿着一把切肉的长刀。两只狗跟两个人一样,目不转睛地看着我。它们都是白色——我猜是白化变种——眼睛呈粉色。

我身旁的比夫已经弓起后背,向狗露出牙齿,我这才意识到它们盯着看的可能不是我,而是比夫。

两个人比我年长,也比我更高大。他们的注视违反了隐私条例,不过更多是出于好奇而非敌意,可是他们的刀长得吓人。

我嘴里还有一半没咽下去的豆子,我嚼了一会儿之后说:"我在吃,我饿了。"

"你吃的东西,"男人说,"是我的。"

女人开口了,"是我们的,"她说,"属于家庭。"

家庭,除了电影里,我从没听人说过这个词。

男人没管女人说什么。"你从哪个城镇来,先生?"

"不清楚,"我说,"我来自俄亥俄。"

"他可能来自尤班克,"女人说,"看起来也许是登普西家的人,他们都那么单薄。"

我咽下嘴里剩余的豆子。

"或者是斯威瑟家的,"男人说,"来自海洋城。"

突然比夫从狗的面前转身,跃过脚下的柜台逃跑——我从没见过她跑得那么快——沿着柜台远离我们,狗用力抻着狗绳,转头目送她跑远。眼前的男女没有把猫放在眼里。

"你来自七座城镇中的哪一座?"男人说,"你为什么违反法律吃我们的食物?"

"而且,"女人说,"为什么侵入我们的避难所?"

"我没听说过七座城镇,"我说,"我是路过的外地人,饥肠辘辘地发现了这个地方就进来了。我不知道这里是……避难所。"

女人盯着我说:"你看见在世上帝教堂时认不出来?"

我环顾四周,观察摆满塑封商品的通道,盛放彩色服装、电子设备、步枪、高尔夫球棍和夹克衫的货架。"可这也不是教堂,"我说,"这是商店。"

他们沉默许久。一只狗似乎受够了盯着比夫逃跑的方向,坐在地上打了个哈欠,另一只开始闻男人的脚。

然后,男人说:"这是亵渎上帝,你不经允许就吃圣食,已经构成亵渎行为。"

"抱歉,"我说,"我不知道……"他突然上前一步,极其用力地抓住我的胳膊,把刀尖对准了我的腹部。与此同时,女人以超乎想象的速度,到柜台前拿走我一直使用的短柄斧。我猜她以为我会用斧子自卫。

我吓坏了,什么也说不出口。男人把刀别在腰带上,来到我身后,拽住我的两条胳膊,让女人给他找一条绳子。女人走到相隔好几排的柜台旁,那里有一大卷新纶绳,她放下短柄斧,用刀割下一截绳子,拿给男人绑住了我的双手。两只狗无精打采地目睹了这一切,我开始超越恐惧,渐渐冷静下来。这种情况我在电视上看过,我正要开始觉得自己只是这一幕的旁观者,仿佛没有陷入真正的危险。可是我的心狂跳不止,我能感到自己在颤抖,然而我的思维居然超越了身体,变得镇静下来。我想了解比夫的情况——以及她未来的遭遇。

"你们要怎样?"我说。

"我们要执行经文,"他说,"亵渎我圣所者,应被投入永恒燃烧的火焰湖。"

"耶稣基督!"我说。我不知道缘何冒出这句,可能是因为这个男人使用的《圣经》语言。

"你说什么?"女人说。

"我说,'耶稣基督。'"

"这个名字是谁告诉你的?"

"我从《圣经》里学的。"我说。我没提玛丽·卢,也没提自焚者曾喊过耶稣的名字。

"什么《圣经》?"她说。

"他在撒谎,"男人说着又转向我,"我看看那本《圣经》。"

"已经没有了,"我说,"我不得不留下它……"

那个男人干脆瞪着我。

然后他们带我出去,来到宽敞的走廊,经过商店、饭店、冥想室和一个有标牌的地方:

简的皮肉生意

我们经过一家大店铺,标志上写着:"药房",这时男人慢下来说:"你抖成这样,先生,我猜你可能需要点帮助。"他推开这家店铺的门,我们进入一个成排摆放大玻璃罐的地方,玻璃罐里密封着各种大小和形状的药丸。他走到一个写着"安眠药:不成瘾,阻生育"的玻璃罐前,把手伸进裤兜,掏出一把褪色的旧信用卡,挑出一张蓝卡,塞进柜台上那个罐子底部的机械槽。

玻璃罐是某种原始的自动售货机——肯定不像我习惯的售卖机器那样时髦和便捷——就比如我在第五大道给玛丽·卢买那条黄裙子的机器。读写信用卡至少花了一分钟,然后卡片才被退出来,接下来又用了半分钟,底下的金属门才打开,自动售货机送出一把蓝药丸。

男人抓起药说:"你想要几片安眠药,先生?"

我摇摇头,"我不吃安眠药?"我说。

"你不吃安眠药？那你到底服用什么？"

"什么药都不吃，"我说，"已经很久了。"

女人开口说："再过几分钟，你就要被投入永恒燃烧的火焰湖，我要是你肯定会吃一片。"

我没有回应。

男人耸耸肩，自己吃了一片安眠药，又递给女人一片，然后把剩下的装进口袋。

我们走出商店，离开成排摆放的数百瓶药罐。我们离开时店里的自动照明在身后关闭。

我们拐过转角，一座新的喷泉随着另一首轻柔音乐喷射起来，如果说有什么不同，就是它比我第一次遇见的更大。

此刻我们的两侧都变成了不锈钢墙壁，偶尔出现门廊，每个门廊上方都有一个标志写着：

睡眠室 B

容纳人数：1600

或者是：

睡眠室 D

容纳人数：2200

"谁在这些地方睡觉?"我说。

"没人,"女人说,"它们属于老人,那些过去的。"

"多老?"我说,"多大年龄?"

女人摇摇头:"过去的时代。他们是地上的霸主,但惧怕上帝之怒。"

"他们惧怕如雨般从天堂落下的火焰,"男人说,"也不信任耶稣,火焰雨从没下起来,古人却都死了。"

我们经过越来越多的睡眠区,至少还有近一公里的不锈钢墙壁上只标着"仓库"。然后我们终于来到一端封死的走廊,那里有扇大门,标识上用红色字体写着:**电源:仅限授权人员进入**。

男人从兜里掏出一枚小金属牌,举在大门中部一个大小相当的矩形前方,同时说:"进入王国的钥匙。"

这扇门滑开,一束柔和的光射出来。

里面是窄小一些的走廊,空气显然很温暖。两只狗被留在外面,我们走了进去,越往里温度越高。我开始出汗,要不是手仍然绑在背后,我会抹一把前额。

我们来到一扇门前,门上用橙色大字写着:

你正接近一颗人工太阳
三号聚变项目:茅戈

男人在这扇门前又刷另一张卡片。门打开时热力逼人,里面还有一扇门，这一次男人又把另一张卡插进门边的卡槽。里边的门打开约六十厘米，门后露出耀眼的橙色光芒，一个巨大的房间被它照亮，一个没有地面的房间，或者说，橙光组成了房间的地面。热量让人难以招架。

然后我听见男人的声音说："瞧那永恒之火。"我感到有人从后面推我，我的心脏几乎停止跳动。我说不出话，低头看时只能非常短暂地瞟上一眼，但足以看清一个巨大的圆坑就在我面前的脚下，不确定有多远的坑底有一团如同太阳的火焰。

然后我浑身发软地被拉回来，男人用手转过我的身体面对他，然后平静地说："你还有什么遗言吗？"

我看着他冷漠、克制和闪着汗水的脸，"复活在我，生命也在我，"我说，"信我的人虽然死了，也必复活。❶"

女人尖叫道："上帝啊，埃德加！上帝！"

男人强势地看着我，"你从哪儿学的这句话？"他说。

我搜肠刮肚地想找些话说，最后却想起唯一的事实——我觉得他不会理解，但我还是说："我读过《圣经》。"

"读？"女人说，"你能读经文？"

我感觉如果不在一分钟之内远离，自己就会死于背后的炎热，我能看出这个男人的表情显出炎热造成的痛苦，抑或是疑虑。

"没错，"我说，"我能阅读经文，"我直视着他的眼睛，"能阅读

---

❶ 出自《约翰福音》第11章第25节。

一切。"

男人凝视着我，宽脸庞又可怕地扭曲了一会儿，然后他突然拉我远离火光，把我推出外层门并把它关闭。然后我们穿过第二道门，它自动关闭，这时的空气才可以忍受。"好吧，"男人说，"我们去找本书看看你是不是会阅读。"

然后他拿自己的刀割断绑住我双手的绳索。

"我必须得先找到比夫。"我说。

在返回希尔斯的半路上，我发现了她，并把她抱在了怀里。

在前往火焰湖的担惊受怕的途中，我们曾经经过了第二座喷泉。返回希尔斯途中，我们再次接近那座喷泉时，我想起老电影中的一幕：在《万王之王》里，演员 H.B. 沃纳❶让一个名叫约翰的人把他浸入河水，以此为他"施洗"。那显然是一个无比神秘的重要时刻。走过宽敞空荡的商场走廊，我的脚步显得轻快。男女两人位于我的两侧，但是此时已经给我松绑，不再限制我。他们的狗都很听话，也没叫，能听见的只有我们有规律的脚步声，以及隐蔽的扬声器播放的轻快音乐，我们沉浸其中。喷泉喷出的水朝屋顶划出一条弧线落入池中，我们听见的水声也更加响亮。

我想到约旦河中的耶稣，留着胡须，宁静安详，我突然停下来

---

❶ H.B. 沃纳（Henry Byron Warner, 1876—1958），英国电影演员，曾在电影《万王之王》中扮演耶稣基督。

说:"我想在这座喷泉里受洗。"我的声音明确有力,我注视着身边圆形大水池中的水,脸上微微被溅到一点。

我用余光看到,女人仿佛在梦中一般跪到地上,与此同时,她的长牛仔裙缓缓在她周围铺散开。她压低了声音说:"我的上帝,圣灵指示他说出那些话。"

然后我听见男人说:"起来,贝瑞妮丝。他可能听人说起,不是所有人都会保守宗教秘密。"

我转身看女人从地上站起,往下拉蓝毛衣盖住宽臀。"可他一看见就认出源泉,"她说,"他知道圣水的位置。"

"我告诉你了,"男人说,声音里充满怀疑,"他可能从其他六座城镇的任何人那里偷听到。我们伯里恩家没有堕落,不代表格雷林家不会。曼尼·格雷林可能告诉他,该死,他有可能就是格雷林家的一员 —— 他们向教会隐瞒的一个家伙。"

女人摇摇头,"为他施洗,埃德加·伯里恩,"她说,"你不能拒绝圣礼。"

"我知道,"他平静地说,然后开始脱下牛仔夹克,表情严肃地看着我,"在池边坐下。"

我在喷泉的边缘坐好,女人跪地脱下我的鞋和袜,卷起我的裤腿,然后她坐在我的一侧,脱去外套的男人坐在我的另一侧。他们都脱下自己的鞋袜,放开两只白狗,它们耐心地站在那里,看着我们和蜷缩在地上的比夫。

"好了,"男人说,"走进泉水。"

我站起身跨过边缘，进入冰冷的水里。往下看，我发现水池里的瓷砖贴出一条大鱼，很像我在海岸边发现并吃下的那条——一条有鳍有鳃的银色大鱼。池水没到我的膝盖，身上其他部分被溅起的小水珠浸湿。水很凉，但我没有感到不舒服。

我正盯着脚下瓷砖上的大鱼，这时他们俩来到我身旁。男人双手捧在一起放进水里等了一会儿，然后抬起手把水淋在我头上。我感觉他已经在我头顶放开双手，然后手中的水从我的脸上流下。

"我以圣父、圣子、圣灵的名义为你洗礼。"他说。

女人伸出柔软的大手放在我头顶，"阿门，赞美主。"她轻声说。

我们迈出喷泉，我和男人、两只狗以及比夫一起等待女人去希尔斯商店取来毛巾擦脚。我们擦干脚和腿，穿上鞋，继续不声不响地往前走。

我感觉比之前更加轻盈和超脱的同时，也更加真实地活在当下，极其敏锐地同时感受到外界和内在。我感觉自己已经跨过某种看不见的界限，自从我离开俄亥俄，它就等待着我，此刻进入了某种象征性领域，在其中我的生命轻盈，"就像一根在我的手背上的羽毛"，只有我自己对那种生命的体验，没有被药物麻醉的体验，才值得我为之而活。假如说那种体验意味着在火焰湖里死亡，那也得接受。

此刻我一边写下这些，一边好奇，这是不是那些自焚者决定自杀时的感受。可他们都在用药，意识不清。而且他们不会阅读。

施洗真的有用吗？有圣灵的存在？我觉得答案是否定的。

我们无声地走在宽敞的走廊，重新登上宽大的楼梯，灯光在我们身后逐渐熄灭,我们离开时,音乐不再播放,喷泉也停了下来。

在楼梯顶部附近,我得以转身看一眼下边广阔空荡的商场,玻璃吊灯渐暗,喷泉平息,店面还亮着灯,仿佛在等待永远不会到来的顾客。我能感受到这里令人遗憾的庄严,来自于它宽敞干净的空寂氛围。

傍晚时分,他们带我来到门外,依旧无言地把我领进方尖碑旁边的一栋大楼——高大的办公建筑,有精心修剪的草坪,周围没有杂草。我来到大楼后边,我看见那里有一座花园,以及补充修建的木质后门廊,样子不怎么搭调,类似我在《一个国家的诞生》里看见的那种。

我们从门廊的一扇门进入,来到一个屋顶很高的巨大空间,里边大约有三十个人,全都穿着朴素,一言不发,坐在一张大木桌周围,仿佛一直在等我。我们进来时他们就没说话,老人和妻子穿过房间、绕过桌子,他们也没有发声,这里跟宿舍或监狱的食堂一样安静。

我们沿着一条窄走廊来到另一个同样大的房间,里边有好几排木椅面对着一个讲台,讲台后边有一块覆盖墙壁的电视屏幕,此刻没有打开。

伯里恩把我领上讲台,那里有一本黑色的大书,尽管封面上的字迹如今已经被完全蹭掉,但我确信这本书就是《圣经》。

我在商场获得的轻盈感和力量感正在离我而去,我站在那里,略显窘迫地看着这个安静古老的房间、陈旧的木椅、墙上耶稣的画像和巨大的电视屏幕。不久，厨房里的人员开始进入房间，坐在椅子上。男男女女三三两两地走进来，无声地坐下，然后怀着一种害羞的好奇心看着我。他们都穿着牛仔裤和简朴的衬衫，几个男人留着跟我一样的胡须，不过大多数没有。我注意着他们，在某种程度上还希望看见年轻人，不过这种希望很快破灭，没有人比我更年轻。有两个人拉着手，看起来像是情侣，但是显然已经四十多岁。

后来所有的椅子都被坐满，埃德加·伯里恩站起来，突然展开怀抱，手心向上，大声说："兄弟姐妹们。"

所有人专注地看着他，那对情侣放开了彼此的手。大多数人都成双成对，不过在第二排有个跟我年龄相仿的女人独自端坐。她个子很高，跟所有人一样，穿着简朴，牛仔衬衫外套着一件蓝围裙，但是格外引人注目。尽管紧张，但是我发现自己还在努力多偷看她几眼。我开始看清，她真是一个美丽的女人。看着她就让人感到愉悦，我多少也忘掉了刚刚在火焰湖的经历和眼下的境遇。无论会有什么情况发生，我感觉那种危机已经过去，于是故意迫使自己一直想着那个女人。

她的头发是金色的，略微卷曲地垂在脸庞两侧。尽管衣着粗糙，但她有洁白无瑕的皮肤、浅色的大眼睛和高高的额头，看起来思维敏捷、聪慧过人。

"兄弟姐妹们，"伯里恩说，"众所周知，我们家族的年景不错，一直跟邻居们和平共处，上帝在大商场的食品恩赐一直极为丰富，"然后他低下头，猛地向前举起双臂说，"让我们祈祷。"

众人都低下头，除了我一直注意的那个女人，她只是微微把头前倾。我低下头，不想在此事上冒险。我在电影里看过这种集会，知道他们想低头安静。

伯里恩开始引述的似乎是一段熟记的仪式祷词："上帝赐予我们安宁，免受过去的辐射和未来的辐射，保佑我们避过所有审查员，赐予我们你的爱，让我们远离隐私的罪恶。我们以耶稣之名祈祷，阿门。"

我不禁被"隐私的罪恶"吓了一跳。这与我受到的教育理念完全相悖，可是我在内心深处有点赞同这个说法。

伯里恩说完，人群里有人咳嗽，有人骚动，所有人都抬起头。

"上帝供养伯里恩家族，"他用更加正常的语气说，"供养平原城市的所有七大家族。"然后他在讲台上前倾，用双手抓住讲台两侧，我突然注意到他的手像女人的一样，又小又白，留着精心修剪的指甲。他用近乎耳语的低声说，"如今也许上帝又给我们派来一位他旨意的阐释者，或者说先知。一个陌生人来到我们中间，曾在我面前经受过火的考验，已经展现出对上帝的理解。"

我看到所有人都看着我。尽管我刚刚似乎获得了平静，但还是感到非常尴尬。我以前从来没有像这样成为众人关注的对象。我觉得自己脸一红，突然希望禁止人们互相注视的古老隐私规定在这里生效。这里一定有三十个人——所有人都好奇和怀疑地直视着我。我把手放进衣兜来防止颤抖，比夫在我脚下，在我的脚踝之间磨蹭着我。有那么一瞬间，我甚至希望它也离开，别把注意力放在我身上。

"这个陌生人曾告诉我,"伯里恩还在说,"他是旧知识的载体,他说他是一位阅读者。"

他们不少人感到惊讶,看我的眼神更加热切。我一直在观察的女人也微微前倾,似乎想更仔细地观察我。

然后伯里恩夸张地朝我的方向挥动手臂说:"过来读一下《生命之书》,如果你会阅读的话。"

我看着他,努力显得镇静,可是我的心脏狂跳不已,我的膝盖在颤抖。所有这些人聚集在一个地方!我曾期待过这样的情况发生,可现在实现了,我似乎又恢复成曾经的我——还没读过罗伯托和康斯薇拉,没遇见玛丽·卢,没进监狱,没越狱,没有开始崭新的反叛的自力更生。即使作为一名害羞的教授,通过重复我已记住并讲过多次的话语来讲授思维控制,我也会在最大的课堂上——每次有十到十二名学生——感到紧张。学生们都训练有素地在听课时避开我的眼神。

我设法走了几步,来到放着《圣经》的讲坛,差点绊倒在比夫身上。伯里恩为我让到一旁,然后说:"从头开始读。"

我用颤抖的手打开书的封面,庆幸能低头看书,避开众人的目光。我沉默地盯着页面很久,上面印着字,可是不知为何我却看不懂。字母有些很大,有些小,我知道自己看的是书名页,可我的思维运转不起来。我一直盯着书,上面不是外文,这我还能看出来,可是我的大脑无法把字母整合起来,它们只是发黄纸页上的墨水印记。我已经停止颤抖,一动不动,这种状态持续了很久,久得让人难以忍受。我脑海里显现出一幅吓人的图景，挡住了我眼前橡木讲台上的这页书，就是商场大坑底部的橙黄色火焰，可以把我蒸发的聚变核心。读吧，我告诉自己。可还是没有反应。

我能感受到伯里恩在靠近我，我觉得自己的心脏要停止跳动了。

然后突然之间，一个清晰有力的女性声音在我面前响起："读那本书，"她说，"为我们而读，兄弟。"我抬起头看，吃惊地发现是那个独坐的漂亮高挑的女人，此刻正在恳切地注视着我。"你能做到！"她说，"给我们读吧。"

我看回书籍，突然它变得简单了。占了多半页面的黑色大字是大写的"圣经"。

我把它读了出来：

"圣经。"

接着，下方的小字是：

"针对现代读者进行删减更新。"

在这一页的最底部：

"《读者文摘》精华本，奥马哈，2123。"

页面的全部内容就是这些，我翻到印了字的下一页，开始更镇定地阅读：

"《创世记》，作者摩西。起初，神创造世界和天空，世界无形，无人居住，尽显黑暗，直到神说：'给我们光！'便有了光……"

我继续读，越来越容易，越来越从容。这完全不同于我在监狱读过的《圣经》，不过那本要古老得多。

读完这页，我抬起头。

美丽女人正微微张嘴，用她的大眼睛注视着我，脸上是惊奇或崇拜的表情。

我的内心再次变得平和，突然又感到特别疲惫，特别憔悴、劳累和崩溃，甚至在讲台上就垂下头，闭上眼，任凭思维变得一片空白，清空一切，只剩下：

> 我的生命是轻轻的，等待死神之风，
> 就像一根在我的手背上的羽毛。

我听见男人和女人们站起来时，椅子在地板上摩擦，我听见无声的人们离开这个宽敞房间时的脚步声，但是我没有抬头。

最后我感到一只手按在我的肩头，有力但温柔，是那位老人埃德加·伯里恩。

"阅读者，"他说，"随我来。"

我盯着他。

"阅读者，你通过了考验，经受了洗礼，摆脱了火焰的威胁。你需要休息一下。"

然后我叹了口气说："对，对。我需要休息一下。"

就这样，我从监狱来到这里，成了一群基督徒的"阅读者"，某种程度上的牧师。从那之后的几个月里，我在早晨和傍晚为他们阅读《圣经》，他们静静听着。我读，他们听，从来不说其他。

此刻一个人在茅戈的房子里，我写下这篇记录，安全有保证，吃的也很好。我几乎难以记起跟伯里恩家族一起生活的古怪感觉。虽然我很快就得参加一次晚间阅读，但是在很多方面，关于玛丽·卢和无声电影的更早的记忆更加生动鲜明。从晨间阅读结束开始，我花了这一整天写作，现在我得停下来喂喂比夫，再喝一杯威士忌。明天我会努力完成这篇关于我生活的新叙述，再讲一讲安娜贝尔的伤心故事。

第一天晚上老埃德加把我安排到楼上的一个房间睡觉，然后便离开。房间里有两张床，床头板由铜管弯成。在一部电影里，时钟停止，狗开始叫，老人逝世的床跟房间里的类似。我脱鞋上床，和衣而睡，比夫蜷缩着趴在我脚边的被子上，很快就睡着了。她让我嫉妒，尽管我筋疲力尽，尽管躺在这辈子最舒服的一张床上，床上有厚实的大床垫和印花被子，被子的粉色镶边上缝的标签印着"希尔斯优品鹅绒"，可我还是无法入眠。我的头脑里装满了事儿，在暗下来的房间里，感官因为疲惫而更加敏感，我开始无比清楚地想起过去的很多事情。这就像是我在俄亥俄研究讲授的逼真思维控制，可以见到清晰的幻象，可我没有常规药物的帮助，也无法控制。

我清楚地看见玛丽·卢在图书馆地板上阅读；看见在俄亥俄的小型组会上，我的学生已经长大、表情茫然，他们穿着牛仔罩袍端坐，眼神低垂，思维受到震撼又颇为宁静；看见身材高大、棕色皮肤的斯波福思主任，他聪慧、骇人、难以捉摸。我看见自己还是一个孩子，站在宿舍里未发育儿童睡眠区外的一个广场中间。我跟另一个孩子分享食物，结果因为侵犯隐私而受到一天的惩戒。惩戒要求我一动不动地站着，接受每个经过广场的孩子触摸——脸部、手臂或胸部。每个孩子的触摸都会让我内心不安，羞愧得面红耳赤。

然后我看见隐私小隔间，那是曾经睡过的地方里，我头一个能记起来的。那里的床铺又硬又窄，跟苦行僧的一样，耐久塑料隔音墙播放着灵魂背景乐，地上有一小块隐私毯，我可以在上面祷告："愿导师把我变得更加内向，愿我在快乐和宁静中升入极乐世界，愿我不被外界染指……"我学会全身心地投入到私人电视幕墙之中，幸福、愉快、平和的画面在它亮晶晶的全息图像表面闪过，我每次都会抛开儿童的身体好几个小时，我会在电视闪烁着淡紫色睡眠提示时服用药物，身体的唯一作用就是吸收药物，为大脑提供彻底陷入被动状态所需的化学成分。

我会从晚餐到睡觉前一直看电视，睡觉时我会梦到电视：明亮、催眠、持续满足脱离现实的思维。

我接受洗礼，差点被核反应火焰焚烧，又给一个陌生家族的成员读《创世记》，这样一天下来，躺在陌生的旧房间里，我因为无法控制的想象而难以入眠。作为现代世界的真正的孩子，我心中充斥着渴求过去简单生活的愿望。我需要，我渴求安眠药、大麻和其他让意识活跃的药物，以及化学品带来的安宁、电视体验、对导师的祷告（不管他究竟是什么人）和药物引导的甜美梦乡，这些都曾在逼仄的耐久塑料房间里实现，那里安静、有空调，远离组成我新生活的困惑、渴望、不安和绝望。我不想再与真实为伴,这种负担太让人难以承受,既沉重又悲哀。

我想到影片中的老马,竖起耳朵穿过草帽上的孔洞,还想起"只有知更鸟在树林边歌唱"。我想起自己和玛丽·卢,处在没有后代也没有未来的境地,可能是地球上的最后一代人。我看见主厨汉堡店里燃烧的面孔,他们已经接受自己残酷的结论:人类这个物种终将灭亡。

我被伤痛征服,但是没有哭。

我看见把我们当孩子照看的机器人的面孔,冷酷茫然,还看见我的听证会上机器人法官的面孔,以及比拉斯科正用聪慧苍老、愤世嫉俗的眼神盯着我笑。

最后,我开始觉得影像会不停地涌入我疲惫的意识,便点亮床边由电池驱动的台灯,找出《奥德尔机器人维护和维修指南》这本小书,把它翻到最后的空白页。逃离监狱之前,我曾在那里抄写了几首诗。我读起《空心人》,斯波福思逮捕我时玛丽·卢和我一直在读的那首:

> 世界就是这样告终的
> 世界就是这样告终的
> 世界就是这样告终的
> 不是砰的一声而是一声抽泣。

听起来如此真实,却没有任何慰藉,不过它帮助我清退了脑海里的影像。

然后,就在我读一首罗伯特·勃朗宁❶的诗,要放松下来的时候,发生了一件非常令人不安的事情。

房门被打开,老伯里恩的儿子罗德里克走进来,他没跟我说话,但是朝我的方向点点头,然后不顾隐私、端庄或我的个人权利,继续在房间中央脱光衣服,露出多毛的皮肤,同时还轻声哼唱。他跪倒在另一张床边大声祷告:"噢,最强大和残酷的上帝,原谅我悲惨的痛苦和罪恶,使我保持谦卑和有价值,以耶稣之名,阿门。"然后他躺在床上,缩成一团,几乎是瞬间就打起了呼噜。

之前我几乎是不自觉地赞美了伯里恩的说法"隐私的罪恶",可是另一个人对我寝室的赤裸裸的侵犯还是让人难以接受。在海滩上我一个人生活了很久,身边曾只有比夫。

我试着继续阅读《凯利班谈论赛提伯斯》❷,可是遣词总是很难,完全理解不了,我没法放松。

不过意外的是,过了一会儿我睡着了,上午过半时醒来,恢复了精力。罗德里克已经离开,比夫在房间的角落里正在用爪子戳一个绒布小球。太阳光透过蕾丝窗帘,我能闻到楼下食物的气味。

我房间外的长走廊尽头有一间宽敞的公共卫生间,带我进卧室

---

❶ 罗伯特·勃朗宁(Robert Browning, 1812—1889),英国维多利亚时期代表诗人,剧作家。

❷ 罗伯特·勃朗宁发表于1864年的诗作。

之前，老埃德加给我指点了它的位置。卫生间有一个古老的绿色金属门牌，上边用凸起的字体写着"男"，里面有六个干净的白色盥洗池和六个隔间。我尽可能洗净，梳好头发和胡子。我需要洗澡，但是不知该去哪里洗。我的衣服又脏又破，我挑的新衣服落在了希尔斯商店。后来我走下宽大的前楼梯，来到厨房。

这座建筑门口的石头拱门上刻着"茅戈法院"，前一天这个标识没有给我留下多少印象，只是此刻站在厨房里，我想象这个房间跟我阅读《圣经》的那间一样，在远古世界都曾是法庭，空间宽敞，屋顶很高，两侧长长的墙上分布着又高又窄的拱形窗口。房间中央巨大的桌子上现在什么都没放，似乎它是很久以前用希尔斯的链锯随便制作而成，简陋的椅子放置在它周围。

窗户下方沿着一面墙安放着一座大型黑色机关炉，两侧各堆放着一堆木头，以及顶面经过抛光擦洗但已磨损的木质柜台。炉子上方是白色瓷釉炉门，两侧各挂了一排锅碗瓢盆，个头都不小，一直延伸了半个房间的长度。对面墙上是八台电池供电的白色冰箱，每台正面都写着品牌"肯莫尔"。冰箱旁边是又长又深的水槽，两个穿着蓝色及地长裙的女人正背对着我，站在那里洗碗。

一切似乎都与前一天晚上的样子大不相同，桌上的玻璃碗里放着新摘的黄色郁金香，房间里充满了阳光以及培根和咖啡的气味。洗碗的女人没有回头看我，不过我确信她们听见了我踩在裸露地板上的脚步声。

我走向水槽，犹豫了一下，然后说："抱歉打扰。"

身材敦实的矮个白发女人转身看着我,但是什么也没说。

"我想问下有没有什么吃的。"

她看了我一会儿,然后转身从水槽上方的架子上取下一个黄色的盒子,然后递给了我。盒子上的字写着:"生存咖啡,速溶。国防部:茅戈。射线杀菌,不易变质"。

我看这些字的过程中,她从水槽边晾干餐具的架子上给我找了一只粗糙的大瓷杯和一把羹匙。"用那把茶壶。"她朝房间对面的炉子点点头。

我走过去给自己做了一杯浓浓的清咖啡,坐在桌边开始啜饮。

另一个女人打开一台冰箱,取出了什么东西,然后转身走向对面的炉子。我认出她就是前一晚被我盯着看、曾鼓励我阅读的女人。她没有看我,似乎有点害羞。

她打开炉子上的烤箱,从里边拿出吃的放在盘子里,然后端上桌。她避开我的眼神,把食物跟一碟黄油和一把餐刀放在我面前。碟子都是深棕色,而且很沉。

我抬头看她,"这是什么?"我说。

她看着我,我猜是对我的无知感到惊讶。"咖啡蛋糕。"她说。

我没见过这种东西,也不知道该如何吃。她拿起餐刀,从蛋糕上切下一块,抹上黄油递给我。

我尝了一口,蛋糕又甜又热,里边还有坚果,简直美味至极。我吃完以后,她又递给我一块,脸上露出害羞的笑容。她似乎有点慌乱,这真奇怪,因为前一晚她显得相当大胆。

蛋糕和咖啡的味道好极了，她的羞怯也像极了我在训诫中形成的对别人的期待，于是我鼓起勇气，友好地跟她搭话，"这块蛋糕是你做的吗？"我说。

她点点头说："你想吃煎蛋吗？"

"煎蛋？"我说。这个词语我听过，但是从没见过是什么东西，它跟鸡蛋有关。

见我没有回答，她走向冰箱，取回三个货真价实的大鸡蛋。我只在很少场合吃过真正的鸡蛋，比如从宿舍毕业时。她拿着鸡蛋走到炉子旁，把它们打在一个棕色的陶瓷碗里，然后把一口黑色小平底锅放在炉子上，放入黄油加热。她用力打散鸡蛋，然后倒进平底锅，极其熟练地在炉子上来回快速晃动，同时用叉子转圈搅拌。她在忙碌中显得格外漂亮，然后她端着锅来到桌上，转动把手，灵巧地让新月形黄色煎蛋滑落到我的盘子里。"用叉子吃。"她说。

我吃了一口，飘香四溢，然后便不做声地吃完。即使现在我也认同，那顿煎蛋和咖啡蛋糕是我这辈子吃过的最美味的一餐。

吃过早餐我感觉更加大胆，她还站在我旁边，我看着她说："你能教我如何煎蛋吗？"

她看起来特别震惊，话都说不出口。

然后水槽边的另一个女人说："男人不做饭。"

我身旁的女人犹豫了一下，然后温柔地说："这个男人与众不同，玛丽，他是阅读者。"

玛丽没有转身，"男人在田里，"她说，"完成上帝的工作。"

我身旁的女人有点害羞，不过她清楚自己的想法，于是没管玛丽，而是对我说："她给你咖啡盒时，你读上面的字了吗？"

"读了。"我说。

她走回炉边，从我放下咖啡盒的地方取回它。"给我读一下。"她说。我听从她的吩咐，她非常专注地看着那些字。我读完时，她说："'茅戈'是什么？"

"这座城镇的名字，"我说，"或者我觉得它是。"

她吃惊地张开嘴，"这座城镇有名字？"她说。

"我觉得是这样。"

"这栋房子有名字，"她说，"伯里那。"我选择用这几个字来体现发音，直到后来很久我为老埃德加写下来才算确定。

"就是说，伯里那在茅戈镇。"我说。

她若有所思地点点头，然后走向冰箱，取了一碗鸡蛋，开始教我如何煎鸡蛋。

就这样，我认识了安娜贝尔·伯里恩。

那天早晨安娜贝尔教我做煎蛋和蛋奶酥，还跟我一起做了一块咖啡蛋糕，教我如何和面，如何使用酵母。面粉存放在工作案台下方的一个大箱子里，她说面粉是从"外面田里"长出来的，其他所有的家族成员都在那儿干活。安娜贝尔一直是厨房的负责人，她说自己是一个"独行者"，所以才被分配到这项工作。别的女人被派来帮助她在餐后收拾厨房，其他时间她在外面的花园工作。安娜贝尔在田里干过几年,她讨厌那种劳作,也讨厌工作时大家都一言不发。曾经管理厨房的老太太去世时,安娜贝尔争取这份工作并如愿以偿。她说她做了十三年厨师,当初是一名妻子,如今成了寡妇。数着时间过日子和"结婚"对我来说已经不是新鲜概念,尽管从她口中听说有点奇怪,但是我理解她的倾诉。

除了面粉和鸡蛋,其他的食材都来自商场里的避难所。她让我给她读酵母袋、胡椒罐和辐射杀菌山核桃外盒上的说明。所有的包装上都写着:"国防部:茅戈"。

教我烹饪的时候,安娜贝尔安静可爱,除了让我读包装上的说明,不问任何问题。有好几次,我想问问她的情况、她的家庭,以及如何看似完全避开现代化的生活方式,可是每次要张口时,我就会想:不要问,放轻松。这似乎终于变成了一条有用的建议。她非常漂亮,在厨房里的动作娴熟优雅,光是看着她工作就是一种享受。

可是越接近中午她好像越烦躁不安,甚至有点伤心。最后她从一个案台下的橱柜里取出一个蓝色的大盒子,交给我阅读。

盒上用大字写着"安定",下边是小字"节育",再下边是"美国人口控制,严格按照医生要求服用。"

我读出来时,她说:"'医生'是什么?"

"某种古代的治疗者。"我说出了不怎么确定的看法,而且心里想:这是到处都没有儿童的原因吗? 所有镇静剂和安眠药有可能都是这样吗? 节育?

她取出两片药,用咖啡服下,然后把盒子递给我,我摇摇头。

她诧异地看着我,但是没说什么,只是把一小把安定放在围裙口袋里,又把盒子放回案台下方。然后她说:"我得准备午餐了。"

接下来的一个小时,她飞快地忙于工作,热了两壶汤,切大片黑面包制作奶酪三明治。我问她是否需要帮助,可她似乎根本听不见。她把棕色大盘和汤碗摆在桌上。我尽量帮忙,从一个橱柜搬了一摞盘子到桌子上,同时说:"这些盘子不一般。"

"谢谢,"她说,"我做的。"这可真让人意外,我从没听说有谁制作盘子这种东西。希尔斯商店里,盘子和碟子占了很大一部分。我不知道如何亲手做一个盘子。

她看见我吃惊的样子,就拿起一个翻过来,盘子底部印着有点熟悉的标志。"这是什么?"我说。

"是我的陶器标志,一只猫爪。"她略带笑意地对我说,"你有一只猫。"

她说的没错,盘子上的标志跟比夫走在沙滩上留下的脚印一样——只是更小一些。

然后她说:"我丈夫和我曾经养过一只猫,只有那一只,不过它在我丈夫去世前先死掉了,一只狗把它咬死的。"

"哦。"我说着开始往桌上摆盘。

过了一会儿,我听见外面传来嘈杂的声音,抬头看见窗外有两辆绿色的旧感应巴士停下来,男人们和狗安静地蜂拥而出。

我来到屋外的阳光下,看见他们在大楼后边的一对水龙头下清洗。他们沉默而谨慎,我惊异于此,还以为他们会像我认识的狱友一样笑着扬起水花。就连狗都很安静,在比归来的男人更远的地方把白色的身体靠在一起,粉红色的眼睛偶尔会盯上我。

女人们从花园和她们工作的小库房回来,加入男人的行列。他们所有人鱼贯进入厨房落座。伯里恩示意我也坐下,我尽量在长凳上不太挤的地方找了个位置。

除了安娜贝尔,所有人都坐下以后,他们在盘子上低下头,老伯里恩开始祷告,开头跟前一晚罗德的说法一致:"噢,最强大残酷的上帝,原谅我们悲惨的痛苦和罪恶,"不过接下来的内容就不一样了,"让我们安全地远离天堂的辐射雨和旧人类的罪恶,让我们知晓和感受你在最后这个时代对人类的绝对统治。"

所有人都静静吃饭,我尝试跟旁边的男人说话,夸赞汤的美味,可他把我晾在一边。

没有人感谢安娜贝尔做了这顿午餐。

下午我独自在房间里阅读。

当天晚餐时,我很高兴再次见到安娜贝尔,不过她忙着提供餐食,没空说话。她不停地端来食物,收走空盘,我一有机会就观察她的脸,感觉她似乎有点忧郁和悲伤。她工作辛苦,似乎除了刷碗,还应该有人帮她做些别的。

晚餐后,我希望见到安娜贝尔,如果可能,再跟她谈谈。可是伯里恩领我进入圣经室,她被留在厨房洗盘子。

我们进去时,圣经室的电视机已经打开,座位上很快坐满了伯里恩家族的男人和女人,他们都在静静观看。播放的节目是一种古老的真实刻画视频——一种罕见古老的电视节目，通过演员讲述一个符合逻辑的理性故事，很难判断那些演员是人类还是机器人。这个故事讲的是一个女孩被劫走并不断地遭受强奸，作恶的是一伙从掉队保留地逃跑的退出者，他们反对隐私，以各种各样的方式虐待女孩。尽管同样的节目既属于我孩提时代的训练内容，又属于我大学时期的研究内容，可我还是发觉自己一看它就感到恶心，几年前我还不是这样。

节目播了一半，我便紧闭眼睛，不再观看。我能听见周围的伯里恩家族成员偶尔嘟哝着回应，从一开始他们就都被屏幕上的故事深深地吸引。真可怕。

电视节目结束——根据声音猜测，审查员救下了女孩——后，屏幕关闭，我被拉上讲台读《圣经》。

在此期间，我读到诺亚的内容，我记得在监狱时了解过。上帝决定从即将毁灭所有地球生命的大洪水中拯救诺亚，经文中有一段这样说：

> 上帝对诺亚说："人类的可憎我再清楚不过了，他们使这世界充满了仇杀。我有意要毁灭他们。"

当我读到"我有意要毁灭他们"，我听见身旁的老伯里恩非常大声地喊："阿门！"我前方的人群中又传来一声"阿门！"喊声吓人，但我继续读。

结束后，我还希望能跟安娜贝尔聊聊，可是老伯里恩拉我去商场，等我在希尔斯为自己挑选几件新衣服。我想停留一会儿，在大商店里浏览一番旧日的商品。可他只说："这是一个神圣的地方。"不让我久留。他虽然没明说，不过我觉得最好别让他再抓住我一个人来这里。

而且我的确打算再来。我不像以前那样对规则充满敬畏，我也不怕埃德加·伯里恩。

我们离开商店，说来也怪，穿着崭新的牛仔裤和贴身的黑色高领衫，我兴高采烈。我们短暂地借着月光走向伯里恩家族所在的大楼，我忽然灵光一现，便说："你介不介意我在厨房给安娜贝尔帮几天忙？我不是十分擅长农活。"这话不完全属实，我只是讨厌农活。

他停下脚步，沉默了一会儿，然后说："你话挺多。"

不知为何，我有点生气，"为什么不呢？"我说。

"口说无用。"他说。我好奇的是，这跟话多有什么关系。

沉默又持续了很久，然后他说："生活是严肃的，阅读者。"

我点点头，不知该说些什么，这似乎平息了他的怒气，因为他又说："你可以帮安娜贝尔。"

只有安娜贝尔不觉得口说无用。某种意义上来说，她不属于他们，起初来自七大家族的另一支，思威舍家族，嫁给老伯里恩的一个儿子时改了姓氏。思威舍家族更健谈，但是不如伯里恩家族人丁兴旺。思威舍家族只剩下三个人，两名男性年龄很大，还有一个半疯的老女人，也就是安娜贝尔的母亲。他们住在沿着海岸向北数公里远的思威舍大楼，用汽油跟伯里恩家族交换商场里的食物和衣服。分布在平原城市群的其他家族都比伯里恩家族弱小，都种一点田。安娜贝尔告诉我，伯里恩家族比别人更虔诚，不过都是"基督徒"。

我询问她怎么看我读诺亚方舟时别人的反应。我仍然可以清晰地回忆起她回答我时的情景，她的浅色头发在脑后绾成一个发髻，手里拿着一个咖啡杯，蓝灰色的眼睛羞涩而悲伤。

"那是我的公公，"她说，"他认为自己是一名先知，觉得世界上再没有孩子的原因，是上帝在惩罚这个世界的罪孽——就跟诺亚的故事一样。人人都知道他的故事，我母亲给我讲过——不过跟你讲的方式不一样。母亲没讲诺亚醉酒，也没讲他的儿子们。"

"埃德加期待像诺亚一样被拯救吗？"

她笑道："我不太清楚，不知道他怎么可能会有那样的想法。以他的年纪是不可能生孩子了。"

我问了她一个更私人的问题，即使伯里恩不认同尊重隐私，可是侵犯隐私对我来说还很难适应。"你丈夫怎么回事？"我问。

她喝了一小口咖啡。"自杀，两年前。"

"哦。"我说。

"他和他的两个哥哥吃了三十片安眠药，然后往自己身上浇汽油自焚了。"

我大惊失色，这跟我在纽约主厨汉堡店目睹的事件一样。"纽约也有人那样做。"我说。

她垂下目光,"这里也有发生 —— 每个家族都有,"她说,"我丈夫想让我加入他们,第三个自杀。我有点动心,但还是拒绝了。我想再活久一点。"她从我们围坐的桌旁站起身,开始把盘子拿到水槽里,"至少我觉得我还不想死。"

她声音里突如其来的疲惫令我哑口无言。

擦净桌子之后,她又给自己倒了一杯咖啡才坐下。

过了一会儿,我说:"你觉得自己会再婚吗?"

她抬起头,哀伤地看着我,"我没资格,嫁入伯里恩家族,你必须得是……处女。"她脸一红,垂下了目光。

这种谈话对我来说都相当陌生,因为我以前没遇见过结婚的人,不过我熟悉书籍和电影里的这类事情,知道男人跟葛洛丽亚·斯旺森那种"堕落的女人"结婚曾经被看作是错误,但是我没想过寡妇会被人用"堕落"来形容。尽管如此,所有这些情况对于我受的教育来说都很陌生。我被灌输"即刻性爱最棒"。我刚刚才开始认识到,世界上也许有很多人没受过我的那种教育。

我们那次交谈时上午刚刚过半,我现在记得,那是安娜贝尔第一次对我产生了性吸引力。她安静地坐在那里,表情忧郁,握着一个大号的陶瓷咖啡杯,她曾让我在玫瑰花园另一侧的陶器制造间里看她制作那批杯子。我当时心怀敬畏地看她操纵转轮、把柔软的陶土塑造成完美的圆柱体,她手上和腕上沾着灰色的泥水,全神贯注地盯着自己的成果,我惊异于她自信的动作,我对她的尊敬和羡慕一下子高涨起来,但还没有感受到身体上的吸引。

253

可是此时，单独跟她坐在大桌旁，我发现自己已经改变，正在被唤起情欲。玛丽·卢曾经改变了我，电影、书籍、监狱以及后来的经历也改变了我，我最后想要的就是跟安娜贝尔一起享受即刻性爱，我想跟她做爱，可是更重要的，我想抚摸她，安慰她，缓解扼住她心灵的悲伤。

她已经放下咖啡杯，正在盯着窗户，我伸手轻轻搭在她的小臂上。

她立即把胳膊一下子抽走，溅出了余下的咖啡。"不，"她避开我说，"你千万别。"

她从水槽拿来一块抹布，擦掉了洒出的咖啡。

接下来的好几周里，安娜贝尔保持着友好但是冷淡的态度。她教我用冰箱里的冷冻玉米做玉米布丁，还教我做奶酪蛋糕、莳萝泡菜、冰淇淋、汤和干辣椒。我会在午餐和晚餐时帮着摆餐具、准备汤和收拾饭桌。有些伯里恩家族的男人用怪异的眼神看我做这种工作，但是没人大声谈论，我也不怎么在乎他们怎么想。我充分享受其中，不过看着重复的工作消耗安娜贝尔会令我感到悲伤。我时不时称赞她的厨艺，这似乎能缓解一下情绪。

有一次只有我们两人相处时，我问她的伤心之处。尽管我们之间没有任何身体接触，但是在一起工作以及我们永远都不会融入伯里恩家族的感觉，让我逐渐跟她亲密起来。

"你一直都不快乐吗？"有一次，我们正在把一批咖啡蛋糕装进辐射杀菌袋,我对她说。我把蛋糕装进塑料袋,她操作希尔斯机器封口,然后照射黄色消杀射线。

起初我以为她不准备回答,不过后来她说:"我曾经是个非常快乐的小姑娘,经常会唱歌,喜欢听母亲给我讲故事,在思威舍家族可做的事情比这里多多了。"她伸手朝整个宽敞空旷的厨房比画了一下。

"你想回去吗?"我说。

"回去也没什么好处,"她说,"他们都已经上了年纪。"

"你应该让我教你阅读,"我说,我们以前谈论过这件事。

"不,"她说,"我太忙了,而且觉得没什么动力,"她害羞地一笑,"不过我喜欢听你读,听起来就像……另外一个世界。"

我包好最后一块咖啡蛋糕,把它递给安娜贝尔,然后自己倒了一杯咖啡。我看着外面的花园和鸡舍说:"你是因为丈夫去世才悲伤的吗?"

"不,"她说,"我丈夫对我来说……从来都不重要,自从我发现自己没法要小孩起就是这样。我一直都特别想有孩子,本来我会成为一位好母亲。"

说话之前我想了想。"如果你停止使用药物……"我跟她介绍过安定药盒上的说明。

"不,"她说,"太晚了,我已经被这件事……消耗殆尽,而且觉得自己不用药物就没法在这儿生存。"

"安娜贝尔,"我说,"你可以和我一起离开这里。假如你一个黄

255

季不吃药，你就能生孩子，我的孩子。"

她不可思议地看着我，什么也没说，我看不出她在想什么。

我向她走了一步，然后伸手轻轻握住她的肩膀，感受到衣服里边的骨头。这次她没有从我手中抽身。"我们跟这些人不同，我们可以在一起，也许能有孩子。"

然后她看着我的脸，"保罗，"她说，"除非埃德加·伯里恩把我给你，或者让我们在教堂中成婚，否则我没法跟你走。"

我看着她，不知道该怎么回答，她的泪水让我也感到难过，我明白，"教堂"就是希尔斯商店，用来举办婚礼和葬礼。过去孩子们在那里受洗，跟我使用的喷泉是同一座。

最后我想到该说什么。"我不属于伯里恩家族，你也不属于。"

"这话没错，"她说，"可我不可能跟一个男人在罪恶中生活一辈子，那……不道德。"

她最后一句话的表达包含了很多种感情，我都不知道该如何反驳。我了解"在罪恶中生活"，我从默片中了解过这个概念，但是没想到她会有这样的想法。

"不必用非得是'罪恶'，"我说，"我们可以自己举办仪式——如果你愿意，可以夜里去商场。"

"不，保罗。"她说完用围裙下摆擦了擦眼泪。看她这样，我的心都扑在了她身上，在这一瞬间，我爱上了她。

"为什么呢，安娜贝尔？"我说。

"保罗，"她说，"我听说过女人享受……性爱，"她低头看着地面,"她们私通,有奸情,也许……没错,可我们来自平原的女人是基督徒。"

我不知道该怎么办,我知道"基督徒"这个词,它表示信奉耶稣为神的人。可是以我对读到的《圣经》的理解,耶稣似乎对性行为特别宽容,我记得有些人被称为"文士"和"法利赛人",他们想要惩罚通奸的女人,可耶稣不同意他们的看法。

不过我不想继续跟她追议这个问题,可能是她说"基督徒"的语气有种到此为止的感觉。于是我说:"我都不知道自己是否理解。"

她看着我,半是恳求,半是愤怒,然后她说:"我不喜欢性,保罗,我讨厌它。"

我无言以对。

那个春天接下来的时间安娜贝尔和我之间维持着那种状态,我们没有继续讨论,但是我们一起工作,互相理解,我开始觉得跟她的关系比跟我生命中任何人的都要亲密——甚至超过我跟玛丽·卢,尽管我们俩一起做爱很多次并且都获得了巨大的深层次乐趣。她真是个好人,一想到她人有多好——心情有多悲伤——我就会落眼泪。她工作也是那么称职,我能看见她站在陶器转轮旁或炉子旁,看见她喂鸡时围裙被风吹起,或者只是看见她把一缕浅发从额头撩起。我能看见她站在我面前,脸上流着眼泪告诉我不能跟我一起生活。

给比夫除虱子的人是她,一大早我走下楼梯时为我准备早餐的人是她,让我修好这栋老房来居住的人也是她。她第一个带我来看这栋距离茅戈方尖碑一点六公里的房子，它就坐落在俯瞰大海的峭壁上。

她自小就知道这栋房子，一位几年前去世的隐士一直居住于此。城市里来的孩子曾以为它"闹鬼"。她告诉我说，她曾壮着胆子溜进去过一次，但是被吓得只待了不到一分钟。

此刻在自己的客厅里四处观看，我想象小时候的安娜贝尔，仿佛那个胆战心惊的孩子现在就站在这里。假如这里闹鬼的话，那么鬼魂就是她，一个漂亮、害羞、爱唱歌的女孩。

我爱安娜贝尔，我对她的感觉不同以往——在某种程度上也包括现在——我对玛丽·卢的感觉。安娜贝尔需要的是一种应用她天赋和精力的方法，她做了大量工作，但是没人因此感谢她，而且其中的大部分工作本来可以由三型机器人来承担，伯里恩家族成员不会看出任何差别——常年细心完满、技术高超地完成烹饪工作，以及所有清扫、洗刷和陶器制作工作，从没有人为此感谢过她。

初夏的上午，我坐在这里，即将写完这篇日记，在情感把我吞没之前，我必须快点写下这些内容。

我和安娜贝尔继续保持那种状态，在厨房一起工作，晨读之后聊聊天。除了烹饪的艺术和对清教徒禁欲的认识，我还了解到很多内容，禁欲主义不仅体现在安娜贝尔身上，而且是七座平原城市文化的基本组成部分。安娜贝尔不知道伯里恩家族来自何处，只知道几代人之前,他们曾经是流浪的牧师,直到《圣经》及其相关文化知识逐渐失落。安娜贝尔出身于思威舍家族,不过她母亲年轻时也曾是流浪者。他们曾经是宗教歌手,可是安娜贝尔年少时,"无法孕育儿童的瘟疫"致使老伯里恩禁止他们歌唱。她是七大城里最后一个出生的人。

我再没有尝试跟她做爱,后来我想我应该尝试一下,可她告诉我对做爱的感觉之后,我就变得特别困惑和迟疑。我会想念安娜贝尔和玛丽·卢,爱着她们的同时心里也明白,她们可望而不可即。不知为何,这样也算挺好,不用冒什么风险。

或者说,直到那一天的早晨,我都保持着这样的想法。那天我下楼以后发现厨房里脏乱不堪,桌子上和水槽里都是面包屑和鸡蛋壳,原来是家族成员自己做的这顿早饭。安娜贝尔不见了,我出去寻找她。

鸡舍附近也找不到她。我从一侧绕过伯里恩家,来到可以俯瞰茅戈大片空旷市区的地方,城镇里没有生命的迹象,我开始走向方尖碑,然后突然心血来潮,拉开了陶器房的门。

陶器房里的气味令人难以忍受,一具已经收缩的僵硬尸体背对我立着,皮肤已经烧黑,头发在颅骨周围烧成黑色的一团,制作陶器的轮盘就在尸体的面前,她的手臂前伸,仍然抓着轮盘的边缘。

除了烧焦的身体,逼仄的房里还有汽油味。

我转身逃离,一路跑到海边。我坐在沙滩上盯着海水,直到晚上罗德·伯里恩才发现我。

第二天，我们埋葬了她。我和罗德以及一位名叫亚瑟的老人一起，被派去找一口棺材。

棺材在商场里更深的楼层，需要沿着一条写着"深层掩体"的楼梯走下去，到一个我以前不知道的地方。

那里有一个标着"死亡室"的库房，装满了棺材，它们均由漆成绿色的金属制成，每个都印着"国防部：茅戈"，整齐地成排摆放，从地面堆到房顶。

我们抬着空棺，没有沿着楼梯原路返回，而是走了库房另一侧的走廊。我们穿过一道写着"娱乐区"的拱门，先后经过一座巨大的空游泳池和一扇写着"图书馆和阅览室"的门。我内心悲痛，无言地搬着凄凉丑陋的棺材，看到门口这个标志时心头一颤，不得不控制住自己，以免立即扔下安娜贝尔的棺材，冲进那扇门。

走廊尽头的一扇大门上写着"车库和车辆存放处"，罗德推开门，我们来到一个装满感应巴士的房间，它们一排接一排紧挨着停放，我能看见所有车辆的正面都写着"仅限茅戈及其郊区使用"。

走过一长排巴士，房间的尽头有一对滑动门，大得可以容巴士经过。罗德按下墙上的按钮，滑动门打开，我们抬着棺材走进去，乘着巨大的电梯上楼，穿过方尖碑后的几扇门，又回到阳光之下。我们驾车来到陶器屋，女人们已经在那儿尽力整理好安娜贝尔的遗体。她们为她穿上一条新裙子和一条蓝围裙，可是我们放进棺材的遗体，我根本认不出来是安娜贝尔。

陶器房的架子上有一个漂亮的细花瓶,安娜贝尔跟我说那是她几年前制作的,可是老伯里恩不让她摆放在厨房,因为它"太容易碎"。我走过去,把花瓶放进棺材中安娜贝尔遗体的手旁,然后我扣上棺盖,把它钉死。

葬礼在希尔斯商店举行,安娜贝尔的棺材乘着感应巴士经电梯送下去,我很感激老伯里恩选我做抬棺人,他一直没说过什么,可我觉得他了解一些我对安娜贝尔的感情。

我们坐在商店鞋履部门的椅子上,灯光调得柔和。老伯里恩先发言,然后把带在身上的《圣经》递过来,让我读出其中的内容。

我打开《读者文摘》版《圣经》,但没有按照它读。相反,我看着面前安娜贝尔的棺材说:"'复活在我,生命也在我,'上帝说,'信我的人,虽然死了,也必复活。'"

这些话没有任何安慰作用,我想要安娜贝尔跟我一起生活。我看着眼前所有伯里恩家族的成员,他们虔诚地低下头,我感受不到跟他们和他们的宗教有任何共鸣。没有了安娜贝尔,我再次变成孤身一人。

墓地位于茅戈以北好几公里远的地方,靠近一条古老的四车道公路,那里有成排的白色耐久塑料墓碑,有好几千块,上面没写任何信息。我们乘一辆感应巴士把安娜贝尔送到那里。

当晚所有人入睡以后,我悄无声息地离开大楼,去商场找到图书馆,那是个比伯里恩家族的厨房还大的房间,每一面墙都摆满了书籍。半夜站在那个寂静的房间，周围是成千上万本书，我脖子后面的汗毛都竖了起来。

我往口袋里装了两本书，分别是约瑟夫·康拉德❶的《青春》和R.H.托尼❷的《宗教和资本主义的兴起》。然后我去了感应巴士的停车场，花了一个小时检查车前的标志。

它们写的都是"仅限茅戈及其郊区使用"。

在楼上的希尔斯商店，我找到一块搁板、一些黑色颜料和一把刷子。我在板上刷下安娜贝尔·思威舍的名字，然后用五金部的锤子和钉子把木板笨拙地钉在一根木桩上。接下来我乘坐伯里恩家的感应巴士前往墓地，用锤子把这个标记立在安娜贝尔墓前。后来我让巴士带我去纽约，它开到通往公路的匝道就停下来，没法开往更远的地方。

我整宿熬夜阅读约瑟夫·康拉德的那本书，只读懂了一部分。早晨玛丽和一个名叫海伦的女人准备早餐，我跟大家一起用餐。

早餐后，我跟老埃德加说，我终于想要搬进这栋房子，他没有

---

❶ 约瑟夫·康拉德（Joseph Conrad, 1857—1924），波兰裔英国小说家，被认为是用英语写作的最伟大的小说家之一。

❷ R.H.托尼（R. H. Tawney, 1880—1962），英国经济学家、历史学家、社会批评家、教育家，《宗教和资本主义的兴起》是其代表作之一。

反对。实际上，他似乎期待着我做出这样的举动。

这栋房子全都是由红杉和玻璃建成，成了老鼠和鸟类的家园。我清理了鸟巢，比夫解决老鼠，我对她只能用"专业"来形容。不出一周，她就赶走了最后一只老鼠。

旧家具已近腐烂，我用它们在海滩上点了一把篝火，看它烧了一个小时，想起比拉斯科和卡罗来纳那个迷人的时刻。

我不应该从希尔斯商店拿东西，可是一连一周时间，我每晚都去那里，没有人反对。我认为只要我不明目张胆，伯里恩家族就不会十分介意。他们的性道德可能也是这样，即使我和安娜贝尔秘密相爱，大概也不会触怒任何人。可能他们觉得我们已经是情侣了。

我从希尔斯商店取来家具、厨具和书架，然后开始从图书馆收集藏书。

葬礼之后，我曾想怀着悲痛离开，可是内心的那种冲动逐渐自行平息，我认为是找到书籍的缘故。在海边的房子里，我决定完成自我教育，更新我的日记。然后我会决定是继续寻找玛丽·卢，还是留在这里。或者前往一个全新的地方——也许往西走，到俄亥俄或更远的地方。

我读了很多商场地下层的书籍，并从其中一本书里学会了在古代夏季之后的季节叫什么，金秋时节。这是个美丽的表达，深深地打动了我。

我海边房子外的树木开始失去它们的绿色，日渐变成黄色、红色和橘色。天空的蓝色如今更淡，海鸥的叫声听起来似乎更加遥远。早晨我花很长时间在海滩上散步，空气中充满淡淡的凉意。有时候我看见地下埋着蛤蜊，但是再没有去挖。我在秋天——金秋时节——的空气里散步或慢跑，每天越来越多地考虑离开茅戈，继续向北前往纽约。可是在这里我有不错的住所和生活，能吃上商场里的食物。我已经成为一名优秀的大厨，假如需要陪伴，我可以去伯里恩家，为他们读书，有时候我就这样做。尽管我离开时他们看似都松了一口气，但是他们看见我时还挺高兴。

说来奇怪，《圣经》的词句被大声朗读出来，他们心中的谜团——他们崇敬的神秘之书传达的消息——被揭示出来，我以为他们会期待奇迹。然而奇迹没有出现，他们很快失去真正的兴趣。我认为明白这些话语的含义需要专注和虔诚，这些他们——或许老埃德加除外——都不具有。他们愿意不假思索地接受高标准的虔诚，接受沉默和禁欲，接受关于耶稣、摩西和诺亚的一些陈词滥调。然而理解他们宗教真正来源所需的努力令他们望而却步。

有一次我问老埃德加，茅戈为什么没有机器人，他说："我们花了十年才清除这里所有的撒旦代理人。"可我问他如何做到时，他不愿回答。他们可以在那件事上奉献十年生命，却不愿用我跟他们在一起的时间理解"撒旦"意味着什么——我知道这个词语的意思是"敌人"。

安娜贝尔去世前，我感觉跟他们一起生活已相当满足。食物也很丰富多彩，有土豆泥、果馅卷、饼干、猪肉培根（他们从没听说过猴子培根)、煎蛋和汤。汤还包括鸡汤、蔬菜汤、豌豆汤、洋白菜汤、扁豆汤，都热乎乎的，跟饼干一起享用。

这几个月以来，我数次强烈感受到在监狱时学着体验的东西——一种归属感。我可以坐在厨房的桌子旁，整个沉默的家族围在我身旁喝汤，我体会着这些平和、结实、辛勤的劳动者的陪伴，感觉心中开始产生一种精神上的温暖并向全身散发。他们时常相互触碰——只是一些轻轻的触碰，比如互相紧挨着坐在饭桌旁边时把手放在胳膊上，或者用手肘轻触。他们也碰我，起初还有一点点害羞，但是后来就更随意和轻松。我在监狱时对其他人的感受，帮我为此做好了铺垫，我逐渐喜欢这种接触——甚至是需要接触。所以我还时不时回到伯里恩家那边，就为了跟他们在一起，触碰他们，感受他们的存在。

然而不同于我看过的电影中的家庭，伯里恩家族成员几乎从来不交谈。每次我晚读之后，讲坛后面巨大的电视屏幕就会启动。放在电视后边地面上的汽油发电机发出沉重的吼声，然后屏幕亮起，播出颜色炫目的全息思维节目——抽象的形状、催眠的颜色和吵得让人失去感觉的音乐——性与痛节目或者火之审判节目，所有人都安静观看，就跟宿舍或者大学课堂一样，直到就寝时间才结束。偶尔有人会起身去厨房取一块炸鸡或者啤酒和花生（每十天左右会有人从商场用手推车运来啤酒和零食），可是从来没有人在厨房交谈，没人愿意打破电视节目的氛围。

尽管我在以前的生活中以同样的方式看过电视，但是我发现自己没法再只看电视不思考。"全身心投入电视。"他们曾教导我们，等同于"不要问，放轻松"这种基本要求。可我没法全身心投入，不想再让我的思维保持沉寂或者把它当做实现不连贯的快乐的媒介。我想要阅读、思考和交谈。

房子里到处都有安娜贝尔放在陶瓷糖盘里的安眠药，她去世后，我有时禁不住想服用，可是后来我会想起玛丽·卢，想起老埃德加带我去"永恒燃烧的火焰湖"之前要给我安眠药时我的决定——我不会再使用药物。

我感受到属于家庭的温暖，偶尔半夜在我和罗德一起居住的房间里醒来，听他轻轻的呼噜声，感受所有这些人在房子里的存在，这可真美好。有时候我觉得自己心中非常美好的部分开始觉醒。可是接下来电视节目又会开始，或者大家会渐渐散去，回自己的房间看电视。我会觉得如果不谈话——没有交流——我自己就要发疯。曾经和我一起生活的狱友一有机会就聊天，他们不得不等待这样的机会，就跟在海滩上那次一样。可是伯里恩家族却不一样，他们喜欢相互的陪伴，但是除了偶尔说句"赞美上帝"，他们无话可说。

所以我跟他们见面只够维持最低限度的人类接触，这看似够用。自从仲夏时搬到这里，我已经聆听了希尔斯商店的唱片，在希尔斯商店的账本上写日记，我还读了一些书籍。白天跟比夫一起坐在俯瞰大海的阳台上，或者晚上用楼下大房间里的煤油灯，我已经读了一百多本书，比夫如今也长胖了一些。我一遍遍播放室内乐和轻歌剧，莫扎特、勃拉姆斯、普罗科菲耶夫和贝多芬的交响乐，以及巴赫、西贝柳斯、多莉·帕顿、帕莱斯特里那和列侬的各种音乐作品。这些音乐有时候甚至比书籍更有效地扩展了我对过去的认知。这种认知的扩展，从我过去在宿舍受训的小小核心向外增长的认同感，以及在逆时间的生长中体会曾在地球上世代生活的人们，是我这几个月里仅有的热情所在。

此刻我坐在厨房的橡木桌旁，用希尔斯商店里的一支圆珠笔在一本新账簿上写这篇日记。比夫蜷在我旁边的椅子上睡觉。桌上放了半瓶威士忌——J.T.S.布朗波旁威士忌——一罐水和一只玻璃杯。下午就快过去，秋日的阳光透过水槽上方的窗户照射进来。餐桌上方挂着两盏煤油灯，需要的时候我会把它们点亮。我写一会儿就会给自己和比夫弄点吃的，可能还会启动楼下的发电机放一两张唱片，前提是我能挤出这部分汽油。

我本打算以此为起点总结我学习的人类历史以及那段历史如何走向终结。可是，考虑了许久之后，真正尝试去做这件事的前景超出了我能承受的范畴，仍然有很多次，跟玛丽·卢重聚的渴望深深地影响到我。一想到总结历史的难度，我就又被那种渴望支配。毫无疑问玛丽·卢比我更聪明，她也许不具有我在自己的研究中展现的耐心，但是我也想拥有一些我在她身上看到的智力、敏锐和高超的领悟力。她有一种关乎自身的热情，这也是我所缺乏的。

我不确定自己是否还爱她，时间已经过去很久，也发生了很多事情，而且我还在哀悼安娜贝尔的逝去。

写下这句话的时候，我发觉自己在看手腕，监狱手环在工厂的刀刃下把我割伤，留下白色的疤痕。

在我生命中的那个时刻，我做好了死去的准备，做好了在刀下流血而亡或者用汽油自焚——加入世界上众多难过的自杀者——的准备。我原本会死于孤独以及跟玛丽·卢的分别。

好吧，我没有死，尽管很久以来我都没有动身向北去寻找玛丽·卢，但是我内心的一部分仍然爱着她。有时候我想试着寻找全境运行巴士经行的道路，就像很久以前我第一次从俄亥俄出发时一样，搭上一辆那样的巴士去纽约。可那简直是自投罗网，这样一辆巴士上的审查员也许能轻松查出我是一名逃犯，我已经没有信用卡，进监狱时已经被他们没收。

我跟入狱时相比简直有天壤之别，身体无比强壮，心灵无所畏惧。

趁着金秋时节尚未过去，我将很快离开茅戈。

Mary Lou

玛丽·卢
269

婴儿现在随时都有可能降生，这是一年中生孩子的最佳时段——春天刚刚开始。此刻我坐在客厅里俯瞰第三大道的窗户旁，把市中心尽收眼底，向西能够看见帝国大厦高高耸立在空地和低矮屋顶的上方。鲍勃常常坐在这把绿色的椅子上朝它看，我喜欢观察窗外那棵树。那是一棵大树，肯定在很久之前粗大的树干就把周围逐渐损毁的人行道崩裂了。它高过我们的三层小楼，我在这里能看见矮枝上开始长出小小的树叶。看见它们，看见新鲜的淡绿色，我感觉好极了。

因为鲍勃读不懂书名，所以两周前我只好跟他去寻找婴儿护理和产科医学的书籍，最后找了四本——其中两本有图片。我这辈子从没了解过关于分娩的指导说明，当然也不认识生过孩子的人。我从没见过怀孕的女人。不过读一本书的时候，看着其中的图片，我发觉自己有过一些联想，它们肯定是我从小在宿舍不合群的时候从年长的女孩们那里听来的：绞痛、流血、仰卧、尖叫和咬你的小臂，还有一道神秘的程序叫做"切断脐带"。那么，我现在了解了这些事情，感觉好多了。我想快点把这件事搞定。

三周前的一个下午，鲍勃提早回家。我一整天都在担心自己对婴儿知之甚少，然后他抱回一个大盒子，里面装满了工具、罐子和漆刷，也没跟我说话就去厨房开始修理水槽下水。我目瞪口呆，几分钟后我听见往水槽里放水的声音，然后是汩汩流走的声音。我起身走到厨房门口。

"老天！"我说，"你中了什么邪？"

他在擦碗布上擦了擦手，然后转身面对我，"我受够了不好使的东西。"他说。

"很高兴听你这么说。你能修好往外掉书的墙壁吗？"

"可以，"他说，"等我粉刷完客厅之后。"

我想问他从哪儿弄来的油漆，但是没有说出口。鲍勃似乎知道纽约的一切物资都存放在什么地方。我猜他是这个城市里最年长的居民——最老的纽约客。

他的盒子里有一些落满灰尘的油漆罐，他来到客厅，用一把螺丝刀撬开一罐油漆的盖子，然后开始搅匀。看起来还顺利，他搅了一会儿之后，我能看出颜色是白色。然后他出去几分钟，回来时搬了一架梯子。他架好梯子，脱掉衬衫，再爬上去，借着窗户的光亮开始粉刷我的书架上方的墙壁。

我默默看了他很久，然后说："你了解分娩吗？"

他继续刷，不看我。"不了解，只知道很疼。还有任何一个七型机器人都可以终止妊娠。"

"随便哪个七型机器人吗？"

他停止粉刷，转过身，低头看我。他的脸上有个白点，他的头似乎要碰到房顶。"设计七型机器人的时候有太多的人怀孕，有人想到为他们增加堕胎功能——九个月以内都可以堕胎，你只需要跟一台七型机器人提出要求。"

"九个月以内"的说法让我颤抖了一秒钟。他很自然地说出来，可我不喜欢听。然后想到七型堕胎机器人，我就笑起来。七型机器人通常负责商务、宿舍或商店。我仿佛能看见自己走向一个坐在桌后的七型机器人说："我想堕胎。"然后他从抽屉里抽出一把手术刀……只不过这不可笑。

我不再笑，"你能给我找本生孩子的书吗？"出于保护，我手捧着肚子，"这样我会有个准备。"

出乎意料的是，他没有回答我。他盯着我看了一会儿，然后轻轻地吹了一段口哨。他似乎陷入深深的思考，在这样的时刻，我总是惊异于鲍勃的人性特征。他像这样跟我独处时，脸上总能展现出比保罗和西蒙还多的情感，他的声音有时候是那样深邃和悲伤，几乎让我落泪。如此奇怪的是，这个机器人居然蕴藏着特别多的爱与哀愁——这些强烈的感情人类自己都已经抛弃了。

他最后的话令我感到震撼，"我不想让你生孩子，玛丽。"他说。

我本能地抱紧了肚子。"你在说什么，鲍勃？"

"我想让你打掉孩子，我的办公大楼里有一台七型机器人可以做这个手术。"

我盯着他看，脸上一定写满了难以置信和愤怒狂暴的表情。我记得自己站起来朝他走了几步,我的脑海里只有多年前从西蒙那学来的几句话,我说:"去你妈的,鲍勃。去你妈的。"

他目不转睛地看着我,"玛丽,"他说,"这个孩子如果活下来,最后就会成为地球上唯一活着的人,只要他活着,我就得活着。"

"少来这套,"我说,"而且已经太晚了。我可以让其他女性戒瘾、怀孕。我自己也可以再生孩子。"一想到这些,我突然感到疲惫,只好再坐下来,"至于你,为什么你要继续活着?你可以做我孩子的父亲,你把我从保罗身边夺走时,不就是这样想的吗?"

"不,"他说,"不是那样。"他握着漆刷,把目光从我身上移到窗外的树木和空荡的大街上,"我只想像我梦中人在几百年前那样跟你一起生活。我以为这样也许可以助我发掘存在于意识和记忆边缘的过去,让我放轻松。"

"有结果了吗?"

他转回头,若有所思地看我。"没有结果,除了爱你,我内心没有一丝改变。"

他的不幸吸引着我,那仿佛是房间里的一个活物——仿佛无声的哭泣,抑或一种渴望。"孩子呢?"我说,"假如你成为一个婴儿的父亲……"

他疲惫地摇摇头。"不,这一切安排太蠢了,就像让本特利为我读电影,好让我通过他多接触一点过去,就像任凭他让你怀孕之后我才把他弄走。这一切都太愚蠢了——你屈服于情感时才会这么做。"然后他爬下梯子,向我走来,把他的大手轻轻放在我的肩上,

"玛丽，我只想死。"

我抬头看着他悲伤的棕色脸庞，皱起的宽厚额头和温柔的眼睛。"如果我的孩子诞生……"

"我的设定是只要有人类需要服务我就得活着，没有你们人类之后我才能死。得等到你……"突然间，他的声音似乎惊人地爆发了，"得等到你们这些依靠电视和药物的智人消亡。"

他的怒火把我吓住了一会儿，我先是保持沉默，然后说："我是智人，鲍勃，可我不像你说的那样。你近乎于人，或者可以说是超人类。"

他移开放在我肩膀上的手，转身不再面对我，"抛开生与死，"他说，"我就是人类。"他走向梯子，"我厌倦了活着，一直都在想死。"

我盯着他。"这个游戏的名字就叫活着，我也不是主动要求来到人世的。"

"你可以死。"他说着开始再次爬上梯子。

突然我有了一个可怕的想法。"等我们都死光……这一代人都离世，那时你就可以自杀了？"

"对，"他说，"我觉得是这样。"

"你都不确定？"我提高了音量说。

"是的，"他说，"可是假如没有人类需要服务……"

"耶稣基督啊！"我说，"是你在阻止婴儿出生？"

他看着我，"没错，"他说，"我以前管理人口控制器，懂得那种设备。"

"耶稣基督！你因为自己想自杀就给全世界的人类服用避孕药。

你在灭绝人类……"

"这样我才能死。不过你看看人类,不也是走在自绝的路上吗?"

"那正是因为你摧毁了人类的未来啊。你用药物麻醉,用谎言欺骗,让人类的卵巢萎缩,现在你想埋葬人类。我还以为你是某种意义上的上帝。"

"我没有偏离被制造的初衷,我是设备,玛丽。"

我目不转睛地盯着他,尽管我想尽办法,可还是不能在头脑中丑化他的外在美。他看上去那样英俊,他的悲伤对我来说就是一剂毒品。他裸露着前胸站在那里,刷子发出啪嗒啪嗒的响声。我内心深处渴望着他。他是我见过的最漂亮的尤物,我的惊叹和愤怒似乎让他的美在身体上闪闪发光。这具无性的身体沉重但看似放松,极其年迈又无比年轻。

我摇摇头,努力摆脱这种强烈的感觉。"你被造出来是为了帮助我们,不是帮助我们灭亡。"

"死亡也许是你们真正所需,"他说,"你们许多人都选择死亡,其他人如果足够勇敢,也会选择死亡。"

我瞪着他,"该死,"我说,"我没有选择死亡,我想活着抚养我的孩子。我挺喜欢活着。"

"你不能抚养这个婴儿,玛丽,"他说,"我受不了再活七十年、每天二十三个小时保持清醒。"

"你就不能关闭自己吗?"我说,"或者游进大西洋?"

"不能,"他说,"我的身体不听从我的意识,"他开始刷墙,"我跟你讲，一个多世纪以来，我每个春天都去第五大道的帝国大厦，登上楼顶，想往下跳。我猜那已经成为我生活所围绕的一种仪式。可我跳不下去，我的腿走不到楼沿。我在距离边缘不到一米的地方站一整夜，什么事都没有发生。"

我能想象，他像电影里的猩猩，站在楼顶，而我会做那个女孩。然后，我突然想到些什么，不过还是先问道："你怎么阻止婴儿出生？"

"设备是自动的，"他说，"人口控制器从人口普查获得输入数据，弄清应该增加怀孕还是减少怀孕，然后它控制分配安眠药的设备，假如怀孕的数量降低，那么安眠药就单纯是安眠药。"

我坐在那儿听他解释，仿佛在听一门关于隐私的儿童课。我是在学习我们人类种族的灭亡，这对我来说似乎无足轻重。鲍勃站在梯子上，手拿着刷子告诉我三十年来为什么没有孩子出生，而我全无感觉。我的世界里从来就没有孩子，只有动物园里那几个讨厌的白衣机器人。我这辈子就没见过有谁比我年轻。假如我的孩子没活下去，那么人类就会随我这一代灭亡，随着保罗和我灭亡。

我看着他，他转身、弯腰、蘸涂料，转回身继续刷我书架上方的墙。

"大约在你出生的时候，"他说，"一个输入放大器上的电阻失效了，机器开始得到人口过高的信号，到现在信号都没变，即使机器几乎已经让你们整整一代人在宿舍时期绝育，可它还在通过分配抑制排卵的安眠药来减少人口，假如你当初在宿舍多待一个黄季，你的卵巢就没用了。"他刷完了上面的角落，墙面看起来干净光洁。

277

"你能修好那个电阻吗？"我说。

他默默走下梯子，把刷子拿在身侧，"我不知道，"他说，"从没试过。"

然后我开始有了一种感觉，感受到无比庞大的人类规模，感受到古代黑暗的森林和山洞以及非洲平原上的人类起源，感受到类猿人的、直立的人类生命在各处扩张，先后构建神像和城市。然后因为一台坏掉的机器，因为这台机器上一个小小的零件，以及一个不愿修理它的超人类机器人，人类萎缩成一小股嗑药的残余。

"我的天，鲍勃，"我说，"我的天哪。"突然，我恨死了他，恨他的冷酷、恨他的力量、恨他的伤悲，"你这该死的恶魔，"我说，"魔鬼，魔鬼，你想要自杀，却放任我们这样消亡。"

他停止粉刷，再次转头看我，"你说对了。"他说。

我吸一口气说："如果你愿意，你能阻止这个国家生产避孕药物吗？"

"能，甚至全世界范围都可以。"

"你可以直接停用安眠药？让所有人？"

"对。"

我又深吸一口气，然后温柔地说："至于帝国大厦，"我望着市中心的那栋高楼，"我可以把你推下去。"

我转头重新看他，他也在盯着我。

"我的孩子出生以后，"我说，"等我恢复身体，学会如何照顾婴儿，我可以推你下去。"

本特利

Bentley

十月一日

在前往纽约的路上，我一边行进，一边对着希尔斯商店里的老式卡带录音机口述。

我有一本日历，并决定把今天定为十月一日，像我的书中那样标记月份时间，十月曾是金秋时节的重要月份，我再次恢复了这个传统。

记述完我在茅戈的时光，我无法在那个晚上入眠。我一决定不再描写如何修理和装饰海边的红木房屋，而且所有必要的内容都已经说明，便一下子激动起来，因为我可以随时离开。

当晚我在茅戈空无人烟且杂草丛生的街道游走，随后来到方尖碑，进入希尔斯商店的地下层，那里有图书馆、感应巴士和装满棺材的房间。我记得在车库里只看到本地的巴士，一位伯里恩家族的成员告诉我，车库里的巴士无论如何都开动不起来——连车门都打不开。可我还是沿着漫长的车辆队伍，来回在黑暗的间隙中穿行。

结果我有了发现。在一面墙附近,有五辆跟其他一模一样的巴士,正面写着"跨地区"。我在震惊中注视良久,假如我是伯里恩家族的一员,就会相信是上帝把这些巴士留到我出发的前一晚。以前我们怎么没注意呢?

可我站在一辆巴士的侧面,心里和口头上同时命令它开门时,它没有反应。我尝试用手指抠开车门,可车门紧闭,纹丝不动。我绝望地踢向巴士的侧壁。

接着我在愤怒和沮丧中灵光一现,想起《奥德尔机器人维修和维护指南》。

《奥德尔指南》是一本小书,比一大块豆棒大不了多少。在书末尾有三十页顶部写着"笔记"的白纸。我已经在监狱用这些白纸抄下我最喜欢的诗歌,其中大部分是T.S.艾略特的作品,他的诗歌集不是什么大书,但是长距离旅行不便携带。

我从没读过整本《指南》,因为它是枯燥的技术书籍,我也没打算以后维护或维修机器人。可是在庞大的感应巴士车库里我突然想起,在这本书快结束的地方见过名为《没有身体的新型机器人:感应巴士》的一章,其中有不少页文字和插图。

我飞快返回住处,上次我读《圣灰星期三》❶—— 这首悲伤的宗教诗歌似乎可以消除伯里恩的宗教令我承受的煎熬 —— 时,那本书

---

❶ 《圣灰星期三》是T.S.艾略特出版于1930年的一首宗教色彩浓厚的长诗。

被我放在大号双人床旁边的桌子上。

我找到感应巴士的部分，跟我记忆中的一样，有一个标题正是我需要的："感应巴士的禁用"，然而开始阅读时，我心里一沉。书上说：

> 根据监管法令，激活或禁用感应巴士的计算机代码不能印刷于此。禁用是根据需要控制巴士在城市内开动的必要措施。如图所示，禁用电路位于头灯之间路径查询智慧单元所在的"前脑"。

我不抱任何希望地研究感应巴士前脑的图纸。标着"禁用电路"的部分是褶皱球形大脑顶部的一种实心凸起。实际上那里有两颗"大脑"，都是球形，一颗是驾驶汽车前往目的地的"路径查询器"；另一颗是具有心灵感应能力的"通信单元"，也有一个很像禁用电路的凸起，上边只标着"广播禁用"，没有其他解释。

我沮丧地研究这张插图和相应的说明文字，与此同时一个想法开始在我脑海里形成。我可以尝试连同禁用电路一起拆除那个凸起！

这可不是个寻常想法，我接受的所有训练都与之相悖，这是蓄意改动甚至有可能毁坏贵重的政府财产！就连常常漠视权威的玛丽·卢也没有破坏过动物园里的三明治机，不过她还是用石头砸坏巨蟒展柜，揪出了那条机器蟒蛇，结果事态没有进一步发展，她让那个机器人警卫滚开，机器人很听话。我不用害怕，茅戈这里没有机器人。

害怕？其实我不害怕任何事，只是一想到拿着凿子和榔头敲下一辆感应巴士的大脑，几乎被我遗忘的由来已久的体面感就会令我陷入焦虑。这属于我接受的病态的培养——本来是为了全面"发展""自知自立"而解放我们的思想，结果却只有谎言和欺骗。跟脑力劳动者班上其他的所有成员一样，我受到的教育把我变成了缺乏创造力、以自我为中心的愚蠢瘾君子。在学习阅读之前，我生活的整个世界虽然人口稀少，但到处都是这样的蠢货，我们所有人都按照隐私规则，生活在某个自我满足的荒唐梦境中。

我坐着阅读放在大腿上的《奥德尔指南》，准备用榔头去破坏一辆感应巴士，在这个最荒谬的时刻，思维在狂飙，我发觉自己所有关于体面的想法都曾被电脑和机器人深深地注入我的思维和行动，而那些电脑和机器人则是被早已作古的社会工程师、暴君或蠢货设计的。我能想象出他们，在遥远的过去就认定人类生活的目的究竟是什么，并建立宿舍、人口控制器和隐私规则，以及数十种僵化自负的法律、罪行和规定，让其他人一直执行到全部灭绝，把世界留给猫狗和鸟儿们。他们自视为重要、严肃和关心社会的人——常把"关心"和"同情"挂在嘴边，他们看似威廉·博伊德❶或理查德·迪克斯❷，两鬓斑白，衣袖挽起，很可能嘴里还叼着烟斗，隔着堆满文

---

❶ 威廉·博伊德（William Boyd，1895—1972），美国电影演员，以扮演牛仔英雄卡西迪闻名。
❷ 理查德·迪克斯（Richard Dix，1893—1949），美国电影演员，他的标志性银幕形象是粗犷强健的英雄。

件书籍的桌子互相发送备忘录，为智人规划完美的世界，一个没有贫穷、疾病、纠纷、恐惧和痛苦的世界，发挥他们所有的技术力量和同情心，尽量远离大卫·格里菲斯、巴斯特·基顿和葛洛丽亚·斯旺森的电影世界——由传奇、热情、冒险和激情组成的世界。

这真奇怪，我只有握着《奥德尔指南》下床离开这栋房子，才能不去想这一切。我的心脏此刻怦怦直跳，如有必要，我愿意毁掉感应巴士所有精密的大脑。

外面，满月已经升起，像一个明亮的银盘。我看见后门廊上有一片大得夸张的蜘蛛网，那肯定是在我心乱如麻时织成的，蜘蛛正要完成最外一圈。蛛丝映着月光，这张紧绷的大网仿佛完全由光线组成，展现出神秘璀璨的几何形状，仅仅是停下来观看它，欣赏生命创造这件杰作时体现的精妙和力量，就让我受到了安抚。

在我观看时，蜘蛛结完了网，沿着一条不自然的路径爬到中间，调整好位置静静等待。我又多看了一会儿，然后走向方尖碑，在月光下它也呈现出闪亮的银色。

《指南》给了我一个或许可行的想法，我在希尔斯商店找到一个工具箱，在里边装上钳子、螺丝刀、凿子和一个圆头榔头，修理房屋的过程中我已经熟悉了工具的用法，但是用起来还有点笨拙。通常没有人会做这种事情，工具是低智力机器人使用的东西。

我笨拙地拆下正面盖板时，弄坏了头一台跨地区感应巴士。难以拆下的盖板令我生气，我愤怒地用榔头敲了它好几次，结果弄断了一些线缆和固定在盖板里边的其他部件。总之，我对盖板无能为力，最终换了一辆巴士。这一次我顺利打开盖板，可是等我用榔头和凿子撬下前脑上的凸起时，大脑裂开了。

我在第三辆车上尝试，轻轻凿了几下凸起，并开始掌握要领。尽管我失败了两次，可是原本保持体面和小心谨慎的想法已经离我而去。我很享受撬开感应巴士并毁坏它们的出格行为，内心的愤怒也已经平息了一些，我充满决心，不再小心翼翼。我喜欢这种感觉。

然后突然之间，我看到自己凿错了通信单元上的凸起。发现这一点并以为自己毁掉了第三辆感应巴士的时候，我突然开始听见音乐！那是一首欢快活泼的曲子，我吃惊地听了一会儿并逐渐认识到它正在我的脑海里播放。这是心灵感应音乐，我以前作为研究生，在思维开发研究中曾经体验过类似的感觉，不过那是在教室里。而当下在巨大的巴士停车场，是一种无与伦比的体验，起初我都不知道是怎么回事。后来我明白了，音乐一定是来自通信单元的心灵感应部分，我一定是切断了它的播放禁止设备，然后它开始广播。

我尝试了一下，集中精力思考：请调低音量！有效果！音乐的音量变得很小。

这极大地鼓舞了我，假如我能断开这部分设备，让它发挥最初的设计功能，那么我应该可用同样的方法处理另一半大脑。

结果不出我所料。我小心翼翼又充满自信地使用凿子，用榔头敲到第五六下的时候，撬开另一颗球体上的凸起，顺利地把它拆了下来。我把盖板重新合上，匆忙把工具放回箱里，心中充满紧张和激动的情绪,大声对车门说:"开门。"

车门打开了!

我上车坐在前排座位,把工具箱放在旁边,然后我专心地想:载我离开商场,去方尖碑前面。我在脑海中想象方尖碑前面的地方,确保感应巴士收到我的指令。

巴士立即关门启动,倒车,换挡,从它所在的一排车辆中离开停车位,飞快地驶向尽头类似谷仓的大屋。靠近墙壁的时候,我能通过反光判断它打开了前灯。

巴士停在墙边,响了一下喇叭,那里的大门开启,巴士驶入电梯,门在我们身后关闭。我能感到我们在上升。

我们出门来到方尖碑的后方,然后绕到前方停下来。音乐停止,伴随着月亮,外面还很黑暗和寂静。

我让巴士带我回去收拾行囊,我装了大约五十本书以及留声机和唱片,还费劲地带上了那台小发电机和两罐汽油。因为只有古董留声机能正常播放唱片,可是核能电池的电流无法驱动它,所以我需要发电机。

我还装了两箱威士忌、我的煤油灯以及给比夫吃的几盒辐射杀菌食品。我拿了几件衣服放在巴士上,可是上车后决定去商场里我看到的服装店给自己选几套新装。穿着新衣服上路会很美妙吧。

我驱车离开房子的时候,天色亮了一点,月亮变得更加黯淡。我又停在蜘蛛网前,准备最后一次离开,此时的蛛网不那么明丽,黯淡的天色把它变得更加真实凶险。不过我祝蜘蛛一切顺利,就我所见，它会继承我曾居住的这个地方。

在希尔斯商店食品部我拿了成箱豆子、燕麦、脱水猪肉培根和玉米，以及塑料袋装的布丁粉和饮料粉。然后我进入从没去过的店铺，发现里边的服装比希尔斯商店里的漂亮得多。我拿了一件深蓝色新纶外套、一件黑色高领毛衣和几件所谓的"棉"制衬衫，我以前从没见过那种材质。

尽管我一点儿都不确信自己会找到玛丽·卢，就算找到她也无法逃脱斯波福思的抓捕，可是在冲动之下，我开始给她拿东西。不过现在一想，我发现自己已经不再害怕斯波福思。我既不害怕监狱，又不担心感到难堪，也不害怕侵犯任何人的隐私。

此刻行驶在印着车辙的绿色古代公路上，右侧是海洋，左侧是明媚春光映照下的旷野，我感到自由和力量。假如我没有阅读书籍，就不会有这种感觉。幸亏我能阅读，所以不论会怎样，我都已经真正接触到其他人类的思想。

我真希望能写下这些想法，而不是口述，因为跟阅读一样，肯定是写作为新生的自我带来了这种强烈的感觉。

我尽量根据猜测的尺码，给玛丽·卢拿了两条裙子。此刻它们就挂在巴士的尾部，那里还有一件大衣、一件夹克和一盒糖果。大部分时间比夫都弓着身体趴在后边的一个座位上，她向后垂着头，四腿伸开，享受从旁边窗户射入的阳光。事无巨细说了这么多，我也感到困倦，我必须得找个地方放下希尔斯商店的床垫，然后睡上一觉。

十月二日

巴士上有四对双人座椅，昨晚我讲述完毕，便掏出工具拆下了不靠海一侧的两对，为床垫腾出了地方。我停下巴士，扔掉了拆下的座椅。

床很舒服，但是我睡得不好。夜里我醒来数次，听着轮胎轧在路上的声音，希望自己能睡着。醒了三四次之后，我还是感觉胃部紧张，思绪远说不上轻松，充满了熟悉但又难以名状的绝望。黑暗中，我的耳朵不仅充斥着巴士轮胎的轻微噪音，一个声音也逐渐清晰起来：我很孤独，难以承受地孤独，甚至都不知道这样孤独。

我在床上坐起，上帝啊！就这么简单，我开始生气。如果我的感觉是这样，有没有隐私、自立和自由又能怎么样呢？我处在一种渴望的状态，一直持续了好几年 —— 我不快乐 —— 几乎从没快乐过。

我想，这太可怕了！所有这些谎言！我看见孩提时的自己目瞪口呆地看电视，看见自己在课堂上，被机器人灌输"内向型发展"的生活目标、"即刻性爱最棒"以及唯一的现实存在于我头脑中而且可以通过化学方法改变。我把这些全看在眼里，感到浑身难受。即便在那时，我需要的，我渴望的，就是被爱，以及爱别人。他们甚至没教我这个词。

我想要爱那个在狗的陪伴下死在床上的老人。我想爱那匹耳朵支出旧帽子的疲惫的马，再喂它一点吃的。我想跟那些晚上在老酒馆里穿着背心喝啤酒的人在一起,我想闻一闻安静房间里啤酒和身体的芳香,不同块头和身材的人都聚在那里。我想在夜幕降临时听一听他们的低语,以及混入其中的我自己的声音。我想感受那间屋子的空气中的自己真实的身体,以及左腕上的痣、腹部薄薄的肌肉和口中结实好使的牙齿。

我想做爱,想跟玛丽·卢躺在床上。不是跟安娜贝尔,而是跟玛丽·卢,前者只是我从未拥有过的母亲。玛丽·卢,让人担惊受怕的宝贝儿,我的爱人。

伴着爱情、欲望和对玛丽·卢的回忆,伴着我对她的渴望,我在感应巴士里辗转反侧,此刻我明白,她是我想要的人,是我一直以来朝思暮想的人。我想要尖叫,说做就做:

"玛丽·卢,"我叫喊,"我需要你!"

一个声音,一个不分性别的平静声音在我的脑海里说:"我知道,我希望你找到她。"

我大吃一惊,目瞪口呆地在床沿上坐了一会儿。那不是我思维的声音,虽然出现在我脑海里,但是好像来自别处。最后我大声说:"什么声音?"

"我希望你找到她,"那个声音说,"一开始我就知道你有多想找到她。"

上帝呀!我心想,我觉得自己知道声音来自哪里。"可你是谁?"我说。

"我是这辆巴士,是一个热心肠的金属智慧体。"

"你能读取我的意识？"

"是的，但不是很深入，这让你有点不安。"

"对。"我大声说，声音听起来有点奇怪。

"但不是很难受，不像孤独那样难受。"

它在读取我的思维，我努力不出声地对它想着：你会感到孤独吗？

"我不介意你大声说话。不，我从没像人类那样感到孤独。我永远跟某个地方保持联系，我们是一个网络，我属于这个网络，跟你不一样，只有九型机器人跟你有相似的孤独感。我有四型机器人的心智，还会心灵感应。"

我头脑中的声音抚慰着我。"你介意点亮一盏灯吗？不用太亮。"我说。头顶的灯泡开始发出柔和的光。我低头看着手，看着脏兮兮的指甲，然后我挽起袖子，出于某种原因我喜欢看我的手臂，喜欢看手臂上纤细柔软的汗毛。"你跟比夫一样聪明吗？"我问。

"无论怎么看，"那个声音说，"比夫在许多方面都非常愚蠢。只不过它很真实——是一只货真价实的猫——这让你觉得她似乎挺聪明。我随便一瞥就能读取她的全部意识，根本没多少内容。不过她感觉很好，只想做一只猫。"

"我感觉不好？"

"多数时间，你伤心而又孤独，或者说欲求不满。"

"确实，"我凄惨地说，"我伤心，有很多向往。"

"这下你明白了。"那个声音说。

这话没错，说出来以后我感到欢欣鼓舞。我注视窗外，搜寻黎明的迹象，可是那个时刻还没有到来。这段奇怪但是非常轻松的对话持续到此时，我突然有了一个想法，"上帝存在吗？"我说，"也就是说，你通过心灵感应联系过任何形式的上帝吗？"

"不，我没联系过。就我所知，上帝不存在。"

"哦。"我说。

"这不影响你，"那个声音说，"你也许以为这困扰你，其实不然。你真的只有自力更生，这也是一直在学的。"

"可是我接受的教育培养……"

"你已经丢掉了，"那个声音说，"那些现在只是习惯，不过习惯已经不再代表你。"

"那我变成了什么？"我说，"我到底是什么？"

过了一会儿，那个声音才回答，"只是你自己，"它愉悦地说，"你是一个成年男性，爱上别人，想要幸福，此刻你在努力寻找你爱的人。"

"对，"我说，"我也是这样认为。"

"实际情况如此，你也清楚，"那个声音说，"我祝你好运。"

"谢谢，"我说完又问，"你能助我入睡吗？"

"不能，可是你其实不需要任何帮助。你疲倦了就会睡着。如果你不睡觉，太阳很快就要出来了。"

"你能看见？"我说，"太阳升起你能看见吗？"

"不是什么情况下都能看见，"巴士说，"我只能直视前方的道路，谢谢你想让我看日出。"

"你不介意吗？不能想看什么就看什么？"

"我看见了想看的东西，"巴士说，"我喜欢得由自己完成的工作，生来就是如此。我不必决定哪些事对自己有益。"

"你为什么这么……这么和善？"我说。

"我们都是如此，"巴士说，"所有感应巴士都挺和善，我们都被植入了善意，而且喜欢自己的工作。"

这可比人类接受的培训强多了，我愤愤地想。

"对，"巴士说，"就是这样。"

十月三日

跟巴士谈过之后，我平静下来，而且感到疲惫，很快在我的小床上睡着，醒来时外边还黑着。

"快到早晨了吗？"我大声说。

"是的，"巴士说，"很快了。"头顶上有一盏灯柔和地点亮。

比夫一直跟我睡在床垫上，我醒来的时候她也醒了。我给了她一把脱水食物，然后开始给自己做一罐蛋白质奶酪汤当早餐。可是后来我想起四号蛋白质作物，便不禁浑身一颤：我再也不想吃那种食物了。我让巴士打开车窗，把罐头扔了出去。然后我做了一个煎蛋和一杯咖啡，坐在床边慢慢吃，一边看着行进中巴士的黑暗窗口，一边等待天亮。

在此过程中，巴士肯定行驶在状况较好的耐久塑料路面，我感觉非常平稳。有时候道路延伸数公里后就会中断，这种情况昨天发生了好几次，淡绿色的耐久塑料路面突然到了尽头，要么接驳一段印着车辙的黑色道路，要么就根本没有路——周围只有一片田野，巴士会放慢速度缓行，小心绕过障碍，努力找到最平坦的道路，不过有时还是会剧烈颠簸，令人不适，可我不担心它会损坏，尽管沉重盖板下的大脑显然很脆弱，但是这辆巴士是一台坚固结实的机器。

离开茅戈之前，我曾停在安娜贝尔的墓前，下车在我做的十字架旁献上花园中的玫瑰，十字架上刻着她的名字——这应该是几个世纪以来头一块真正的墓碑。我在墓旁站了好一会儿，怀念安娜贝尔，思考她对我来说到底意味着什么。但是我没有为她哭泣——我不想那样。

然后我上车让巴士带我去纽约。它似乎明白到底该怎么做，小心缓慢地沿着巨大墓地中间的道路行驶，两旁有数千块耐久塑料制成的墓碑安静地沐浴在晨光中，上面都没有名字。最后巴士开到宽阔的绿色公路上。我以前在茅戈游荡时见过，但是从未涉足。当巴士开上平坦的路面，避开机器人维护人员产生的废弃物，它就开始加速，沿着宽阔空旷的道路前进。

逃离茅戈让我获得了极大的解脱。我不后悔，感觉尚可。此时在黑暗的夜色里，有耐心助人的巴士、食物补给、书籍和唱片，以及我的猫，我感觉还可以。

窗外的天空此时开始放亮，道路偶尔靠近大海的时候，我让目光越过沙滩和海水，远眺太阳升起处孤寂灰白的天空，有时候它的魅力几乎让我屏住呼吸，这跟我停在监狱里四号蛋白质田垄尽头的感觉不完全一样。天空的美丽似乎更加深邃，而且神秘——仿佛玛丽·卢迷惑不解地看我的眼睛。

大海一定很广阔，它对我来说意味着自由和可能性。它在我的脑海中开启了一个神秘所在，就像我有时在书籍中读到的某些事物那样，令我觉得自己超乎想象地鲜活，也更具人性。

我的一本书中说，人类曾经把海洋奉为神灵。是的，我很容易理解。

可是伯里恩家族从不理解这种事情，他们会称之为"亵渎神灵"。他们崇拜的上帝是抽象且道德高尚的存在，仿佛一台电脑。而且他们把令人尊敬的神秘拉比——耶稣——变成了道德审查员，那我可一点都不需要，《约伯之书》里的耶和华我也不需要。

我想我也许已经成为一名海洋的崇拜者。在为伯里恩家族读《新约》的过程中，我极其钦佩耶稣这位悲惨且无所不知的预言家——他掌握了一些最重要的人生真谛，尝试说明却在很大程度上以失败告终。他说过"神的国在你们心里❶"，我能感到心中对他的爱，对他所做尝试的爱，因为我在这里看着感应巴士窗外大西洋静谧的灰色海面，太阳即将升起，我觉得自己开始领悟耶稣的思想。

我还说不出具体的思想是什么，但是相比我小时候在宿舍被灌输的连篇废话，他的思想更让我信任。

---

❶ 出自《路加福音》第17章第21节。

灰色海洋上方的天空此刻变得更亮，太阳就要升起。我得暂时结束这次录音，停下巴士，下车观看海上的日出。

上帝啊，世界也可以如此美丽。

十月四日

朝霞越来越亮，后来我走到海边，脱下衣服，走进海水，沐浴海浪。海水很冷，但我不介意。空气中开始有了一种冬天的感觉。

游完泳，我让巴士在我脑中播放了一会儿音乐，可是我很快又让它停下，因为它的音乐很无聊，轻快而空洞。所以我把留声机接上发电机，可是当我试着播放唱片的时候，我担心的事情发生了，因为巴士在行驶，针头没法保持在唱片的沟槽上。我只好让巴士停在路上，直到听完莫扎特的《朱庇特》交响曲和《佩珀军士的孤独之心俱乐部乐队》专辑的一部分。这样效果就好多了，然后我给自己倒了一小杯威士忌，关闭发电机，继续上路。

离开茅戈以来我没见过其他车辆和人类聚居的迹象。

老天爷，离开俄亥俄后，我已经被阅读和学习的内容极大地改变，几乎都不认识自己了。仅仅是了解到人类生活有一段历史、略微感受到那段历史是什么样，我的思想和行为就发生了惊人的转变。

我曾以研究生的身份，跟其他几个共同爱好者看过有声电影，可是那些电影——《天荒地老不了情》《德古拉的反击》《音乐之声》——仅仅看似激动人心，只不过是为了娱乐和内向型发展，以另外一些更加深奥的方式对人的精神状态进行操纵。在无知和被洗脑的状态下，我当时绝不会想到，要通过观看这种电影去了解有价值的历史内容。

可最重要的是，我现在似乎有了勇气去了解和体会我的情感，它们先是一点一滴地来自旧图书馆感情充沛的无声电影，随后来自我阅读的诗歌、小说、历史、传记和操作指南。所有那些书籍——甚至是枯燥和几乎无法理解的部分——都使我更清楚地理解做人的意义。有时我感觉会跟另一个去世已久的人产生共鸣，知道自己在这颗星球上并不孤独，由此产生的敬畏感也是我学习的内容。曾经有其他人产生过跟我一样的感觉，他们偶尔可以表达出那种无法言说之情。"只有知更鸟在树林边歌唱。""我就是道路、真理、生命。信我的人，虽然死了，也必复活。""我的生命是轻轻的，等待死神之风，就像一根在我的手背上的羽毛。"

没掌握阅读能力的话，我绝不会找到开动这辆感应巴士的方法，它会带我去纽约找玛丽·卢，我死之前必须想办法再见到她。

十月五日

今天早晨暖和晴朗，我决定像《缺失的和弦》中扎苏·皮茨[1]那

---

[1] 扎苏·皮茨（Zasu Pitts, 1894—1963），美国好莱坞早期及默片时代的女演员。

样吃一顿路边野餐。我中午时分在一片小树林旁停车，准备了一盘培根和豆子、一杯威士忌和一杯水，在树下找到一个舒适的地方，伴着沉思缓缓吃下食物，与此同时，比夫在草地上追逐着蝴蝶。

上午的大部分时间里，巴士都在看不见海洋的地方行驶，我有好几个小时没有看见海水。吃过野餐并小睡一会儿之后，我决定爬上一小片高地，去看看能否判断身处何方。爬上去之后，我能看见海洋和右手边远处的纽约市建筑！我突然激动起来，目瞪口呆地站在那里，握着喝了一半的酒杯微微颤抖。

我能看见中央公园的隐私雕像，巨大庄严的铅灰色人像闭着眼睛，内向安详地微笑。那仍然是现代世界的奇迹之一，从我所处的位置，我能看见好几公里之外它巨大的灰色身躯。我试着寻找纽约大学的建筑，那里是我告知巴士的目的地，我心怀希望找到玛丽·卢的地方，或者至少找到关于她的线索。可是我看不见纽约大学。

然后看着远处的纽约，一侧是帝国大厦，另一侧是深沉灰暗的隐私雕像，我的心中一沉。

我知道自己需要玛丽·卢，可我不想再次进入纽约那座死城。

一想到那些纽约的街道正在被杂草占领，变得像茅戈一样，我当下体会到一股沉重的压迫感。那些死去的街道呆板地上演着所有荒谬的生活——追求内省的恍惚面孔，思想中没有一丝激情的生命，跟我以前一样的生命：不值得为生活付出。社会被死亡纠缠，也没有足够的活力来认识到这一点。还有那些集体自焚事件！主厨汉堡店的自焚，以及满是机器人的动物园。

城市像一座坟墓坐落在早秋的阳光之下，我不想回到那里。

接着我听见一个沉静的声音在我的脑中说："纽约没有什么能伤害你。"是我的巴士的声音。

我思考了片刻，然后大声说："我害怕的不是受伤害。"我低头看自己的手腕，由于很久之前受的伤，那里还有点扭曲。

"我知道，"巴士说，"你不害怕。你只是讨厌纽约和它对你的意义。"

"我曾经在那里很快乐，"我说，"有时候是因为玛丽·卢，有时候是因为电影……"

"只有知更鸟在树林边歌唱。"巴士说。

听见这句诗歌我大惊失色，"你从我思维里读到这句话？"我说。

"是的，它总在你的头脑中浮现。"

"表达什么意思？"

"我不知道，"巴士说，"可是它让你有一种强烈的感觉。"

"悲伤的感觉？"

"是的，悲伤。可是你能感受到那种悲伤也很好。"

"对，"我说，"我知道。"

"如果想见她，你就必须去纽约。"

"对。"我说。

"上车。"巴士说。

我叫比夫跟我下了小山包，登上巴士，"我们出发。"我大声说。

"遵命。"巴士说。它灵巧地关上车门，驶向前方。

十月六日

我们驶过巨大、空荡、生锈的古老大桥,登上曼哈顿岛,时间已近傍晚,河滨大道旁的一些耐久塑料小房已经亮起了灯光。人行道上空空荡荡,只偶尔有机器人推着一车原材料走向一台第五大道的自动售货商店,或者一名保洁员在收垃圾。我在帕克大街看见一名老太太走在人行道上,她胖胖的,穿着难看的灰裙子,手拿着一束花。

我们在街上经过几辆感应巴士,它们大多数都空着。一辆空的审查车在巡逻,也从我们旁边经过。纽约一片祥和,但是我开始担心。中午简单的野餐之后我没有进食,整个下午都精神紧张,我不是像以前那样感到害怕,只是紧张,我不喜欢这种感觉,可是除了独自承受我也无可奈何。有几次我想多喝点儿威士忌,或者在售药机旁停车,砸坏机器获取安眠药——因为我没有信用卡——可我早已决定不再摄入那类药物。于是我摒弃这些想法,默默忍受紧张不安的感觉。至少我知道身边的一切是怎么回事。

纽约大学的钢铁建筑在落日中光彩夺目,在穿过华盛顿广场的大道上,我们驶过了四五个穿着牛仔袍的学生,他们的目的地各不相同。广场上长满杂草,喷泉没有一座能用。

我让巴士停在图书馆前。

那座古老的建筑有了一定程度的锈蚀,我曾在它的档案部工作,也在那里跟玛丽·卢一起生活。看见被杂草包围的图书馆坐落在那里，眼前没有一个人，我的心脏开始用力跳动起来。

我还足够理智地认识到，如果有人只是想搭乘我的巴士去别的地方，那么我可能就会失去它。于是我拿着工具箱，拆下面板，断开《奥德尔指南》中标明的"车门激活组件伺服系统"，然后命令车门打开。它没有反应，我把工具箱放进安装大脑处的开口里。没人会去拿走它。

我走进图书馆，少了一点紧张不安，但是仍然感到非常激动。图书馆里没有人，大厅空荡荡的，我查看的房间空空如也，除了我脚步的回声，这里没有任何声音。

对于这里的空寂，我既没有感到畏惧，也没有感到紧张，要在以前我也许会那样。我穿了一套从茅戈带来的新衣服：蓝色紧身牛仔裤、黑色高领衫和黑色便鞋。因为天气炎热，我早在白天就已经撸起了高领衫的衣袖，而且我的小臂被太阳晒黑，精干强健，我喜欢它们的样子，喜欢它们传达出的身体和意识的总体感觉：矫健、结实、强壮。我不会再对这栋垂死的建筑有过于深刻的印象，而是仅仅在此寻找某个人。

我的旧房间也没有人，自从我离开就没有什么变化，不过我收集的默片已经不见，对此我感到失望，因为我曾在心底计划把它们带走——不管找没找到玛丽·卢——不管乘着我的感应巴士去哪儿。

玛丽·卢在动物园摘给我的假水果还放在床桌上。

我把它拿下来，塞进牛仔裤的侧兜里。环顾房间，我没有发现其他想要的东西，便用力关门离开。我已经想好了要去哪里。

借着外面一盏路灯的光线，给感应巴士重新接线的时候，我抬头看见一个秃顶的胖男人在盯着我看。一定是我干活时没看见他过来。他的脸肿成一团，呈现出晕晕乎乎的精神状态，乍看让人大吃一惊。过了一会儿，我发觉这与我以前看过的数百张面孔并无太大不同，不过此时我看待他的方式已经有了两点改变：我不再顾及隐私，因此我比一年前更加仔细地审视他；我此前近距离接触伯里恩家族，尽管他们也使用药物，但他们的面孔没有自带大多数普通人都有的傲慢的愚蠢。

我盯着他看了一会儿之后，他垂下目光，开始看自己的脚。我回头继续把线缆重新接到巴士的伺服系统。我听见他发出沙哑的声音，"破坏政府财产，"他在说，"是违法的。"

我甚至都没有回头看他，"什么政府？"我说。

他沉默了片刻，然后说："这是破坏行为，破坏是错误的。你可能要进监狱了。"

我转身看着他，右手握着扳手。我出了一点汗，直视着他的眼睛和他那张愚蠢、盲目、苍白的脸孔。"你要是不马上滚开，"我说，"我要你的命。"

他把嘴一张，直勾勾地看着我。

"滚，你这个傻瓜，"我说，"赶紧滚开。"

他转身走远，我见他伸手从兜里掏出几片药，开始仰头吞服。我想把扳手朝他扔过去。

我紧固好线缆，然后登上巴士，让它带我去第五大道的主厨汉堡店。

她不在主厨汉堡店，不过我也没真指望她在。那个地方我觉得有点不一样了，然后我觉察出是卡座的缘故。两个卡座已经完全被挪到外边，剩下的几乎都被严重烧焦。自从我上次来到这里，肯定已经发生了好几起自焚事件。

我走到柜台，告知女性二型机器人给我两个海藻汉堡并从茶壶给我倒一杯茶。她略显缓慢地准备好这些东西并放在柜台上，然后开始等待。我一下子意识到她在等什么：我的信用卡。可我却没有，而且把这回事忘到了九霄云外。

"我没有信用卡。"我对她说。

她用那种愚蠢的机器人表情看着我——监狱的机器人也常常挂着同样的表情——然后再次端起餐盘，转身开始走向垃圾桶。

我朝她喊道："停下！拿回来！"她停下来，微微转回身，然后又转向垃圾桶，再次以更慢的速度朝它移动。

"停下，你个蠢货！"我喊道。接着我几乎是不假思索地翻过柜台，迅速走向她，把手放在她的肩膀上，拉她转身面对我，然后从她手中夺过餐盘。她只是迟钝地看了我一会儿，然后屋顶某处开始响起巨大的警铃声。

我迅速翻出柜台，就要离开，这时我看见一台穿着绿色制服的大型低智力机器人,从里屋某个地方朝我冲过来。他跟动物园那种型号类似,开口对我说:"你被捕了,你有权保持沉默……"

"滚开,机器人,"我对他说,"回后厨去,别打扰顾客。"

"你被捕了。"他说,不过这次语气变弱,他已经停止不动。

我走到他跟前,看着他空洞的非人类眼睛。我从小到大受到的教育就是很惧怕和尊敬机器人,所以以前从没有如此近距离地观察一个机器人。看着他愚蠢的人造面孔,我开始明白,自己正头一次看清这种对于人类的滑稽模仿有何意义:答案是没有,完全没有意义。因为盲目热爱机器人技术,所以它们才被发明出来。它们作为"必需品"被制造出来并交付给全世界的人类,就像几乎毁掉全世界的武器曾经被交付给人类一样。继续深入那副茫然空洞的面孔,跟同型号的所有几千张面孔一样,我能感受到一种蔑视——那是设计它的技术人员曾经对普罗大众的蔑视。他们把机器人交给全世界,还谎称它们会把我们从体力劳动中解放出来,或者帮我们免于乏味的工作,这样我们才能在心灵上成长和发育。一定是有人憎恶人类的生活才造出机器人这种东西——上帝眼中的可憎之物。

这次我暴怒地对他——对它——说:"从我面前消失,机器人,"我吼道,"立即从我面前消失!"

机器人转身走开了。

我看向各自坐在主厨汉堡卡座里的四五名顾客,每个人都耸肩闭眼,完全处在隐私回避的状态。

我迅速离开,放心地回到我的感应巴士上。我默默告诉它带我去布朗克斯动物园的爬行动物馆。"很高兴为您服务。"它说。

动物园所有的灯光都熄灭了,月亮开始升起,巴士停在爬行动物馆门前时,我点亮了煤油灯。皮肤感受到空气的凉意,但是我没有穿外套。

门没有锁,我打开它,进入爬行动物馆时,几乎认不出周围的一切。一方面是因为煤油灯的微弱光芒给这里增添了阴森的氛围,另一方面是因为后墙边的柜子上搭着白布或某种毛巾。

我看着玛丽·卢曾睡过的长椅,她不在那里。馆内有一种异样的气味——温暖而甜美,房间本身很闷热,似乎温度已经被调高。我静静站了一会儿,努力在黯淡的光线中适应这里的改变。我在展柜里没看见任何爬行动物,不过光线很暗,巨蟒展柜看起来怪怪的,中间有个隆起的东西。

我在墙上找到一个开关,点亮灯光,然后被晃得直眨眼。

接着我前方传来一个声音:"这是怎么……?"

是玛丽·卢,展柜地面的突起动了起来,我看见那是玛丽·卢。她头发纠结,眯着眼睛斜视过来。她看起来跟很久以前那个晚上一样,当时我躁动不安地来到这里,叫醒她跟我交谈。

我张开嘴,可是又说不出话来。她已经在展柜里坐起,双腿垂在一边。展柜上已经没有玻璃——当然也没有巨蟒——她在里边放了一张床垫当床,此刻正坐在上面,揉着眼睛,努力看清我。

我终于开口,"玛丽·卢。"我说。

她不再揉眼睛,而是注视着我,"是你,保罗,"她轻声说,"是吗?"

"没错。"我说。

她小心下床,开始缓缓向我走来。她穿着满是褶皱的白色长睡袍,脸上睡得浮肿,光着脚踩在地上,发出啪啪的声音,最后在我身旁停下,透过纠结的头发看我,虽然睡意未消,但是目光跟以前一样热情。我仿佛被堵住喉咙一样,没有尝试讲话。

她就这样仔细地上下打量我一番,然后说:"老天在上,保罗,你变样儿了。"

我没有说话,只是点点头。

她惊讶地摇摇头:"你看起来……无所畏惧。"

我突然找回了自己的声音:"你说得对。"说完我上前一步,用手臂紧紧把她抱在怀里,很快又感觉到她的手臂环住我的后背,把我抱得更紧。我紧抱着她结实的身体,闻着她的头发和雪白脖子后边的香皂气味,感受着她的乳房贴在我胸前,腹部靠着我的腹部,她的手也在抚摸我的后脖颈。我的心仿佛在飞翔。

我开始产生一种前所未有的兴奋,我的整个身体都感受得到。我把手滑下她的后背,最后握在她的臀部,拉她紧靠在我身上,然后我开始吻她的喉咙。

她的声音紧张而又温柔,"保罗,"她说,"我刚醒,需要洗脸梳头……"

"不,不需要。"我说着在她身后把双手叠在一起,让她跟我贴得更紧。

她用手掌抚摸我的面颊,"天啊,保罗!"她温柔地说。

我拉住她的手,领她走向她用巨蟒展柜打造的大床。我们脱掉衣服,静静地看着对方。我感觉比以前跟她在一起时更加强壮和笃定。

我扶她上床,开始亲吻她的胴体 —— 手臂内侧、乳房中间、腹部、大腿内侧,直到她呼喊出来。我的心脏狂跳,但是双手却很稳健。

然后我进入她的体内,先是停了一下,然后进得更深。这让我情不自禁地激动欣喜,无以言表。

我们看着对方的脸,继续随着彼此的节奏动作。我看着她,觉得她越来越美。我们一起做爱又产生难以置信的惊人快感,完全不同于我曾经了解和被灌输的性爱,我甚至根本没有想过这种性爱可能存在。当我来到高潮时,那种感觉势不可挡,我紧抱着玛丽·卢,用力地大喊。

然后我们分开躺下,互相对视,身上都沾满了汗水。

"耶稣啊,"玛丽·卢轻声说,"上帝啊,保罗。"

我撑着一侧的手肘看她,很长时间没有说话。一切似乎都变了样,变得更好,更清晰。

最后我说:"我爱你,玛丽·卢。"

她看着我点点头,然后笑了。

我们一起默默躺了很久,然后她重新穿上睡袍,轻声说:"我要去喷泉洗脸。"说完便离开了。

我又躺了几分钟，感觉很轻松，非常快乐和平静。然后我起身穿好衣服，去外面找她。

外面很黑，可是随后她一定是打开了一个开关，因为喷泉的灯光亮起，开始播放旋转木马的那种音乐。

我沿小路走向灯光、喷泉和音乐。她俯身在喷泉的池水里用力地洗脸。等我来到她身边一两米的距离时，她还没看见我。洗完坐下之后，她把睡袍的下摆拉到膝盖之上，开始用它擦脸。

我看了她一会儿，然后说："你想用我的梳子吗？"

她吓得抬头看我，同时拉下睡袍下摆，然后害羞地一笑，"好啊，保罗。"她说。

我把梳子拿给她，并挨着她坐在小喷泉的边缘，看她在水面闪耀的射灯灯光中梳理头发。

等到头发不再纠结，洗好的脸上熠熠生辉，她简直美得夺人心魄。她的皮肤光彩照人，我不想说话，只是看着她，欣赏她的样子。最后她垂下目光，笑了起来。

然后她迟疑地问："他们放你出狱了？"

"我越狱了。"

"哦，"她说着又重新看我，仿佛此刻才见到我一样，"难熬吗？我是说监狱里。"

"我在那里学到一些东西，本来有可能更糟。"

"可是你逃出来了。"

我声音中的力量连自己都没想到。"我想回到你身边。"

她又低下头，过了一会儿才重新看我，"好，"她说，"哦，老天爷，你回来我真高兴。"

我点点头，然后说："我饿了，去给咱俩做点吃的。"说完我转身沿着小路走去。

"别把婴儿吵醒……"她说。

我停下来，再次转身面对她，她看起来有点困惑和不知所措。"什么婴儿？"我说。

她突然摇着头笑起来："天哪，保罗，我忘了。现在有了一个孩子。"

我盯着她说："也就是说我当爸爸了？"

她飞快地起身，脸上青春洋溢，沿着路跑向我，像个小女孩一样伸手搂住我的脖子，亲吻我的脸颊。"没错，保罗，"她说，"你现在当爸爸了。"然后她拉着我的手，把我领进爬行动物馆。我察觉出里面那些白布原来是尿布。

她带我来到一个小些的展柜，里边曾经住着鬣蜥，如今有个围着大白尿布的婴儿，正把圆圆的肚子朝下趴着睡觉。婴儿看起来白白胖胖，还轻声打鼾，嘴角冒出口水形成的泡泡。我站在旁边看了许久。

然后我轻轻对玛丽·卢说："是个女孩？"

"我给她起名叫简，纪念西蒙的妻子。"

这似乎不赖，我挺喜欢这名字，也喜欢做一名父亲。为另一个人、为我的孩子负责似乎是一件好事。

然后我试着想象我们一家三口在一起，如同黑白老电影里的那些家庭一样。可是电影里远不是现在这样，站在爬行动物馆里，尿布搭在空置的蛇和蜥蜴展柜上，屋里弥漫着热奶的气味和轻轻的鼾声。在监狱里我无比思念玛丽·卢，甚至想要自杀，当时我就想过成为一名父亲，可是我发现自己想象中可能会有的小孩都是半大孩子——就像罗伯托和康斯薇拉。我发觉这两个孩子所属的世界里有好心的邮递员、雪佛兰汽车和可口可乐汽水，跟我的世界完全不同。

可我不需要那个有邮递员和雪佛兰汽车的世界，这个有着渺茫前景的世界我也可以接受。这个胖乎乎、暖洋洋、臭烘烘，正把脸压在枕头上睡觉的小家伙是我的女儿简，我为此感到幸福。

然后玛丽·卢说："我可以给咱们拿个三明治，辣椒芝士味的。"

我摇头拒绝，然后走向外边，她默默地跟着我。出去之后她拉住我的胳膊说："我想听你讲讲越狱。"

"等会儿，"我说，"我先给咱们俩做点鸡蛋吃。"

她吃惊地看着我："你有鸡蛋？"

"跟我来。"我说完带她绕到爬行动物馆的一侧，感应巴士就停在那里。然后我提着煤油灯先上车，把灯挂在车顶，用监狱发放的打火机再点燃另一盏，尽可能调大火苗。

我让玛丽·卢上车，她站在过道上四下观看。我什么也没说。

在车尾处，我把座椅翻倒，制成一个书架，我的书籍都整齐地在上面摆成一排，比夫团成一团，在书架顶上睡觉。

书籍旁边挂着我的新衣服和我给她带回来的那几件。车内中部，我睡觉的地方对面是厨房区，那里有一台绿色便携式油炉、平底锅、盘子和一箱箱罐头食品，以及我跟安娜贝尔做的五块咖啡蛋糕。我看着玛丽·卢的表情，她似乎大为震撼，但是没说什么。

我把煎蛋用的平底锅放在炉子上加热，同时打几个鸡蛋，加上辣酱和盐搅匀，然后我擦碎一些罗德·伯里恩用羊奶制作的奶酪，并伴入一些欧芹。锅烧热后，我倒入一半蛋液，开始一边快速搅动，一边在火炉上来回颠锅，然后趁着鸡蛋的颜色没有变深，中间的蛋液还没凝固，我加入奶酪和欧芹，稍微让奶酪融化，然后把整张鸡蛋饼对折，倒进盘子里。我把盘子递给玛丽·卢，"坐，"我说，"我给你拿一把叉子。"她听我的话坐下了。

递给她叉子的时候我说："费力吗，生孩子？疼吗？"

"老天在上，当然啦。"她说完咬了一口煎蛋，慢慢咀嚼、咽下。"嘿，"她说，"真好吃！这叫什么？"

"这是煎蛋。"然后我在另一个油炉上烧水冲咖啡，又开始给自己做一份煎蛋。"在过去，"我说，"女人有时死于生产。"

"哦，我没有，"她说，"我有鲍勃帮我。"

"鲍勃？"我说，"鲍勃是谁？"

"鲍勃·斯波福思，"她说，"机器人，教工主任。你的老上司。"

我做好自己的煎蛋，然后把咖啡倒进安娜贝尔制作的杯子，面对着玛丽·卢坐在我的床上，我俩之间隔着一条过道。

"斯波福思帮你生孩子吗？"我说，脑海里想象着像《灌木蒿医生》中威廉·S.哈特❶一样的机器人站在临产女人的床边,但是我无法想象斯波福思戴着牛仔帽的样子。

"对。"玛丽·卢说。提到斯波福思,她的脸上露出一种略显痛心的奇怪表情。我感觉她有事想告诉我,但是还没有准备好。"他切断了脐带,或者至少后来他是这么告诉我的。当时这一切把我弄得迷迷糊糊,所以我也无法确定,"她摇着头说,"奇怪,我这辈子唯一一次真想吃药,一周后我又让鲍勃停止了发放。"

"停止发放?"我说,"药物?"

"没错,会有一些改变,"她笑着说,"某些巨大的后续效应。"

我不在乎那些,"迷迷糊糊?"我说,"我想象不出你变成那样。"

"不是药物造成的。疼得厉害,但不是无法忍受。"

"斯波福思帮助你?"

"他把你送走以后……整个孕期他都在照顾我。孩子生下来以后,他从主厨汉堡店弄来牛奶,从某间仓库找到一个古老的奶瓶。我看他了解纽约市的一切物资都存放在哪里。尿布,以及洗尿布的肥皂。"她朝窗外看了一会儿,"有一次他给我弄来一件红色的大衣,"她摇摇头,仿佛在努力摆脱那段记忆,"我一直在喷泉里洗尿布,简如今吃捣碎的三明治,我还有很多奶粉给她喝。"

我吃光了自己的煎蛋。"我一直一个人生活,"我说,"在我修复

---

❶ 威廉·S.哈特(William S. Hart,1864—1946),美国默片演员、编剧、导演、制片人,是默片时代著名的西部片明星。

的一栋木屋里,靠一些朋友的帮助。""朋友"这个词似乎有点奇怪,我以前从没这样形容伯里恩家族,可这么说没错。"我给你带了些东西。"我说。

我走到巴士后部,取出我从茅戈的商店为她带来的裙子、蓝色牛仔裤和T恤,把它们放在一个座椅上。"这些,"我说,"还有一盒糖果。"我从一个存放食物的盖板隔间里取出一个心形盒子交给她。她看起来又惊又喜,拿着盒子不知道怎么办才好。我从她手中拿过盒子,为她打开。在糖的上边盖着一张纸,纸上写着:"做我的情人。"我用力地大声读出来,朗朗上口。

她抬头看我。"什么是情人?"

"跟爱情有关。"我说着掀开纸。

下边是一块块糖果,每块都包着保存食物的透明塑料包装。我拿出一大块巧克力递给她,"你用指甲拆开包装,从下面的平底开始拆。"我说。

她看了一下,试着用指甲打开,"你管这叫什么?"她说。

"糖果,你吃。"我从她手里拿过来,剥掉塑料。过去一年学着吃希尔斯商店的各种食品,我已经成了这方面的专家。我把糖递给她,她在手指间转动着看了一会儿,可能是以前从没见过巧克力,到茅戈之前我也没有见过。"尝尝。"我说。

她咬下一口,开始咀嚼,然后抬头盯住我,嘴略微鼓起,脸上露出惊喜的表情,"耶稣啊,"她嘴里含着巧克力说,"真是美味!"

然后我把衣服给她,她兴奋地看着我。"给我的?"她说,"太好了,保罗,真好看。"

我们默默地坐了一会儿,我的大腿上放着一盒糖果,她的大腿上摆满了新衣。我看着她的脸。

巴士车门打开,警笛一样的尖啸突然响起,只不过它听上去来自生气的人类。

"噢,上帝啊!"玛丽·卢说着急忙站起身,手里还抱着衣服,"孩子!"她跑出巴士,回头对我喊道,"给我十分钟,我想试试这些衣服。"

我离开巴士,走回喷泉,坐在它的边缘。轻松欢快的音乐和我身后温柔的水声都令人愉悦。我抬起头,月亮还挂在天上,没有一点天亮的迹象。我心里写满轻松自在。

然后玛丽怀里抱着什么从爬行动物馆出来,灵巧地用手肘关上门。她穿着蓝色牛仔裤、白色T恤和凉鞋,熟练地用一只胳膊抱着孩子,另一只胳膊上搭着别的新衣服,最顶部还放着一堆尿布。她穿的衣服正合身,头发也梳得整齐,向我走来时,喷泉的灯光照在脸上,她显得容光焕发。婴儿已经不再哭泣,而是安心舒适地躺在她的怀里。看着她们俩,我的呼吸几乎都停止了片刻。

然后我呼出一口气,轻轻地说:"我可以用一把公交椅子做一张婴儿床。我们可以一起离开。"

她抬头看我。"你想离开纽约?"

"我想去加州,"我说,"想尽可能远离纽约,远离机器人、药物和其他人。我有我的书籍、音乐,有你和简,这就够了,我不再需要纽约。"

她看了我许久，然后才回答说，"好吧，"她停顿一下，"不过我有件事得完成……"

"为了斯波福思？"我说。

她睁大了双眼，"对，"她说，"是为了斯波福思。他想死，我跟他……做了笔交易，要帮助他。"

"帮助他死？"

"对，这令我恐惧。"

我看着她，"我会帮你。"我说。

她如释重负地看着我。"我会收拾简的东西，我猜是时候离开纽约了。这辆巴士能带我们去加州吗？"

"能。我能找到食物。我们会到达那里。"

她看向巴士，看着它坚固结实的外形，然后又看向我。她似乎把我的脸打量了很久，仔仔细细，又带点惊奇。然后她说："我爱你，保罗，我真的爱你。"

"我知道，"我说，"走吧。"

Spofforth

斯波福思

单独看去，帝国大厦跟它在一九三二年时一样——本质上是一座讨厌的非人类建筑，它的结构只考虑到高度和声势。今天是二四六七年六月三日，跟以前一样，帝国大厦的楼层没变，还是一百零二层，不过如今人去楼空，连家具都没有了。它的高度是三百八十一米，三分之一公里还多，可它如今已经毫无用处，只是一个标志，一个人类有能力兴建超大物体的无声证明。

它耸立之处的背景对它起到了放大的作用，比二十世纪的纽约更有效果。纽约市如今已经没有高层建筑。凭借形式和意图的唯一性，它真正耸立在曼哈顿之上，正如它的建筑师最初希望的那样。纽约几乎是一座坟墓，而帝国大厦就是它的墓碑。

斯波福思站在尽可能靠近楼顶平台边缘的地方，独自一人等待本特利和玛丽·卢爬上来。他替玛丽·卢背上了婴儿，此刻正抱着她避风。婴儿在他的怀中睡着。

在斯波福思右边，东河跟布鲁克林的天空很快就会被点亮，可是现在还很黑，下方感应巴士的灯光仍然可见，它们缓缓地沿着第五大道、第三大道、莱克星顿大街、麦迪逊大街和百老汇大街来来往往，穿过更远处的中央公园。五十一街的一栋建筑上亮着灯，但是时代广场一片黑暗。斯波福思注视着灯光，小心翼翼地抱着婴儿等待。

然后他听见身后沉重的门打开，听见他们的脚步。几乎是一瞬间就传来了玛丽·卢上气不接下气的声音："孩子，鲍勃，现在我来抱吧。"他们用了三个多小时才爬到楼顶。

他转身看见他们的身影，伸手递过孩子。玛丽·卢的黑色剪影接过孩子，然后说："你准备好就告诉我，鲍勃。到时候我得先放下孩子。"

"我们等到天亮，"他说，"我希望能看得见。"

两个人类坐下，本特利点了一根烟，面对着他们的斯波福思看见一股明亮的黄色火焰在风中闪烁。借着黑暗中突然出现的亮光，他看见玛丽·卢弓着强健的身体抱着她的孩子，头发被吹到一边。

他站在那里注视着，玛丽·卢又变成黑影，旁边是保罗·本特利的身影，这一幕格外动人：由来已久的人类家庭原型。这栋荒诞的大楼耸立在麻木不仁和浑浑噩噩的城市上空，他们来到楼顶，而城市中的人类在药物的作用下睡眠，机器人过着令人憎恶的虚假生活，仅有的光明源自感应巴士微弱而愉悦的思维，它们轻松得意地在空旷的街道上巡游。斯波福思的机器人意识能够捕捉到感应巴士的心灵感应效应，但是那影响不了他的意识状态。有什么东西正在又轻又缓地进入他的思维，他的情绪平复下来，任凭外物进入。他转过身面向北方。

然后不知是来自何处的黑暗之中,风中传出拍打的声音,一个小小的黑色身影落在斯波福思右前臂上,突然静止的剪影变成一只鸟的形状。一只麻雀,一只城市麻雀落在他的手臂上——艰难、紧张,而且飞得太高。麻雀跟斯波福思待在一起,等待黎明的降临。

然后曙光初现,低矮地笼罩布鲁克林,向上曼哈顿蔓延,越过哈莱姆、怀特普莱恩斯和曾经的哥伦比亚大学。一道灰色的光笼罩着印第安人曾经脏污的皮肤睡过的土地,后来白人将力量、金钱和渴望聚集到了令人不安的程度,在自大和狂妄中堆砌建筑,用出租车和焦虑的人填满街道,最后死于药物和内省。黎明在扩散,太阳露出头,红红地凸现在东河上方。然后麻雀抖了一下头,从斯波福思裸露的手臂上飞走,把渺小的生命掌握在自己手中。

缓缓进入斯波福思思维的东西,此刻已经俘获了他,那是快乐。他此刻是快乐的,一百七十年前在克利夫兰首次有了知觉,窒息着在死亡工厂中苏醒时,他还不清楚自己在世上很孤独,不知道自己会永远孤独,那时他也是快乐的。

他惬意地感受光脚踩着的硬地,感受吹在脸上的强风和心脏坚定的跳动,体会自己的朝气和力量,甚至在一瞬间爱上了它们本身。

他高声说:"我准备好了。"但是没有向后看。

他听见婴儿被玛丽·卢放在门口时号啕大哭,感受到后背上按了一双小手,他知道这双手属于玛丽·卢。片刻之后,他感觉一双更大的手按在小手上,还听见呼吸声,此刻他目视前方,正看着曼哈顿岛的北端。

然后他感觉到玛丽·卢的头发碰到他裸露的后背,接着又觉得自己的上半身开始向前倾倒,他感觉玛丽·卢的嘴贴在自己的后背上,轻轻地亲吻他——他感受到玛丽·卢轻柔温暖的气息,平伸着手臂坠落下去。

噢,不停下坠,终于得以实现,他表情宁静,被上行的强风吹得很冷,他的胸膛赤裸着暴露在外,他的双腿用力伸直,脚尖向下,大腿后方的卡其裤在风中来回拍打,他的金属大脑急坠向渴望已久的目标,却感觉快乐无比。罗伯特·斯波福思,人类最漂亮的玩具,一边朝着曼哈顿的黎明大吼,一边展开强有力的双臂,把第五大道纳入自己颤抖的怀抱。